"在新疆"丛书
· 第一辑 ·
—小说七星—
刘亮程　主编

镶花马鞭

小七　著

新疆人民出版社
（新疆少数民族出版基地）
新疆人民卫生出版社

图书在版编目（CIP）数据

镶花马鞭 / 小七著. -- 乌鲁木齐：新疆人民出版
社（新疆少数民族出版基地）：新疆人民卫生出版社，
2024. 12. -- （"在新疆"丛书 / 刘亮程主编）.
ISBN 978-7-228-21450-1

Ⅰ. I247.7

中国国家版本馆 CIP 数据核字第 2024R8D984 号

镶花马鞭
XIANGHUA MABIAN

出 版 人	李翠玲	策　　划	李翠玲　可　木
出版统筹	陶小红	责任编辑	孙　瑾　何　卉
装帧设计	王　洋	责任技术编辑	邢晓梅
责任校对	古丽热·穆合塔尔	封面绘画	孙黎明

出版发行	新疆人民出版社（新疆少数民族出版基地） 新疆人民卫生出版社
地　　址	乌鲁木齐市解放南路 348 号
邮　　编	830001
电　　话	0991-2825887（总编室）　0991-2837939（营销发行部）
制　　作	天畅图文设计工作室
印　　刷	北京富诚彩色印刷有限公司

开　　本	880mm×1230mm　1/32
印　　张	11.625
字　　数	232 千字
版　　次	2024 年 12 月第 1 版
印　　次	2025 年 1 月第 1 次印刷
定　　价	70.00 元

序

  新疆是我们博大的故乡。它的博大不仅体现在山川、河流、沙漠、戈壁、绿洲,还体现在生活在这里的五十六个民族以及多元一体的文化形态。

  新疆,是多民族共居的美好家园。生活在这里的各族儿女密切交往、相互依存、休戚与共。在中华文明怀抱中孕育的新疆各民族文化包容互鉴,共同成为多元一体中华文化的一部分。

  在新疆,普普通通的一场雪,会落在不同的语言里。每个阳光明媚的早晨,"太阳"这个词会在这些语言里发光。人们用许多种语言在述说我们共同生活的地方。这正是新疆的丰富与博大。

  每个人都有自己的家乡。家乡可以是一个很大的地方,也可以是我们心里默念的一个小小的地名。有时候家乡可能就是我们小时候生活的一个地方,当我们越来越远地离开家乡的时候,这个地方就变成了一个地名。但是,往往是那些细小的家乡之物,承载了我们对家乡所有的思念,比如家乡的一种非常简易的餐食。我每次到外地超过三天就会怀念拌面。

当人们热爱自己家乡的时候，想念自己家乡的时候，文学是我们表达以及读懂家乡的途径。我认为文学是不分民族的，作家面对的是在这块土地上共同生活的不同民族，当我们用文学来呈现这块土地上各民族人民共同的生活的时候，我们面对的是人的心灵。

那些远处的生活是看不见的，只有文学能呈现这块大地深处的脉搏，只有文学在叙述这块土地上人们共有的情感。每个人生活中的悲欢离合、快乐忧伤，一起汇聚出这块土地上人们共同的命运和共同的情感。

各民族共同生活，大家的情感交融在一起，这可能就是新疆文学最大的魅力。新疆文学给我们提供了一个多民族和睦生活的样板。用不同的语言表述一件事，用同一种语言描述不同的生活，这就是新疆文学作品的精华所在。

新疆的自然风光、传说故事、地域风情等先天具有文学气质的素材，容易孕育出各民族的众多写作者，也引起了无数读者的阅读关注，使当代新疆文学成为具有独特地域内涵和文化内涵的审美对象。

各族作家们用全部身心去发现和感受新疆日常生活的温度与深度，坚守家园热爱和文学梦想，以其独具特色的文化风貌与美学意蕴，记录和呈现各族人民的生活、梦想与奋斗。

此次推出"在新疆"丛书，是铸牢中华民族共同体意识的一次文学出版实践，通过各民族作家的文字，把新疆这块土地上各族人民共同的生活呈现给新疆的读者，呈现给全国的读者，用文学观照人心，用文学观照生活。希望读者多看新疆作家的书，因为从他们的文学作品中，可以读到熟悉的土地，熟悉的山川、河流，读到发生在身边的故事，或者发生在不远处的历史中的故事。除此之外，借此机会，我们还向读者推介已经在新疆文学界乃至全国文学界成绩斐然、广有影响的各族中青年作家，他们如天上点点繁星，照亮文学的星空。

我们想把新疆最好的文学献给读者，把优秀的作家介绍给读者，希望读者喜欢。

2024 年 11 月

自 序

　　我喜欢接触游牧文化生产生活中的记忆。不是在一切历史学家著作中的，而是真实的和不确定的记忆。既是每个人唯一的，又是能与所有人分享的记忆。是人们经历过的，生活本身的痕迹。

　　《镶花马鞭》是一部短篇小说集，背景主要设置在阿勒泰山野牧场，描述了日常生活中幸福、哀伤、不适、尴尬或者处于迷失、崩溃边缘的男女老少的真实状态。他们，皆是与家畜相互依存、尊重自然、顺应自然的牧民，在阳光正好的午后，平静而有序地登上那片展示人生百相的阿勒泰山野牧场。如坚守传统手工技艺的托鲁斯对患有阿尔茨海默病老友的精神依赖；在现代生活方式与传统生活方式之间徘徊的少年赤那尔；唠唠叨叨想要引起妻子更多关注的老努尔旦；被养女伤透心的阿合玛拉在绝望中得到丈夫的慰藉；被丈夫冷暴力伤害的玛依努尔在婚姻的迷雾中摸索前行；处于青春期、隐秘的幻想不时发酵冒泡的乌兰；随时会上树给妻子阿依旦摘果子吃的布鲁尔；掏光身上所有钱为孤寡老人古丽努尔奶奶买羊皮马甲的小女孩达娜；因为暴脾气把生活过成一地鸡毛的阔孜……在这本书中，大部分故事都以某种情感为核，而想象力、故事结构、人物设置、细节捕捉、词句的选择与锤炼等等，都紧紧包裹着这个核生长出来，将小说的精神性与物质性融为一体。

最震撼人心的，往往不是轰轰烈烈、曲折离奇的故事情节，而是贴近生活的真实细节。生活在阿勒泰山野牧场的这些普通人，有着最普通的愿望，做着再普通不过的事情。他们面对生活中必须面对的难题，为普通的生存而努力，实现常人看起来并不远大的人生目标。尽管如此，他们依然认为，当你无力改变现状时，就要想办法接受，而且最好是彻彻底底、真心实意地去接受现实。不然，要怎么样呢？

当然，这些在平淡中过日子的普通人无处不在。他们可能是你生活过的某个社区、某个街道、某个小镇，甚至可能就是你所居住楼里的男女老少。这些平凡的面孔、熟悉的声音，充满了对生活知足的幽默与诙谐；面对生活，随遇而安，饱含着人性最伟大的力量。

我不认为这些人物生活在社会边缘，相反，他们在社会生活中是主要群体，且随处可见。并且，我也来自他们中间。但这些人就不比那些成功人士幸福吗？不是的。他们会为能坐在毡房里喝一碗热奶茶而感到知足；会为能在阳光下陪伴自己的老马而倍感幸运；会为得到一双日思夜想的红皮鞋而感到惊喜；会因为一句鼓励而树立信心；会因为争吵之后丈夫买回的一包方糖而甜了心；会为卖出一张自己亲手织的壁毯而燃起新的生活希望；会为在晚餐时吃到一碗肉汤面片而认为这是完美的一天；会为妻子揭穿了他的自恋型人格而痛下决心改变……虽然，他们并不是每个人都在乐观向上地活着，但每个人都在努力试着与身上的伤疤和平共处。毕竟，一切都是风中的沙子，稍纵即逝。无论怎么难过、怎么自认不公，但最后他们总会耸耸肩，继续有趣而热情地过好每一天。

人之所以为人，就在于他们无法预知未来，从而有了人生百相。谁能说出人生会朝着哪个方向走下去呢？《镶花马鞭》中的每一个故事都蕴藏着一场自我救赎，还有——直白地说——草原游牧文化中携带的顺应！顺应！顺应！这源自千百年来刻在他们基因深处顺应自然与知足惜福的人生智慧。

今天终会过去，明天总要来临。无论轻松或艰难，生活总要一天天地过下去。并且，他们始终坚信，这样的生活并不乏味——他们在认清生活的真相之后，依然热爱生活。

目　录

还有老阿力汗

一

　　跟随祖父学习传统毛毡房制作手艺的时候，托鲁斯还是一个十八岁的小伙儿，有着一米八几的大高个儿。当金属管材骨架的帆布毡房（实际上是一种外表仿造传统毡房的、可快捷搭建和拆卸的简易帐篷）占据市场的时候，他已经老了，个头缩得不到一米六。

　　托鲁斯六十八岁了，正不可避免地变得更加干瘪，脑门那儿已经谢顶，发际线明显后移。所剩无几的花白头发被剪得短短的，露出斑斑点点的头皮。随着一个又一个潮湿的冬天过去，他的背明显变弯了，腰疼的老毛病也越来越严重。再加上多年制作毡房的过度劳作所导致的腱鞘炎，手指关节和手腕严重扭曲变形。这一切，都让曾经挺拔利落的托鲁斯变成了另外一个人。但他永远忘不了五十年前自己是以优异成绩毕业的高中生。在当时牧场的人看来，那就是最高学历。他喜欢阅读关于木材鉴定方面的书籍，了解每种木材的软硬度和在各种生长环境中的适应度。还会研究有关游牧民族装饰图案的图册。钻研每一页中的羊角图案以及花卉图案的设计和色彩搭配，有意弄透每一幅图案中冷暖色调涉及的专业知识，也十分愿意跟人分享他那广博的知识。即使是图册的编辑老师，也不会似他那般对手头编辑的图片眷恋到像是对待自己初恋情人似的吧？此外，他那尖尖的多皱的下巴，以及下巴上微微翘起的胡子，还有紧皱的眉头，还真有点像是来自一张斜靠在沙发上阅读书籍的面孔。如果再加上一条深底斜纹领带的话，他就是地地道道的研究传统毛毡房文化的学者了。

当年，托鲁斯成为一名传统毛毡房制作手工艺人时，令牧场的大多数男孩都很羡慕。托鲁斯说："祖父当年是阿勒泰牧场制作毛毡房最好的手工艺人，他那建造毡房的技艺可是祖传的。"

正因为如此，托鲁斯自始至终从未真正成为牧民中的一员。他似乎并不在乎，因为在他心里始终认为自己是牧场的头号人物呢。尤其是在年轻的时候，他觉得，在这里没一个人能和他真正说上话，即便是他的妻子和儿子。简直不敢想象，托鲁斯的妻子阿依苏鲁是怎么与他生活了那么多年，还有他的儿子是如何忍耐他的性格的。

只有老阿力汗才最明事理。这几年，这个念头在托鲁斯心头反复出现。不过转念一想，他又不得不摇头否认这种想法，因为——说实话——老阿力汗的妻子去世之后，老阿力汗突然出现阿尔茨海默病的症状，且时好时坏。不过，老阿力汗越是忘记眼前的事情，就越是对年轻时期记忆深刻。平日里，老阿力汗除了时不时到他家老毡房坐坐，就是牵着自己的老马到处走走，找人搭话。

二

托鲁斯和老阿力汗自孩提时代起就是好朋友。他可以毫不费力地追忆起老阿力汗年轻时对传统毛毡房的红柳木骨架结构感兴趣的那段日子。有一次，托鲁斯走过去想要把他手中的红柳木条拿走，而阿力汗却痴迷于加工红柳木条直到形成传统毡房骨架的那个过程。他不愿把红柳木条给他。

“嘿，阿力汗，”托鲁斯问，“你对毡房了解多少？”

“怎么？这里面还有很多学问吗？”

托鲁斯说：“这可不是肯出蛮力就能解决的事儿，要有书本里的文化知识。看起来简单的毡房骨架，每根木杆之间的力度都有讲究。不仅仅是毡房顶圈、撑杆、栅栏要选择细红柳木，门框和门的选料也有说法。比如，必须在春季的雨后收集红柳树枝，因为被雨水浸泡过的红柳树枝更容易改变形状。这些都得弄清它的内在原因。当然啦，门和门框也有讲究，必须是选用两年以上干透了的红松木制作。这些木材的选择，每个细节都很重要，它们决定着毡房的骨架是否牢固且不易变形。因为，不同季节和气候中的木材韧性、热胀冷缩程度都有不同。同时，连接红柳木条骨架间的皮绳材料的选择也很有讲究。是使用秋季的还是春季的牛皮或者骆驼皮，这些都要去学习，才能弄懂内在的原因。还有，墙篱的材料选择必须是春季干燥的芨芨草。而墙篱的编织又需要美术知识，它是用各色毛线把每根芨芨草编织到一起的。编织好的墙篱上毛线的色彩要形成事先设计好的图案。说到这里，每种毛线的染色，还需要你对如何从本地的一些植物中提取染料，以及能够提取出哪种颜色的染料都有所了解。弄透这些，还远远不够。毛毡和墙篱上色彩的搭配那就更有说法啦。这样吧，等你看完上次我送给你的那几本书，哪怕是稍微了解一些之后再说吧。"

托鲁斯眼里闪烁着自信的光芒，娓娓道来。你不得不对他敬佩有加。要是这些话出自别的年轻人之口，听的人保准会思考一下他那些话是从哪儿偷来的，或者嘲笑他鹦鹉学舌。可阿力汗知道托鲁斯与众不同。本身他就是牧场中有最高学历的嘛。那段时间，人们之间口耳相传，说有一个大学的教授专程从北京赶来，找到托鲁斯，请他制作一顶直径二十米的超级大毡房。这个消息，听了都让人心生敬畏。

"我总是说，我现在还要说，托鲁斯不仅手巧，脑子还真好使。"那段时间，牧场上的人总这么说，一边还悄悄地相互之间将拇指和食指对着捻一捻，"挣钱嘛，也没的说！"相信总有一天，托鲁斯会成为整个阿勒泰最著名的传统毛毡房手工艺人。事实上，事情也正是朝着这个方向发展下去。

阿力汗把红柳树木条给了托鲁斯。

那之后，阿力汗难过了好长一段时间。他感觉自己似乎永远也不可能像托鲁斯那样，懂得那么多，永远也不可能具有能称之为学问和文化的东西了。他更加敬佩和羡慕托鲁斯，更加想成为一名制作传统毛毡房的手工艺人。

三

和老阿力汗从前一样，托鲁斯也喜欢让妻子尝试着做些家务以外牧场里的活儿。不过，妻子去世前，老阿力汗始终是自家牧场活计的主力。与之前岁月不同的是，这几年，托鲁斯常常闷闷不乐地坐在毡房里喝茶，指使着妻子做这做那，自己却做得越来越少。他批评妻子没有清理干净羊栏，贬低她煮的肉咸得让人总想喝茶，奶酪又硬得硌牙，坚持说一切都不是应该有的样子。他的意思是，一切都错了，时间辜负了他，一切都不是从前的样子。他讨厌变化。继而，他开始后悔一时冲动说出了那些伤害妻子的话，想不明白自己为什么要这么做。而妻子阿依苏鲁则时刻都在忙碌。做完家务活之后，几乎总在羊栏里。满手的活计，弄得全身上下没有一处地方干净。在牧场人心目中，这几年的她已经不是个体面人了。"别这么想不开。"阿依苏鲁总是这样开导他，然后接着干活儿。在这件事情上，他们夫妻没有过争吵——他在发牢骚时，她选择不听。在这个世界上，阿依苏鲁算是最了解托鲁斯的那个人了。她觉得，有些事儿需要时间来解决。

托鲁斯家里的几十只羊，这几年因为疏于管理，时不时从年久失修的铁丝网破洞处钻去阔孜家的草场。为此，与他家草场紧挨在一起的阔孜非常痛恨他，总是故意把跑过去的羊的羊角尖涂上红油漆，用来恶作剧，让托鲁斯困惑。因为红羊角是阔孜家羊的标志。

四

老阿力汗喝干碗里的茶，手指叉开，支撑着地毡站起身来。托鲁斯看着他。老阿力汗扶着毡墙的手小心翼翼，并没有将全身的重量压在上面，仿佛担心压垮了那撑起老毡房的年代久远的红柳木栅栏。在老毡房里，他尽量压低走动的声响，跨过门槛时的脚步也是非常轻软，仿佛对那扇松木做的老木门心怀虔诚。托鲁斯记得老阿力汗总是雨后到访，总是坐在毛毡房里久久端详那些红柳木骨架，还有芨芨草编织的墙篱。天哪，老阿力汗的样子，给他一种错觉，就好像穿越时空，回到了过去。"嘿！不错啊！真心不错啊！"他围着又一顶通过自己双手完成的传统毛毡房，转了一圈又一圈，欣赏着，感叹着。紧接着，他的眼前再次浮现出搭建传统毛毡房的场景——他安排年轻人将红柳木栅栏按照毡房预定的直径大小在草地上围成圆形。但那只是开始，接着是最重要的一步——这一步决定着毡房的牢固性——三个臂膀有力的年轻人站在圆形周长的三个平均点上，用红柳木条将顶圈高高举起。这时候，捆绑红柳木条的人要又准又快地行动起来。顶圈六十六个孔洞，对应六十六根红柳木条。在这道搭建工序中，托鲁斯始终按照自己的惯例——安排三个年轻人分头操作，并且要求每人要在十分钟之内完成二十二根红柳木条一端插入顶圈孔洞，一端用皮绳捆绑到圆形栅栏上的工作。这幕场景沉淀凝固在他的记忆中，就像一部老电影中的影像，还是那样清晰。"嘿——加把劲儿，这事儿换口气就得从头来过！"他听到自己吼出声来，那声音有些急促。那是他情不自禁了。他紧紧捏着的拳头，指关节都变白了——唉！这情形如今让人感到残忍。

油漆起皮剥落的木门在老阿力汗身后无声无息关上的那一刻，一种空洞便立即占据托鲁斯的身心，仿佛身体内什么东西被抽掉了一般。现在，这种感觉让位给了一种更宽泛的被剥夺感或落寞——这几年，尤其是今年，他很少能摆脱这种感觉。传统毛毡房的好光景一去不返，让他的神圣身份陷入日薄西山的凄凉余晖之中，而曾经召唤他传承游牧居住文化的历史使命感也没有过去那样坚定和急迫了。他记不清，有多少年了，每当他看到除了自己家还居住着手工做的毛毡房，而方圆百里再也找不到另一家传统毛毡房时，心底不由生出一种被遗弃的没落感。但他也只能默默忍受这种挣扎与煎熬。他喜欢春季雨后在河边红柳树林里寻找合适的树枝，并将一根根红柳树枝加工成先前预计的木条尺寸和形状，组成毡房骨架的顶圈、支撑木条与栅栏。将制作好的支撑毡房顶部的红柳木条削尖的一端插入顶圈，带弯曲的另一端固定到红柳木栅栏上，从而构成毡房牢固的骨架结构。再以盖毡和围毡覆盖整体结构，毡房大体就完成了。除了最重要的红柳木骨架，外部的盖毡和围毡也要经历十几道工序：剪羊毛、打羊毛、擀毡子……他热爱制作传统毛毡房的整个工艺流程，热爱那个邻居们热热闹闹聚在一起合力搭建毡房的过程。

五

昨天清晨，天还没有亮透，整个牧场仍在睡意蒙眬中，草原上也不见牛羊的影子。托鲁斯起了床，穿戴好，从住了二十多年的老毡房里溜达到外头。借着月光，他把毛毡房前前后后巡视了一番。他清楚，手工毛毡房最高使用年限也就三十年。眼下，撑起毛毡房的红柳木栅栏已经弯曲变形，使得毡房有了一种脚步蹒跚的老人模样；覆盖在外部的毛毡斑斑点点漏着风，有些地方显得灰黑灰黑的；围在栅栏外的墙篱也将要散架。他用指关节在红松木门上叩叩，木板发出沉闷的"噗噗"声。岁月在木门上留下了道道划痕。他还记得做这个木门时，他的孩子们还在上初中。他制作红柳木骨架，妻子在擀好的毛毡上绣上羊角图案。他和妻子用自己的双手，花了近一年的时间，建造了这个温暖的家。可是现在，木头门的底部都朽烂了。很多时候，托鲁斯都打算拾掇一下，但想归想，却没有去做。

毛毡房里，一个占据五分之一面墙的木头架子的最上面，摆着一个十几年没有动过的小孩摇床。因为年代久远加上天窗投下的日光暴晒，早已褪了色。那个摇床是祖父的祖父做的，那上面涂的暗红色，是熬煮红松树皮得到的染料。不仅仅是为了美观，还有杀菌消毒、防虫蛀的功能。这些来自大自然的色彩，终究抵不过百年岁月。摇床上有七十七道烫痕——他小时候就数过——每一道烫痕代表一个小孩曾经睡过这个摇床。之后，又多了两道烫痕——他的两个孩子也先后在这个摇床上度过婴儿时期。之后，就没有了。

毡房门对着的是他家的羊栏，连天的大雨让羊栏的围栏下长出了小小的伞菌。围栏外，草地上，堆放了一些废弃的水管。有塑料的和金属的——这些都是托鲁斯给镇上人维修水管换下的旧件。有时候，他也觉得奇怪，自己是如何从制作毡房的手工艺人不知不觉转行做起了维修水管的营生？他发觉传统毡房手工业已不再有奔头的时候，大概是在六年前吧。那年，镇上有人计划制作一顶手工毛毡房，邀请托鲁斯去自家院子先看看自己选的搭建毡房的地方是否合适。托鲁斯按照约定时间赶去时，那人改变主意了。他在朋友的建议下，已经入手一顶便宜又方便组装和拆卸的金属管材帆布毡房。看到托鲁斯特意上门，那人改口说请他将帆布毡房组装起来，表现出来的恳切热忱也许纯粹是出于对自己失信的补救吧。那天，托鲁斯站在那堆金属管材前陷入沉思，之后决定去五金店买一些组装工具——托鲁斯曾经清楚自己想要什么，但那时已经不那么笃定了。对，他想起来了。再往后，他就着那些工具，尝试着做起了维修水管的营生。

由于年久松动以及捆绑的皮绳断裂，从毛毡房顶圈上掉下的一根支撑屋顶的红柳木条也躺在那儿。前一阵，他想让儿子将那根红柳木条恢复到原来的地方，但儿子说手头忙得紧，马上要去吉木乃口岸进货，儿媳也要一起去，还把孙子送来让他照看。

他儿子在城里做着地毯生意，卖的是工厂机器编织的地毯。镇上很多人，包括托鲁斯的邻居们都买过他的地毯。比起一两个月才能制作出来一张的手工毛毡，花样多又便宜。儿子带来过两块地毯，都被托鲁斯丢到外面草地上。他儿子夸张地摇着头，讽刺他："你那些老毛毡完全属于过去，属于你的祖父的那个年代，甚至比那个年代还要早好几代。""什么？你这叫什么话！啊——"托鲁斯瞪着儿子的脸，激动的情绪在他的双眸中搅动，就像酥油在奶茶里搅拌。他喉咙里像堵了块石头："你他妈懂什么？哼！"对于托鲁斯突然的激动，他儿子无法理解，甚至觉得莫名其妙。"人老了，脾气总会变坏！"儿子在心里嘀咕。"您……您这是跟不上时代……"起初，儿子并没反驳，之后，没忍住又争辩了几句，"看看您那些破破烂烂的老玩意儿吧……我看啊……您该出去多走走、多看看了！"

想起这些，托鲁斯的嘴唇在颤抖。他烦透了。他看到孙子像投掷标枪一样把那根掉落的红柳木条扔着玩，木条在骆驼刺灌木丛上飞过来，飞过去。

托鲁斯让男孩把木条放下，带他去朝阳山坡上的木头架子边，告诉他这个架子上晾着的是咱们牧民转场时的救命干粮——奶疙瘩，然后伸手去拿了最大的一块让他吃。男孩摸着因投掷红柳木条摔倒而造成的膝盖上的擦伤时，托鲁斯问他能不能学着阿帕（奶奶）的样子，把奶疙瘩一块块翻过来，以便下面挨着芨芨草帘的那一面能接触到空气，让它们干燥起来。

男孩迅速把裤腿放下，摇摇头，说不。

两只红隼在高高的白桦树上一声声长鸣不休，"唧啾——唧啾——"，它们的窝在春天就筑好了，现在有几只灰白色的小红隼在草秆搭建的窝边探头探脑。托鲁斯早就注意到它们一家了。凌晨下过一场雨，空气还是湿的。被羊啃过的草地又钻出绿绿的草尖。那些草，有苜蓿、芨芨草、蒲公英和薄荷草。

托鲁斯觉得口渴了。他们穿过在风中摇摆的骆驼刺灌木丛，往家里走去。回到家，托鲁斯坐在地毡上喝茶，男孩则在木架子边翻找。男孩拿起一个用桦树瘤削的木盘，把里面灰蒙蒙的草屑拍掉，露出下面刻有"1937年7月"的字样——那是托鲁斯祖父留下的——他们那个年代的手工艺人有在自己手作的物件上留下日期的习惯。"这是什么？"男孩看了一眼那个日期，不等托鲁斯回答，已经把手中的奶疙瘩丢进盘子里了。

阿依苏鲁提着酸奶桶进到毡房里。她从架子上取下两个碗檐边有一圈红色草莓图案的搪瓷碗，用木头勺子给碗里盛满酸奶。男孩跑过来，把手中的木盘随手丢到地上。那木盘在地上"哐啷哐啷"地转着圈子，久久停不下来。托鲁斯坐在那里，垂着眼，看着男孩的动作，又低头盯着地上的木盘，他的脸上掠过无助和无奈的表情。接着，他捂着脸，开始出乎意料地抽泣起来。

"啊？"男孩端过酸奶碗，"啊？阿塔（爷爷），怎么啦？啊？噢，噢，没关系，没关系。那碗酸奶是您的。我喝这个，噢——"男孩拖长了声音，指指另一碗酸奶，学着大人哄他的样子哄着托鲁斯。

男孩爬到托鲁斯的腿上，让他从草莓碗里喝一口酸奶，又拿起一块蜂蜜饼干，蘸上黑加仑果酱，对他说："您是一个好阿塔，是我的好阿塔，喝一口酸奶，吃一块蜂蜜饼干，阿塔就会长得像外面的白桦树一样高啦。"托鲁斯红着眼，点点头。他握住男孩的手，咬了一块饼干，感觉平静了一些。

六

老阿力汗从托鲁斯家的毛毡房出来，在门边的拴马桩上解下老马的缰绳，握着绳端的双手在后背交叉叠在一起。他冒着下午的酷热，打量着山坡上的牛羊，慢悠悠地走着。有两匹马从他身边跑过时，骑在马背上的牧人甩了一下马鞭，算是给他打了招呼。那是两个行色匆匆的中年人。他的老马，走在他旁边。他们的行进看上去没什么目的。

"阿力汗大叔，您还好吧？"阔孜坐在一根自然倾倒在地的枯树干上问候老阿力汗。他光着的双脚垂挂在空中。"他怎么把鞋子和袜子都脱了？就连上衣也脱了，晒在树干旁边的大石头上。"老阿力汗这样一边想着，一边停下来听他还有什么要说的。"还好啊，"老阿力汗说，"我很好。"

"前些天，也是在这里，我请您给您儿子带话，说我想借用他的打草机。"阔孜说道，一边从树干上滑下来，站在草地上，"他怎么说？"他朝上拉了拉裤子，力图缓解没穿上衣的尴尬。

老阿力汗停了一下，在他的记忆中，眼前这个小伙儿似乎不久之前还是个孩子。努力想着——他想不起来自己最近见过他，更想不起来还有给儿子传话这么一回事儿。老阿力汗现在在外面转悠没什么目的地，全靠老马带路，走哪儿算哪儿。"那当然啦！"不过，他还是答应下来。

"他怎么说？"

这话，眼前的小伙儿好像问过两次了，他吃不准。小伙儿的表情说明的确如此。

"阿力汗大叔，明天我能去把打草机开过来吗？"阔孜在追问。"我自己加油。"他又补充道。

"好，好……我再问问啊。"

老阿力汗做了个告别的手势，扭过头，继续往前走。很多时候，他甚至找不到家的方向。不过，他的老马总会把他带回家去。

老阿力汗在妻子去世后，精神状态突然大不如以前，目前由大儿子照看。他的小儿子还没有结婚，据说在城里创业，开了一家自助烧烤店。"今天干这个，明天干那个的，不着调，三十多岁了，还没成家。"老阿力汗这样评价他的小儿子。老阿力汗到大儿子家居住的前一年，大儿子家才添了一对双胞胎，一男一女。他的大儿子经常在外人面前说，"父亲来了之后，我们可是又多了一个孩子要照顾呢。"

"你转到哪儿去了？"回到家，老阿力汗的大儿子刚把羊群赶回羊栏。

"没去哪儿啊！"

老阿力汗停顿了片刻，然后告诉儿子，"有个小伙儿……对，小伙儿阔孜想借用你的打草机。"大儿子知道这是他突然想起来——他并不是每件事儿都能记住。

"老天，您跑得可真够远的！"大儿子忽然意识到了什么，喊叫起来，眼睛也瞪得大大的，因担忧而无法自控，"您在这附近走一走，转悠转悠就不行吗？跟着我放羊也可以嘛，一定要跑去十几公里以外吗？"

"我和老马一起啊。"

"好吧，好吧，"大儿子压低嗓门说道，"您就跑吧！"

"啊，你又怎么啦？"

大儿子摇了摇头，一副精疲力竭的样子。他感觉到自己的疲惫和憔悴，这让他想闭着眼睛，把这些给自己添乱的事儿都阻挡在视线之外。"去毡房里吃饭吧。"老阿力汗的大儿子无力地说，"天快黑了，不要再出去了。"说完，他缓缓转身去干父亲回来之前他手头上正在干的事情。他在维修被羊挤倒的围栏。这事儿，可拖不起。

老阿力汗用洗手壶里的水洗去手上的泥土，脱去身上沾满草屑和灰尘的外套，拍去上面的尘土。直到走进毡房时，一切都还正常。在敞开的门边，他站了一小会儿，突然发觉四周变得寂静——他并没有走向茶桌。

这会儿，儿媳在毡房外忙着洗衣服，还要让两个孩子安静下来。她穿着朴素，做事干净利落，尽自己最大能力照管着这个小家。婆婆去世后，精神状况越来越差的公公搬来跟他们一起居住。起初，有一段时间她达到了崩溃的边缘。不过，她始终保持努力理解、慢慢接受的心态。任何人都无法评论说她对老人不孝。因为家里除了一个上高中的孩子在城里住校之外，还有两个未满三岁的孩子需要照料。需要时刻注意，担心他们被牛踢，或者被老鹰叼走。但这似乎还不够叫人头疼：每天给十几头牛挤奶，把多余的牛奶做成奶酪、酥油，接生小羊，做野果酱，把牛粪摊开晒干……还有全家的一日三餐。但这些，她依旧能够应付。如今，再加上精神状态越来越糟的公公，公公性情也变得反复无常，犟得从不肯听他们的话，从不肯待在家里。这难道还不够叫人崩溃吗？说实话，这事儿搁谁头上都受不住。

下午时候，儿媳在忙碌的间隙已经准备好了馕、肉干，还把热奶茶灌在暖壶里。现在，这些食物都摆放在茶桌上，方便公公回来随时补充体力。

老阿力汗站在门里头。他的个头矮小，不胖不瘦，头发虽密实，但已花白，加上周边布满了皱纹与老人斑且微微有些斜视的眼睛，再加上又扁又塌的大鼻子，使得他这时候的模样看起来更加痴呆。

嗯？几分钟过去了？或许是两分钟？或许是十分钟？在七月的酷暑中，他感觉到了丝丝凉意。他忽然从茫然、呆怔的状态中缓过劲儿来。他四下看了看——大儿子家居住的是帆布毡房——毡房两侧的窗户敞开着，覆盖在天窗上的帆布也被掀开。阿勒泰草场地处山区，无论何时都是比较凉快的。"要是来阵风，"老阿力汗想起妻子活着的时候说过，"再热的天，都像是待在云朵里。"这让他突然倍加地思念妻子。钟表在嘀嗒作响。他的目光从天窗移到门楣上方挂着的钟表上。那上面的指针提醒他，到该吃晚饭的时间了。这两年，老阿力汗总是时不时进入这种状态，就像他站在山坡上，眼神渐渐涣散，莫名其妙望着天空，却不知道为何要站在那儿，也不清楚自己要干什么，仿佛突然之间就把一切都忘了。这几年，老阿力汗的大儿子和儿媳一直承受着他这一变化带来的刺激和搅扰。比如，他们接到过离牧场十二公里外镇上的一个男人打来的电话。男人说，在老人的上衣口袋里找到他的名字和联系电话。男人还说，发现老人时，他的手中牢牢握着一根长长的红柳树枝。在他们赶去接老阿力汗时，男人还善意地提醒他们：要多关注老人，老人握着个树枝，是不是想要一根帮助自己走路的拐杖。

这事儿过去一周，他们才打听到老阿力汗的老马拴在离家七公里外的一处红柳树林里。也许是老阿力汗走累了，把老马拴在红柳树干上，在那儿歇了会儿，等他再次出发时，忘记了老马，自己一人走去镇上了吧。

事后，大家都这么猜想。

七

托鲁斯还清晰地记得四十多年前，年轻的阿力汗求学的决心打动了托鲁斯的祖父，终于有机会与托鲁斯一起跟随祖父学习制作传统毛毡房的手艺。后来，阿力汗结婚了。再后来，有了两个孩子。再后来，家里老人得了食管癌需要照料。

再后来，家里的牛羊脱不了手——最终，是生活打败了阿力汗对传统手工技艺的追求。

有那么两次，在这个老毡房里，突然清醒的老阿力汗对他展露安慰的笑意。"哎呀，你已经尽心尽力了嘛。"他伸出手，在托鲁斯的手臂上轻轻拍了两下。仅仅是老阿力汗这句话，已经足矣！毕竟从前那些日子一直在那里，存留于两人之间。托鲁斯开始惦念与老阿力汗共同制作毛毡房那几年的好光景——老阿力汗短暂清醒时的陪伴，让他感受到了某种被庇护的感觉。

八

一个清晨，对面山坡上出现一堆金属管材，还有印着羊角图案的大块帆布——很快，托鲁斯看到了答案。那里搭建起三顶金属管材结构的毡房，帆布覆盖着外围和顶棚，几缕炊烟从帐中袅袅升起。

三顶帆布毡房几乎在一夜之间便成了人声鼎沸的"奶茶馆"。一时间，草原好像属于那些陌生人了。奶茶馆外的树荫下，女人们一边散步一边低语。男人们站着聊天，有的点起香烟。在他们到来之前，常说的一句话是：去草原，发现不曾发现的自我。可是，阿勒泰大草原，甚至说这个奶茶馆，是不具备这项"发现自我"功能的啊！孩子们从奶茶馆里钻出来，嘴里叼着蜂蜜饼干。他们在两棵树之间荡着秋千，荡到前，荡到后，接着是一阵欢呼。看哪，一派祥和与欢乐。

托鲁斯长久以来一直担忧甚至惧怕的事情终于发生了——红柳木结构的毛毡房消失的迹象又加剧了，它的受众人群更加明显地日渐缩减。传统毛毡房在草原上的影响力即将衰退到不值一提的地步。除此之外，托鲁斯还观察到，周围的大多数人对此若无其事，甚至满不在乎，以至于他时常疑惑是不是自己弄错了。人性的弱点是人们总会站在绝大多数的那一边，不懂得去理解和尊重被时代抛弃或者孤立的极少数的人或事儿。这未免过于肤浅和随意了。但是，生活一直就是这样啊，要么保留，要么改变——他甚至试图去理解那些大多数。最终，他发现他对大多数人表现出来的状态无法释然。他的那个疑惑，在他的内心深处始终没能站得住脚。

九

外面越来越暗，没有一丝风。静止的空气热乎乎的。灰色的云团在空中快速涌动，翻来卷去，预示着要下雨了。

最初几滴雨落下来的时候，阿依苏鲁停止了屋外的活计。她扶着爬梯，让托鲁斯颤巍巍地站在上面，用牛皮绳子将掉了的那根红柳木条重新固定到与之对应的顶圈孔洞和木栅栏之间，就像收复失地，也复原了他自己。之后，他们坐在桌边，喝着热茶，从敞开的木门朝外张望。此时，外面下起了大雨。

当他们喝干第三碗奶茶时，雨停了。

太阳又重新出现的时候，托鲁斯望着远处的眼睛睁大了。

他挺直了腰杆，两手紧抓膝盖。哦，那是什么？空旷的草场上一个人、一匹马正向这儿移动。再往后，是被雨水冲刷过的湛蓝色天空和山峦。画面有一种清澈的寂静感，让人在焦虑中感受到了平静。

他来了，老阿力汗和他的老马慢吞吞地踱着步，逐渐清晰地显现在对面山坡上。在他们的注视下，老阿力汗站在了奶茶馆门前的草地上。他探着头，朝里面张望了一会儿，然后撇撇嘴，摇摇头，径直朝毛毡房走来。很明显，他的样子表现得对自己要去的地方一清二楚，且没有任何犹豫。"嘿！"托鲁斯叫了一声，声音不大，无论如何也谈不上意外。他伸出双臂，两颊微微涨红，以他最快的速度踉踉跄跄地奔向老阿力汗。

老阿力汗将老马拴好。他轻轻扶着门框，低了一下头，让门楣从头顶掠过。他站在门里头，摘下帽子，放在旁边的架子上。"托鲁斯，下过雨的天气真好啊。"他说着，不紧不慢地在桌边坐下。"嘿，我的老伙计，我的阿力汗。"托鲁斯喃喃道。他伸出骨节粗大变形的手，把碗朝老阿力汗推去："喏，喝一碗热乎乎的奶茶吧。"

正对着的山坡上的奶茶馆里"爱你啊，爱不够……"的歌声显得模糊微弱，仿佛来自天空，又仿佛是从地底下埋着的音响中播放出来的。

"好嘞。"老阿力汗说道，伸手端起茶碗，凑近脸，吹开热气。他眨巴眨巴眼睛，咧着嘴笑了。当他喝茶喝得舒心时，就会这么做。这是他的习惯性动作。哈！看起来，这会儿的老阿力汗还是原来的老阿力汗嘛。

又一次地，托鲁斯想起老阿力汗独自伫立在老毡房外面的情形：他的脸微微仰起，脸上洒满阳光。离开前，托鲁斯提醒老阿力汗一定不能忘记门口拴着的老马。

他知道老阿力汗还会再来，或者是明天，或者是后天，或者是下个星期。这要看老阿力汗的老马的心情，还要看是否下雨。因为下雨天砍伐红柳枝干才能最低程度地伤害红柳树；经过雨水的浸泡，才更方便改变红柳木条的形状，使它成为撑起毡房的骨架。或者是……他来了，却不认识他是谁——想到这个，托鲁斯觉得自己的心跳"怦、怦、怦"地一下下撞击耳膜，他感到恐慌……

赤那尔的正常生活

一

听到丈夫的口哨声、牧羊犬和羊群闹哄哄的声音之后，又过了很久，阿依苏鲁才看到羊群被赶到毡房后头的羊栏边。每晚都是同一幅场景：阿依苏鲁站在毡房门前随意垒起的石头炉子边，把锅盖压严实了，用头巾捂住口鼻。但她依然尝到了扬起的土腥味儿。于是，阿依苏鲁诅咒着这个每一天、每一小时、每一分钟，甚至每一秒都不能让她休息片刻的游牧生活，她显得非常疲惫。

阿依苏鲁与丈夫一年四季的生活就是带着儿子在阿勒泰山里转场游牧。她家的草场沿着额尔齐斯河沿岸伸展开来，掩映在起伏的山丘之中。很多年前，这里的夏季牧场青草过膝，花朵盛开，鲜艳诱人。因为气候、自然环境的改变以及当地牲畜的日益增加，眼下这里的牧草被牛羊啃食得光秃秃的。对于放牧来说，没有什么比牧草地一年不如一年，眼见着越来越稀疏更加致命的了。

阿依苏鲁消失在了被羊群扬起的灰云里，"哼！还吃什么饭！吃土就够够的咯！"她发着牢骚。她曾冲动地质问丈夫是否要这么生活一辈子，为什么不想点法子改善现状，让他们过上正常的生活。

丈夫没有争辩，只是哈哈大笑。

"这个，还可以嘛。"他说。

"这不正常。"

"这几年，辛苦你了。"丈夫微笑着拍拍她的肩膀，又接着去忙他手头上的事情。

"他啊，他的生活就是围着那个女人转圈圈。"这是当时周围人们常说的话。并不是意味着轻蔑。可就是这样一位对阿依苏鲁百依百顺的丈夫，在面对放弃还是坚持游牧生活这项选择时，还是选择了坚守游牧生活。事实上，在他的内心深处，无论给他世界上任何东西，他都不愿离开这里。

丈夫这种宽厚包容的性格于她而言是件幸事，因为她是个浪漫主义性格的女人。在日常生活中，她总是强调自己的想象力、主观和直觉。而她曾经想象中的浪漫自由的游牧生活，实际上绝不是舒适美好的，更不容易对付。

那段时间，他们一家才从春秋牧场转场到夏牧场。他们骑在马上颠簸了整整七天，才到达与春秋牧场相隔一百多公里外的夏牧场。每年，他们至少要往返春秋牧场、夏牧场、冬牧场四次，每次都要举家奔波数百公里。每年转场途中，家里的羊羔都有被冻死或饿死的，而人的寂寞和辛苦更是无法言说。人们在转场途中就连生病了也得硬撑着，有些牧民在转场路途中离开人世。在这里，万物每天都崭新如初。在这里，生与死没有界限。因为只要一瞬间，或者仅仅是一阵暴风雪吹过、一股昏暗的沙尘暴刮过、一道闪电劈过，这片大地就会将人和牲畜抛弃、掩埋。

布鲁汗大姐的父亲就是在转场中突发心脏病走了。而她丈夫的弟弟，也就是布鲁汗大姐的小叔子早在十几年前的一次转场中遭遇暴风雨，瞬间被雷电劈倒。大伙儿找到他时，他的样子就像是一截烧焦了的树桩。

就在那年夏天，布鲁汗大姐过来向他们告别。她说父亲去世之后，他们一家已经申请去定居村生活，从此结束这种追逐水草、居无定所的游牧生活。她说，这种生活不仅生病得不到及时救助，转场中，总是啃着干馕，喝着河水，尤其是牧区偏僻又无法通电，也没任何家电，生活条件太艰苦了。

阿依苏鲁思索着，现代化灌注到牧民的生活当中之后，周边很多牧民都选择了居住到政府修建的红砖房里。家里电冰箱、彩电、洗衣机一应俱全，附近还有商店和集市，采购生活用品和食物都很方便。不仅房前屋后都是沥青路，就连去种植地和羊栏、牛棚的小道上都铺上了方便行走的沥青。她寻思：究竟是什么，让丈夫如此坚守一年四季艰辛的游牧转场生活。不能再这样继续下去了，得好好和丈夫谈谈了。阿依苏鲁焦躁起来。

二

在与公路相连接的那段沥青街道上，街边的树是容易成活且生长迅速的白杨树。赤那尔骑在马上小心翼翼地接近牧民定居的村落。他远远地跳下马，问两个男孩，是否知道阿依苏鲁家在哪里。那是两个不到十岁的小兄弟，他们坐在路边一块大大的岩石上，耷拉着双腿，每当有人经过，他们都挥手打招呼。

"妈妈，"这个衣服脏兮兮，皮肤黑红，头发蓬乱几乎盖住眼睛的年轻人凭着记忆认出了阿依苏鲁，虽然她的脸上有了岁月的痕迹。他说道，"我父亲去世了。"此刻，阿依苏鲁离开他们正好十个年头。十年，也是她第二次婚姻的长度。

"哦，我可怜的孩子。"阿依苏鲁拥抱了他，"我一眼就认出你了！"她想，他是多么高大英俊啊，而他却似乎对此毫无察觉。

赤那尔已经高出她一个头。此时，恰逢早春的傍晚。在他眼前是宽敞的庭院，考究的红砖建筑。落日的余晖斜斜地挥洒下来，橘色的光罩在房子的砖墙和靠在墙上的木头梯子上，就连乳白色的窗框也被染成了金黄色。随着微风，院墙边炉子上坐着的茶壶里的奶茶香味被风带了过来。一只橘色胖猫，在砖房的石头地基旁蹲着，等着老鼠从石头缝里钻出来。

游牧和定居的差异一目了然。

看上去，阿依苏鲁比过去矮。成年人往往都会比我们儿时记忆中的矮。比起以前，她还有点发福，原本棕黑色的头发里掺杂着几缕白发。她曾是个美人。如今虽说四十出头，但面容上依旧保留了不少以前的痕迹，让人可以看到她年轻时的漂亮容颜。她从离开赤那尔和他父亲到定居村生活，并了解到游牧生活之外的世界之后，更加确定前夫是她生活中的一个错误。她享受着现如今生活中的便利，同时与现任丈夫一同探索着它的极限。

他们住在定居村落的一家民宿后面。家里有三口人：阿依苏鲁、继父、赤那尔同母异父的妹妹古丽江。他们很注重对古丽江的教育，目前她在城里的寄宿学校上小学。放假期间，古丽江也不会回来，她在一家艺术培训班学习弹奏冬不拉。

那家民宿其实是他们的住宅。是继父用家里多余的房间改建的，准备在当地民宿行业立下脚跟。阿依苏鲁心灵手巧，对颜色搭配有天然的感知力。民宿的房间里铺的、盖的用品上面，都是她绣的羊角或者是花卉绿叶图案。

继父在民宿到院墙之间的那段空地上，搭建了一个小棚屋。阿依苏鲁在那里做手工刺绣，还可以随时招呼找到这里住宿的客人。她把染好颜色的羊毛毡剪成事先设计好的图案，然后与毛毡拼接到一起，形成精美的花毡。令人称奇的精湛手艺和纯天然的、用植物染色的羊毛材质，往往给外地人带来巨大惊喜。而这些正是她自豪的地方。在现在这个大城市人追求纯天然、纯手工的时代，会有一些小众群体专门寻找收藏这类手工艺品，而且出手大方，从来不与他们讨价还价，也不会欠账。

小棚屋里一个两米宽三米长的案子，占了屋子的一大半。案边一个简陋的木头架子上面摆满五颜六色的棉线，还有一些放针线、剪刀等工具的瓶瓶罐罐。一摞摞染好的毛毡和用来做抱枕或被单的布料一直堆到屋顶。虽然凌乱，但是每样东西都自有用处。

几乎每天都有做完了家务的邻家主妇，拿着刺绣的针线活儿过来找阿依苏鲁聊天。她们坐在案边的椅子上，边做着手工活儿，边谈论自家男人赚了多少钱、嫁出去姑娘的婆家是否有钱、儿子找的对象相貌如何或者某个生病卧床却没有康复希望的人。当路过的人走到听不到她们说话的地方时，她们还会对这个人家里的情况进行讨论。小棚屋里传来一连串的低语声，还有咻咻的笑声。当手头的活儿有些棘手时，她们会偶尔说上几句或者放慢语速。要是比较容易上手，她们的语调就轻快很多或者发出一连串的笑声。

"孩子、衣服、钱、煮肉、男人……"几个没什么意义的词，偶尔会响亮地从虚掩着的房门缝隙冒出来，清晰可辨。当她们意识到会被人听到妇女之间隐秘的话题，便赶紧假装咳嗽几声，把话咽回去。

赤那尔能感觉到，母亲离开父亲之后，迈入了一个全新的，在她眼里来说可以算是安逸到近乎完美的新天地。她感到仿佛获得了一次机会，她的人生重新开始了。她告别了一年四季骑着马、赶着牛羊的转场生活，告别了马背上捆绑着的毡房。现在她要舒适地生活，而不是居无定所地冒险。在这里，气候变化再也无关紧要。

这个新天地，与赤那尔成长的世界全然不同。父亲去世前，说过他完全可以从那个成长的世界剥离出来——大概赤那尔本人起初也这样认为。

三

那天晚上，父亲抚着脖子对赤那尔说："我有一种很难描述的感觉，就像有什么东西卡在了这里。"凌晨到来前，他就离开了人世，原因是哮喘发作。他离开时才刚刚四十五岁。

"我给他用了蓝管子喷雾那种急救药，不管用。他说不出话来，他的嗓子里只能发出呼哧呼哧的杂音。然后……就……走了。"

父亲的离去并未让赤那尔感到意外——父亲已在日益加剧的痛苦中煎熬数月，才算勉强熬过了寒冬的种种侵袭。死亡，对他近乎一种解脱。尽管如此，赤那尔依然心如刀绞。死亡到来的那一刻，赤那尔才真正体会到长久以来父亲对他的关爱和包容。

赤那尔握着父亲冰冷、僵硬的手，想起父亲病重期间频繁提起他的小时候。如果是个下雪天，父亲会说如今的气候啊，和他小时候相比，已经好很多了。那时候，把脚冻掉都是很平常的事情。他还举例说，那时候他在牧区流动学校上小学，皮帽子、羊毛围巾穿戴得严严实实，只有下巴那儿漏风，结果下巴冻伤了。一整个冬天冻疮无法愈合，下巴黑乎乎的就像小孩子长了一把黑胡子，到了来年春天才慢慢好起来。如果看到横冲直撞的小羊羔，他会说无论人还是动物，小的时候都是无忧无虑的。他一生中最快乐的时光就是童年，如果让他重返那个年龄，他将不惜任何代价。在他讲这些感伤的话时，赤那尔很不耐烦，他表现出不愿意听的样子。后来，父亲就再没有说过类似的话了。

想到这里，愧疚之情涌上赤那尔心头。

"我是个不孝的儿子。"赤那尔在父亲的葬礼上痛哭，他的心中始终有对自己年幼无知的悔恨。

参加葬礼的人们都称赞他的父亲，夸他是个好人，待人宽厚大方。他们回忆起他耗费大量精力帮助别的牧羊人寻找丢失的牛羊；在冰天雪地里驾驶雪橇将从马背上摔下来的邻居送去城里医院，却没有半点怨言。方圆百里——牧场里的人也好，牧场外头的人也好，对他的善良与正直无不充满敬意。父亲的一位多年好友还邀请赤那尔去他家里居住，直到成年。

父亲在最后的那个晚上，靠在被子垛上，把赤那尔的手拢在自己的手里，对他说："去找你妈妈吧，她是个好人，这我知道。你不用担心。十六岁可不大啊，以前你从来没有真正一个人待过。"父亲的意思是，还未成年的赤那尔，还需要和家人在一起，直到成年。

阿依苏鲁说你父亲走之前还能想着她，真让她感动。十年前，她离开他们的时候，赤那尔的父亲冷漠的，一句挽留的话都没有。并且在这十年里，绝不允许赤那尔与她有任何联系——他用冷漠来回击她曾经对这个家的承诺的背叛。也许，这是他唯一可以使用的态度了吧。说到底，他还能做什么呢？

父亲走得很快，没受什么罪。赤那尔语速很慢，但是把这个沉痛的消息传达得很清楚。在他沉思冥想之际，父亲一生艰辛的景象如同符咒似的压在他的心头——在永无停歇的转场中平平凡凡耗尽了生命，临终前还在为儿子今后如何维持生计而担忧。赤那尔浑身颤抖，仿佛又听到父亲用沙哑的声音不停地说着："去吧，去吧，去找你妈妈吧。不用担心。赤那尔，不用担心。"

四

母亲离开之后，父亲因此伤透了心。但他嘴上从来不说。他对这一切是怎么想的？他的处世哲学，正如他去世前所说的那样，就是无论发生什么都欣然接受。一切都是礼物，一切都是被安排好的。他说他不认为你妈妈有错。他还说当年你妈妈想要生活中有更多安全和稳定的时候，他一定表现得有些迟钝和保守。即便他是这么说的，但是母亲的离开似乎让他突然开始衰老。尤其在第二年秋季转场中遭遇了暴风雪，一个多月的高烧让他落下了哮喘的毛病。

赤那尔还知道一些其他事情，但不是从父亲那里知道的。赤那尔知道，母亲走后，为了照顾幼小的他，父亲失去了一个曾经对他感兴趣的女人。父亲和他有早饭时喜欢喝的奶茶，晚饭时喜欢吃的风干肉，有喜欢听的广播节目。他们睡觉前总是收听阿勒泰广播电台，直到天气预报结束，才会关掉收音机。晴天、多云、暴雪、沙尘暴、洪水……他们根据天气预报决定第二天的行程和劳作。可是，阿勒泰山区变天就像小孩变脸似的，让人捉摸不透。一直以来，对于草原上突然降临的恶劣天气，赤那尔都有一种奇怪的感觉，半是恐惧半是一种令人恐惧的兴奋。

当然，有一件事是确定的——如若不是父亲早逝，将来赤那尔势必会继承父亲的衣钵，成为阿尔泰山里一名逐水草而居的牧民。过去十几年的游牧生活，使得他谙知气候的变换与牧民转场间存在的关联：春天的第一声鸟啼预告着大地即将再度转绿、蓬勃繁衍；月亮的盈亏决定了何时转场、在转场途中何时休息、何时打草晾晒干草、何时又该宰杀牲畜，甚至还决定着何时埋葬死去的亲人；日出伴随红霞意味着雨水将至；西北风、暴风雪预示着来年的水草丰美。不得不说，牧羊人最初学会的便是敬畏自然，顺应自然。

赤那尔放下行李，沿着定居村落的主干道走了走。这里，完全看不到毡房、石头屋子和牛羊群，还有骑在马背上的牧羊人。相反，砖混结构的房屋围绕在主街道两侧，一排排，方方正正。就连窗户都对齐着，排列得整整齐齐。房屋两头各有一座用玻璃围挡的门廊，与黑漆漆的沥青街道相得益彰，在云朵卷积的高高穹顶下面黑红分明。一切都整洁大气，安全舒适又令人向往。

这个地方的房屋和颜色，跟在此生活的人们的时间观念有点类似——遵守约定、井井有条。不像牧场的色彩和生活，五颜六色，受气候和自然环境的影响，随时可能改变手头要做的事情。

过后没几天，天气突然变暖。黄昏时，天边泛起迷人的粉紫色涟漪。夜晚的变短和白天的宜人暖意宛若意外之赐，似乎在这片土地上，长年以来寒冬并非如此告退。山谷大片泛滥的支流汇集到一起，填满了蜿蜒绕过村落浇灌耕地的渠道，沿着渠边伸展开去的骆驼刺还有沙枣树紫红的枝条上进出新芽。每家每户的窗口和家门已经向阳光敞开，水流的气息飘散到村庄的上空，带着沙枣花的味道。这是一种充满希望的天气。

继父和母亲是靠什么轻松应对生活的呢？

他们与定居村落的其他邻居一样，在村落附近，政府分配给他们的一百亩地里，一半种上了苜蓿和青储玉米，另一半种上了收益更高的经济作物——打瓜。政府把浇灌渠修到了地头，这里苜蓿草的产量至少顶得上以前天然牧草地的三倍，羊栏牛棚里的牲畜再也没有缺草少料的情况发生。

在地里忙碌一周之后，礼拜天，继父通常会出门，让赤那尔照看民宿。继父会开着车去集市送母亲做的手工花毡，再采购一些下周生活必需的茶叶、蔬菜或者是母亲手作时需要的针线。天气暖和时，在办完这些事儿之后，他会坐在集市边朝阳的靠墙长椅上，与时常在那里晒太阳的几位老人闲聊。其中有老努尔旦、扎特里拜大叔，还有本地赫赫有名的剪羊毛高手杜曼。他回到家，模仿他们说话的样子，还有他们的声音。尤其是学老努尔旦那因年老而变得啰啰唆唆和总爱占上风的语调，把老努尔旦学得跟怪物似的。他说这些的时候，一副洋洋得意的样子，好像只有他的生活是对的，别人的生活都注定要被鄙视和嘲笑一样。

在这段时间，赤那尔不怎么与继父沟通，甚至不太与母亲交流。他总是享受独处。还是个孩子的时候，他喜欢骑着马在草原游荡，享受山谷的静谧。如果朝深山里走得足够远，甚至连风声都听不见。但是最棒的还是午后山坡上的阳光。他会靠着干草垛，看着阳光透过白色云团，照亮草地上的牛羊。光线最好的时候，牛羊周身发着光，像是镀上了金边。草屑和尘埃像飞虫一样点缀在空中。耳边能听到的只有牛羊咀嚼青草的声音，还有它们低沉的叫声。

眼下，他独处的习惯还很难改变。因为，独处能让他更好地回忆，能给他带来慰藉。

五

赤那尔的马儿不见了。

他一个人去对面树林里寻找。继父家院子和山谷之间有一片杨树林，树枝上的树叶已经丰满。杨树是这个季节最早发芽的树木。炽热的阳光从树叶间倾泻而下，看起来很不真实。他的脚踩在松软的草地上，没有任何声响。

这匹马儿是赤那尔七周岁时，父亲专门为他挑选的一匹小马驹。是送给他的成长礼。第一次见到它时，阳光穿过树枝落下来。巧合的是，在马的头部落下两个像是鹿角一般的树杈阴影。赤那尔脱口而出："哈，是小麋鹿啊！"小马从此有了名字：麋鹿。父亲笑着赞同。因为"麋鹿"是神奇和吉祥之物，代表着自由与旺盛的生命。之后，麋鹿一直陪伴赤那尔长大。

在赤那尔心里，有一种感觉紧紧地黏附在他意识里的某个地方——麋鹿和他的内心最深处有一个同样的期待，对大草原的期待。

马儿的离去，让他与草原失去了最后的物质上的联系。与世间万物和马之间发生的一切，失去了联系；与追随草生长的声音、转场的游牧生活，失去了联系。

是否在每个人的生命中，他想，都有那么一件事，会影响到今后的整个人生？变故发生在他六岁时——母亲走了。在牧场生活的几年里，追求自由生活的喜色从母亲的眼里渐渐褪去，眼神由怀疑转为迷茫。"冬天患上的冻疮，始终没有好过。每一天都不知道第二天会发生什么。"走之前，她这样说。十年之后的今天，赤那尔依然清晰地记得自己幼小心灵里的挣扎，记得离别时的恐慌感受——当时，自己几近绝望。但那种感受却并没有伴随他之后的人生。那种感受被封冻在那段特定的时间地点，而他本人在第二年父亲送给他那匹小马之后得以轻装前行。后来，父亲离世，当时以为注定将挥之不去的阴影，没想到却被马儿的离去替代，并在他的心底扎下根来，成为他自身遗憾的一部分。

他还知道，那些篇章再也不会重翻回去。在他心里，当往昔还是当下的时候，那些转场过程中对牧民存在的因突发天气造成的不足和缺憾、不公和痛苦曾令人不安。解决这些问题的定居村落日渐繁荣兴旺，对此他丝毫感觉不到高兴。那条在阳光下闪着黑黝黝光亮的沥青小道与公路连接到一起，一些院落门前停着皮卡车甚至还有小卧车。继父只需开车十分钟就可以到达他家的耕地，给苜蓿草浇水，给青储玉米拔草。母亲依然做着手工毛毡，只不过不是给她自己做的，是做给继父每周五开着皮卡车拉去镇上集市出售的。他们定居之后的安逸生活，修复了母亲手上的冻疮和脸上的不安——至少，在赤那尔看来是这样。

夜深了，赤那尔不时醒来，在铺着蓝格床单的单人床上辗转反侧，想起了父亲去世前说的话，脑子里满是飞逝的思绪和慢慢消失的记忆片段。也许是这段时间没有像从前那样骑着马儿在草原上飞驰，导致他的胃部消化不良，才睡不踏实吧。

赤那尔做梦了，他梦到麋鹿。他骑在它背上，离开沥青小道，穿过苜蓿地，慢慢走向连着山谷的牧道。他看到父亲斜靠在山坡上晒太阳。几只小羊羔从灌木丛后面钻出来。他冲它们打口哨，它们"咩咩"的吵闹声，因为匆匆拽食了满嘴青草，而时断时续。他属于这个地方，从这里来，并选择回到这里。之后，他经常做这样的梦。他之所以这样，是因为记忆在他的脑海中从未远去，但他总是记不起梦的结局。

于他而言，这里的房子、街道和沥青路面再也不会和他第一天看见时一样了。刚来那天，他被它们的威严和神秘迷住了。在那一天，他曾相信自己隐匿了形迹。现在看来，那一切似乎都不是真实的。

尽管阿依苏鲁没有明说，继父还是怀疑，就连她都已经厌倦赤那尔总是沉默且拒绝与他们有过多交流的态度。

"自怜自哀！"继父这样评价赤那尔。

六

时光流转，赤那尔已经和母亲、继父一同生活了五个多月。一开始，有一段时间，赤那尔遵循父亲去世前的遗愿，声称自己是来学习如何维持生计，以便今后能够养活自己的。但是，赤那尔的天性就像野外带刺的灌木丛，缓慢而隐秘地生长着，当顽固的骄傲与困惑交织重叠，他的沉默甚至冷漠让他自己都感到吃惊。

起初，赤那尔在打草、喂牛羊、浇灌耕地、管理民宿这几项工作中选择了体力劳动。他觉得自己的体力足以轻松应对那些差事。因为他很害羞，不善与人打交道，更不习惯招待客人，和不认识的人交谈对他来说是一种折磨。他大概就是这么给母亲说的。

"是时候重新开始了，"阿依苏鲁说，"为什么不呢？"她说他可以多学学与人打交道。她的第二任丈夫是个不错的干活儿老手，同时还是一位社交高手。每年秋季他都能把羊栏牛棚里的牲畜卖个好价格，还会时不时把她做的手工毛毡拉去集市卖个高价。这些，能够轻松办到，靠的都是他的口才。这就是她为什么想要让赤那尔对社交感兴趣，想让他今后以此做点小生意，来养活自己。而不是像从前那样在游牧转场中与大自然作斗争，靠体力挣辛苦钱。"干活儿太辛苦了。你不能这样一辈子靠体力活儿过日子。"她说，"那不是长久之计。"她想要帮助赤那尔进步，而继父并未对此怀有异议。

这让赤那尔有一点儿气恼，但他竭力不表现出来。他认为母亲的言外之意似乎在提醒他，你闯入了一个新的环境，你必须学着适应它。同时他还听出了母亲的暗示：你出于习惯，更愿意紧紧抓住从前的游牧时光不放，想要停留在过去的时光里。不过，从某种程度上来说，的确如此。

而如今，赤那尔极度害羞与沉默、说一句才动一下的表现，显然是期待游客自己会出现在院子里，双手捧着钱放到他的手心，等待着游客打开房门进到房间里，住下来。继父把这些归罪于他来自那个看天吃饭，并且做什么事儿都是随遇而安的慢吞吞的牧场。他认为，赤那尔这种被动的行为糟糕透了。"赤那"这两个字虽然是高挑挺拔的树的意思，但是现在他只要听到这两个字时，总感觉是一只掉队的小蜗牛。

继父对赤那尔谈不上喜欢，也谈不上不喜欢。他对赤那尔做的一切都不屑一顾，认为他摆脱居无定所的游牧生活，到他家来，算是走了捷径，一步跨入稳定的生活状态。

除了教赤那尔做事之外，继父并不常与他待在一起。忙完一天的活计，他通常吃过晚饭就消失在卧室里。偶尔出来，都是沉着脸，脸色非常不友好。赤那尔有时会到院子外站着，看邻居家的男孩们在玩些什么游戏，只为待在没有继父的地方，赤那尔总不习惯和继父单独相处。

黑暗中，那些男孩一切都变了。他们变得狂放不羁。他们借助墙头，爬上屋顶，相互追逐着在干草堆里钻进钻出。他们玩得不亦乐乎，直到他们的妈妈喊叫着，把他们拖回家。

偶尔赤那尔不吃母亲做的午饭，虽然那是加了胡萝卜、土豆的羊肉汤面片。他用不耽误给青储玉米除草为借口，早上出发时带上中午饭，在地头的树荫下吃饭。奶茶是灌在暖壶里的，搭配一块馕和酥油。不过，他在喝奶茶时一定要看仔细了，里面很可能有树上掉下来的青虫或者鸟粪。尽管如此，他在那里也会感到更加自在，好似又回到了牧场的生活。

　　"赤那尔，"继父开车来接他，"回家喝点羊肉汤。"

　　阿依苏鲁把肉汤面片，洋葱、西红柿、辣椒拌在一起的下饭菜和掰开的馕摆在桌子上。

　　"嘿，赤那尔，跟我说说话。这些日子你有什么想法？别让我摸不透。"阿依苏鲁看着除了说声"谢谢了"一直保持沉默的赤那尔说道。赤那尔来的头一个晚上，为了迎接和安慰儿子，她专门煮了风干牛肉，烤了蜂蜜饼干。那次，他也只是说了这三个字：谢谢了。这是他在这里每次吃完饭之后都要说的话。他不知道自己为什么要这样说，只是莫名地觉得这一表达感激之情的词语，要比直接说"好吃"两个字能更圆满地结束每一段餐桌边的时光。

　　"赤那尔唯一的问题，"阿依苏鲁望着赤那尔，摇着头说，"在于常年在牧场，见不到一两个外人，不通人情世故。"这是赤那尔头一回在饭桌边害羞地说了声"谢谢了"之后，母亲对他的评价。

　　此时，饭菜已经吃完，馕也吃得差不多了，母亲和继父关于家庭开支方面的话题也都说光了。

赤那尔坐在桌子对面，迁就地笑笑。他透过摆在桌子中间的沙枣花注视着母亲，说道："没什么，"说着，他朝外面街道的方向歪了歪头，"就……常梦到我的马——麋鹿，在那里。"赤那尔的拘谨，让他们坐在餐桌边的感觉依然还像是奶茶馆偶遇的陌生人，碰巧坐在了一起。

　　"我们应该明白的，"阿依苏鲁喃喃道，"我们都能理解的。"

　　"你不能。"赤那尔摇摇头，重复道，"你们不能。"

　　"你做了个什么梦？赤那尔？你们说来说去就这个？"继父说。他记得自己在赤那尔这个年龄做过的那些梦，只能说一半是梦。因为有时候他已经醒了——闭上眼睛，让自己的梦继续下去，有时还能听到旁边人的说话声。他还不到五十岁，头发还黑着，脸色红润，除了微微隆起的将军肚之外，人还算精干，一副生活幸福的样貌。

　　赤那尔的脸鼓了起来，好像快要哭了，胃里的热汤饭和继父的话让他的脸有点烧，汗水从脸颊流下来。他吸了口气，动了动嘴唇，又把话咽了下来，只是道歉似的微微点了点头。意思是马的走失，给他们添了很多麻烦。现在，每时每刻，他满脑子里就只有自己的马——他默默惦念，并没有把这话说出声来。他想，不管他说什么，母亲都不会去细想的，继父更加不会理解。或许，相信自己的儿子是无聊生事，对于母亲来说倒更容易些。也或许，这些梦对于母亲来说她根本就不想听。赤那尔摇摇头，但愿他们无法从自己的声音或者脸上看出他刚才的想法，他设想。

"那真是一匹好马啊!"阿依苏鲁感叹道,"我可以看出来它能辨识方向。对了,你不觉得它只是迷路了吗?"

迷路了?

在母亲提起与赤那尔父亲的婚姻时,也用了这句话:嫁给你爸爸啊,是因为那时我的脑袋卡壳了——迷路了!

"我做不到。"母亲说。她说她无法把那段婚姻进行到底,她说那是一个错误。在小镇长大的她,在她情窦初开的年龄,毅然决然选择了追寻"灵魂自由"的游牧生活。第一任丈夫——那时候她称呼他是在大草原上自由行走的"大地之子"。因为,他说过大地在不断说话,而他始终在聆听大地的声音。他不喜欢与外界打交道,只努力做好自己手头上的事情。

现实,并不是她想象得那般浪漫。婚后的游牧生活,一年四季居无定所的转场,天气突变等自然因素,让她的心始终悬在空中。那种令人不安的感觉,那种压在他们游牧生活之上的随时抵达的重负,让她无法幸福。这段婚姻一直伴随着她的都是那种感觉——她称之为自己脑袋"迷路了",才会嫁给赤那尔的父亲。于是,她离开了"大地之子"。那一年,阿依苏鲁刚满三十岁。她的脸还有些漂亮,但是双下巴正在形成。

第二任丈夫,事实上她在与赤那尔父亲结婚前就认识他。那时,他同样是一位牧民。不过,他家是十五年前,阿依苏鲁与赤那尔父亲结婚的第二年定居的那批牧民,也就是最早定居的那批牧民。当年,他一直暗恋阿依苏鲁,可那时的她总认为他在社交和公共活动这件事儿上，有着一种天生的喜好。周围的人们要么喜欢他，要么受不了他。在当时，她认为他是一个不可能踏踏实实做事的空架子，尽管他有一张能说会道的嘴巴。当然，还有年轻女孩更看重的外表——他是个矮个子，长着一张没有棱角且红润的脸。在外貌上，他与赤那尔的父亲恰恰相反。这些因素，导致当年阿依苏鲁没有选择他。如今，除了做好家里的活计之外，他依然会有一些宏伟的想法。一两杯酒下肚之后，他老是自吹自擂。他长篇大论地说起村委会的"那些领导"和"那些关系"，俨然成了一个可以操纵全村局面的人——他属于别的世界，那个赤那尔并不喜欢的世界。在那个世界里，继父有着不被他理解的分配时间的方式：一半用来劳作，一半用来交际。实际上，他的老本行仅仅是一位除了棚圈里的几十头牛羊之外，用多余房间开起民宿的小老百姓，赤那尔想。而现如今的阿依苏鲁对继父善于交际的习惯不无责备，但暗中却感到得意。"他就是话多了点，但是人很实在。"继父不在的时候，母亲提醒过赤那尔，"永远记住这点。"

离婚后的阿依苏鲁回到镇上娘家，靠在集市上出售自己的手工花毡挣钱。"去我家……看看现如今的定居生活吧？"继父似乎是在镇上集市遇到她时，因为一时冲动而发出的邀约。其实不是，他一直惦念着她。"看啊，了不起的事情正在发生！"他笑容满面、神采奕奕地给她介绍眼下的定居生活时，这样评价。此时的他，变得更加圆润，更加善于交际。不过，在现在的她看来，他不但显得更加随和与可靠，而且还发着光呢。谢天谢地，这时的他拯救了阿依苏鲁——他张开双臂将她拥入怀抱，热情地接纳了她。

真是奇迹。他俩能相互拥抱，无疑克服了很多困难。很好，这一段婚姻在她看来没有迷路，而是走向"正常的生活"。现在他们婚姻幸福，有了自己的女儿，住在窗台下挂着暖气片的房子里，就连家里的牛羊都住着暖棚，他们知足了。剩下的目标，就是他们的女儿成年之后，能在城里找个体面的工作。

七

晚上下起了雨，赤那尔醒来听到雨声，心中满是疑惑，更升起一股对继父生活方式的不认同，他听到棚屋里说话的声音。他屏息静听，听见继父对母亲说："给村委会提交了赤那尔定居房的申请，等申请通过了，他只要依靠那套定居房，就可以养活他自己。"他辗转无眠，决定天光初露就起身去找点活儿干。

虽然雨还在下，但他还是决定去给棚圈里的牛羊弄点干草。他昏昏沉沉的，头像是蒙在雾里——熬夜让他有种恶心到想吐的感觉。

屋顶上，堆满比人还高的干草垛。赤那尔站在屋顶用草叉将一捆捆的干草往地面上扔去。他在做这些的时候，有那么一会儿，他的马儿从院子大门缝儿跻身而进，像从前那样朝他奔来，嘴里还低声嘶鸣着，好像在倾诉好久不见。他眨了眨眼睛。"嘿——是你吗，麋鹿？"他说。在他梦中，那个场景存在某种会扩散的寂静，仿佛一切都停滞下来。现场所有的牲畜不再发出平日闹哄哄的声响，它们静止着都闭口不言。当赤那尔再次朝麋鹿刚才站立的方向望过去时，他明白分别终于来了，就是那个他看到的画面——扬起的尘土告诉他，它走了，就像灰尘一样被风卷走了。在梦里，他一次次陷入深深的忧郁。他突然觉得，他与麋鹿一样，都只是"迷路了"而已，最终需要时间来抚平他们的悲伤与期许。

清晨，赤那尔站在青储窖的敞口处，掀开覆盖在发酵好的青储玉米上的厚重塑料布。父亲以前虽然从未用过青储玉米饲养牛羊，却听说过这个饲料能让牛羊吃得很饱，长得很壮。"再推一车青储玉米过来！"继父眯着被烟熏着的那只眼睛，冲赤那尔喊。奇怪得很，他嘴里叼着烟卷还能说话。继父除了安排他干活儿时喊叫，其余时候声音都压得很低，说得很快，让迟钝的赤那尔一下子听不明白他要表达的意思。

八

赤那尔希望能留在家里，做些自己擅长的体力活儿，但实际上他现在正坐在继父的皮卡车里。皮卡车正开在去往城里的沥青街道上。他的脑袋就靠在副驾驶旁的车窗上，呼吸吹开了车窗上的雾气。他身上始终有股味道，羊脂肥皂、汗水，以及可能是被太阳晒过的糙糙的羊皮味儿。这些气味合在一起，组成一股类似健康的劳动体味。此刻，在狭窄的车厢里，这个气味被放大得更加明显。

此时已是十月中旬，白日一天比一天短。清晨已经非常寒冷，露水打湿了多刺的浆果灌木，杨树叶子也变黄了。吃过早饭，继父把几捆羊毛毡装在皮卡车上，天边堆积起厚厚的积雨云。出发时，赤那尔注意到头顶的日光还很充足。两个男孩在街边，把一个泄了气的足球相互扔来扔去，都想击中对方。一个女孩在骑自行车，转着弯，围着玩球的男孩绕圈圈。一个老人——可能是其中某个孩子的祖父——驼着背，背着手，站在街边，笑眯眯地看着他们玩闹。沥青街道尽头的羊栏里，山羊在安静地吃草。万籁俱寂，一切都像在静静地等待着，像是会发生点什么。

积雨云与日光斗争半小时后，胜利了。

车窗外，天色一片铅灰。赤那尔歪着脑袋看一簇簇杨树叶子打着旋掉落，细密的雾水落在皮卡车的挡风玻璃上，流连片刻后汇成一道道水流。昨晚，电视上的气象播报员提醒说今天有暴风雨，看来果然如此。山谷那边，更深的云团正倚着山势，幽灵列车一般有规律地飘过。风口的路段，风甚至会更大，足以让许多道路无法通行。

很快，皮卡车驶进山区。赤那尔看着山和云，提醒说今天这个情况，走山路很有可能遇到山洪。继父说有个上海的游客，通过朋友介绍联系到他们，希望买三张阿依苏鲁手工制作的绣花毛毡，并且通过微信看过了毛毡图案，非常喜欢。那个游客想在今天中午拿到毛毡，并且乘坐今天下午从阿勒泰机场返回上海的航班。说完，他还补充道，这是他们维持生计很重要的一部分。

　　赤那尔说着话，他没有转过头来，像是在对着车窗外山谷里的冷杉说话："上海人喜欢羊毛毡，是出于什么心理？"他现在渐渐尝试使用诸如"心理"这样的有文化的词语。通常他还都能用对。

　　说完之后，他感到很难为情，他想着自己付出的努力，那种假装的自然与愉悦，就像他说这些文化词语一样笨拙，一样亦步亦趋。

　　赤那尔以为前方左侧是一片冷杉树林，但其实不是。树只是沿着路边生长，在路堤上十分茂盛，卡车驶过一个弯道时他能看到树丛后面闪过的一片牧草地，褐色的，已经干枯了的残茬草场。

　　继父很快地看了赤那尔一眼，扯着嘴角笑笑。

　　平日里，赤那尔要么对着动物说话，要么对着花草树木说话，也许是在与它们交流，并感受大地的回应吧。继父时常这么想。"纯天然的原材料，加上纯手工，"继父说道，"有点像以前部落里贵族的喜好。你觉得呢？"

　　雨沿着远处的山脊一路飘落下来。他们看到灰色雨雾迅速朝他们这个方向移动过来。车刚行驶上公路，道路就出现一个大转弯，不久便分岔。继父选择左边的近道，他朝下拐入山谷，驶上一条山间小道。很快，雨雾扫掠过山谷，大风吹袭摇动着皮卡车。强风裹挟着暴雨经过时，喧哗和危险持续了几分钟，接着就只剩下雨声，雨幕飞流直下，皮卡车仿佛置身瀑布之中。继父放慢了车速。因为暴风雨的原因，路面湿滑，路上没有其他车。挡风玻璃起了雾，他打开引擎，然后把暖气打开。

连绵的雨声让赤那尔得以免于回话。要描述他对继父的感觉，难度不亚于描述一种气味，就像烧火时炉膛里草木灰的气味？像烧焦的羊毛？像雨后碱性的泥土味？好像又都不是。

继父熄了火，把卡车停在路边。检查车厢里厚厚的塑料布包裹着的羊毛毡，以确保它不被雨淋——雨水淋过的毛毡很容易被虫蛀。继父喜欢和大城市的人做交易。他知道，越是城里人越是欣赏偏远山区的少数民族手工艺品，而且会毫不犹豫给出很高的价格。她们都很有钱，住很大的带空调的房子，上过很长很长时间的学。还有，大城市人知道手工的辛苦，不需要给她们说明手工的过程，她们一看便知。"天哪，这得花多少时间啊！"她们会抚摸着毛毡感慨，询问阿依苏鲁如何做到长时间坐在那儿，一针一线绣出羊角图案，她们心疼阿依苏鲁手指上磨出的厚厚老茧。

"大城市人会做事做人。"这里的很多手工艺人都这么说，"不像本地人，为了卖给她们一张羊毛毡，磨破嘴皮和她们讨价还价。为了降价，她们还会挑出很多毛病。即便是卖出的毛毡，还有搬回来退货的可能，好像挣了她们多少钱似的。"

车胎碾压着碎石，发出"哗哗"的声响。继父沿着小路行驶，思索着三张羊毛毡会换来多少现金，上海的买家一定不会少给。他听到水声，但不是雨水的声音，是急流才会发出的声响。他透过雨刷扫过的挡风玻璃往外看，想看看是否是山洪水从路面上流下，但是风夹着雨，看不清。他想让赤那尔开车，好让他观察外面，但是他又担心赤那尔会把车开到路基下面。有一次牛棚里的苜蓿干草吃完了，继父让赤那尔开车去地里拉草垛，他开起车来就像个醉汉走路。

九

继父把车开上陡峭的斜坡，车轮胎艰难地爬坡，这么高的路面沾了雨水，非常湿滑，不得不更加小心。还有其他事情让他心烦，他始终错误地认为赤那尔会做好在他眼里极其简单的活计。他想起赤那尔刚来的时候，不知道如何将大渠里的水引进地里给青储玉米浇水，也不知道怎么使用器械收割青储玉米，更加不会使用青储窖。得知种植青储玉米长出小苗时，要及时清理杂草，他表现得非常惊讶。有十年了吧，家里利用闲置的两间房子，做起了民宿的小生意，用来接待到这里游玩的游客。赤那尔是早起的鸟儿，可他只会干粗活儿，始终没有学会与人打交道。牧羊人最欠缺的就是与人交流的能力。这让继父想起阿依苏鲁曾说过赤那尔不会与人交流，是因为他是个能够与动物沟通的天才，他能够与它们对话。不过，除了阿依苏鲁没别人会如此抬举他。阿依苏鲁始终认为是她在赤那尔身边那几年塑造了他的个性。赤那尔聪明、善良、擅长观察、善解人意，不爱说话，但并不叛逆。他的沉默也被阿依苏鲁视为是一种冷静独立的表现。他长着棕黄色头发，他的眼睛是浅褐色的，清澈透亮。阿依苏鲁非常喜欢赤那尔的个性。她只是不喜欢赤那尔和他父亲那种沉重、充满未知、毫无创意的游牧之路。她在牧场生活的那些年，越来越恐慌自己会变成那类老太婆——周身笼罩着一团羊膻味的迷雾，因为负担着各种游牧生活中的杂碎活计，而脱离了与外界的联系。

阿依苏鲁是真心想让他帮助赤那尔进步，她甚至希望赤那尔能够完全接手打理家里那几间民宿。她号称这样可以激励赤那尔，提高他与人沟通的能力。但是，在继父看来，在赤那尔屁股上踢一脚会更直接、更管用。

那天中午，他和阿依苏鲁坐在门廊低矮的圆桌边，目睹着赤那尔提着一壶奶茶，迈着生风的大步走进民宿的房间里。那架势，风风火火，就像一个人拎着水桶去灭火。

"赤那尔，他在那儿做什么？"继父明知故问。

"他在给客人倒茶。"

这句话，让他哼了一声。

"至少，他还这么做了。"

"你看看他走路的样子吧！身子在腿的前面，头又在肩膀的前面。你看看吧，像不像要去找客人打上一架的样子。"

赤那尔送完茶壶，将早餐时客人喝空了的壶放回到炉边。继父坐在桌边，在一块馕上抹了一些酥油，一言不发地开始吃饭。

他看着赤那尔，等着他吃完。

"你最好机灵点，多跟他们说说好话。"继父终于忍不住谈起让赤那尔不安的话题。谈话的要点，还是他要求赤那尔主动与住宿的客人多多沟通和交流。

"首先，"他说，"只有这样，他们才会多介绍朋友过来住。我们才能挣上钱。"

"知道了。"赤那尔有点困惑地朝他笑了笑。

"我给你说的话，你得用到行动上。"继父紧绷着脸，继续说道，"这对你今后有好处。"

"知道了。"赤那尔耸耸肩，嘴里嚼着东西。平日里，在他谈到多与人沟通、多与外界接触的话题时，会看着赤那尔说："噢，算了！算了！说了你也不懂。你嘛，就多干活儿吧。"显然一副对无知的人缺乏耐心的架势，但总这么发牢骚，也不是解决问题的办法啊。

"知道了，知道了，你这个知道说了不下一百遍了，也没见你跟他们多说一句好话。如果你不做出改变，只是低着头手里提着奶茶壶，继续下去，最后完全可能是没有一个人愿意看到一个拉着马脸的人为他们服务。"继父的话像连珠炮似的，从齿缝间滚落。"当然了，"他最终安抚道，"只要现在热情起来，多说说好话，很快会好起来的。毕竟每个人都喜欢听好听的，对吧。"

"知道了。"

你每次就会丢出这句"知道了"，继父心想。这是赤那尔惯用的伎俩，只为堵住你的嘴。你多说几句，只是单纯地想帮助他，完全没有责备的意思，他却还是那句"知道了"。赤那尔刚来的时候，继父以为赤那尔会在"知道了"后头接着说些什么或者做些什么，但在几个月的长久等待之后，他并没有说下半句，也没有丝毫行动上的改变。"知道了"，那三个字孤零零地悬挂在空中，反而让他觉得过多关注赤那尔会是一个尴尬的举动，之后，一直是这样。

"也许你发现了我们不知道的挣大钱的生意？"继父说，"赤那尔，你发现了什么？说出来吧，可以养活你自己的？"

赤那尔心底涌起一股屈辱。他其实并没有什么过多的想法，更没有对今后生活的任何打算。至少现在没有。他想，改变是可以的，但需要时间慢慢适应。

继父的这个问题，显然是想刺激赤那尔一下，逼他说出心里话。他总是这样。

"没有。"赤那尔想了想，简短地说，这并不是敷衍。

"没有？"显然，继父没有得逞，他气咻咻地朝客人住的那几间房的方向歪了歪头，抬高了嗓门，"那就按我说的去做。懂吗？年轻人。"

"我不在乎这个。"赤那尔说。他嚼着东西，吞了下去，"这不重要。"说这些话时的赤那尔语气平静，但立场坚定。

"这很重要！你没有采纳我的提议，"继父脱口而出，"你以为我是闲来没事，随口说说的吗？你不多与他们交流，是有什么原因吗？是因为你的舌头被老鼠咬掉了吗？"此刻，继父的怒气再也无法掩饰了。他一脸不悦地看着赤那尔，脸颊涨得通红，如同绷紧的橡皮手套。他握着拳头，嘎嘎作响地磕着自己的牙齿，觉得自己对待赤那尔的耐心快要用完了。

赤那尔很害怕，不知如何作答。他知道，做民宿沟通非常重要，但是他并不着急去迎合这一点。他没有给自己下定义，也并不为继父给自己下的定义而焦躁。

继父的情绪变化了，他叹了口气。"年轻人，做梦不能当饭吃！"

"听我说，赤那尔，我们都是为你好。"阿依苏鲁接上继父的话头。她说话时，语气里有种按捺不住的紧迫感。"也许他的话说得没那么好听，但这都是为了给你指一条今后可以养活你自己的路，因为你这个年龄还不知道该朝哪个方向走。"她在帮继父维持面子。她和继父，他俩都只想要改变一样东西：赤那尔脑袋里最深处的东西——他从小对这个世界的认知和看法。他俩想让赤那尔热情主动地融入这个新天地，哪怕开始时融入得非常勉强也行。

"知道了……"赤那尔咕哝着，将双手置于膝盖上，眼睛低垂。他似乎还想说点什么，有点犹豫，却又改变主意，脸一红，将目光转向别处，继续让这三个字悬着，失去意义。

阿依苏鲁感到了不安，于是，她又补充道："赤那尔，听我的没错。你值得拥有正常的生活。""正常的生活？"赤那尔重复着。母亲说这几个字的时候，让他感到不适，有种被冒犯的感觉，感到行动受限，必须小心翼翼。但他无法掌控它，拒绝它。他暗自琢磨：生活？怎样才叫正常的呢？母亲能够说出这句话，在他看来，她的"正常的生活"每时每刻都在背弃初衷，或许会多多少少被岔开、掩盖——似乎也将归于死寂。当然，这些他只字未提，而是问道："我一直以来的生活不正常？那是为什么？"

因为在你这个毛头小子还没完全弄清楚这个世界的真相

时，你父亲就已经去世了，阿依苏鲁想。那个倔强的男人，在咽下最后一口气前妥协了，让你来找我，寻找今后能够养活你自己的营生。该经历的艰难——最起码在我们这个生存环境中该经历的困难，在往日生活中我们都经历过了，并带着满身的伤痕。有人会说，这是上一辈人强加到年轻人身上愚蠢的理由。但是，说这话的人可不是经历过这些麻烦的人。毕竟，让你少走弯路的人，是你的亲人。

赤那尔非常清楚，母亲对他还有另一种看法。跟她那无法控制的不安和忧虑恰恰相反，她也为赤那尔感到同等程度的骄傲。最终的事实就是，她压根不愿他成为别的样子，她宁愿他保持现在这样，或者说，她身上的某一部分的确是这样想的。自然，她得一直否认这一点，出于务实，她得这样，也是出于对大自然的妥协——妥协的务实，而且她得表现出跟继父一致的态度。

问题不止这些。真正的问题是，赤那尔身上遗传并融合了她的特质，那些她一定觉得是自己身上最糟糕的特质。那些她已经破除和埋葬的东西，眼下又一次出现在了赤那尔的身上，可是他对此完全不想反抗。而那些她引以为傲、引导她过上"正常生活"的东西，比如她追求"正常生活"的透彻和严谨，他却一点儿都没有继承。

赤那尔没有仔细想这件事儿，也不愿多想。在他感到与母亲心弦碰撞时，他俩都一样，都颇不自在。

阿依苏鲁没再说下去，她有些焦躁，这一切让她心神不宁。她不确定赤那尔是否都听进去了，或者能真正理解她的心情，实际上她都不确定自己是否都说了。

这些赤那尔都能感觉到。在母亲的注视下，他低下头，一动也不动。他努力透过母亲的眼睛观察和理解他自己。最终，赤那尔得出结论——母亲也许是对的。想到这一点，赤那尔感觉自己仿佛被扔进了地窖，盖板在他的头顶上"砰"地关上。

十

赤那尔的"正常的生活"，是怎样开始的呢？

过后不久，关于民宿的活计，每次赤那尔都按照继父交代的完成，但是依然没有接下来的主动行为。每次继父都会出现，把一个编织袋塞进他手中，让他去清理住宿的游客留在房间里的垃圾，或者给他一个拖把或一块抹布，让他去除房间里的尘土。"你的脑子里要有这些事儿！"这句话，是这段时间继父的口头禅。

转场和放牧的那个世界已渐渐远去，赤那尔正走向他的"正常的生活"。他不想令母亲为难，也不想惹继父生气。

赤那尔并不是不想与游客沟通——他心智健全，但这段时间他始终对此不感兴趣。过去，在一望无际的草原上生活时，根本不需要过多的语言。当然，从前，与父亲在一起，他们有说不完的话。就像现在，有时他在心里默默和父亲说话时，说的总是同一件事儿。他觉得自己依然离父亲很近，但感觉一点儿不神秘。他突然意识到，自己享受对牧场的兴趣并沉浸其中的真正原因，在于和父亲还有自己的马在草原上共度的时光。此前，他的潜意识从不允许自己往那个方向想。问题是，这个念头却像水一样汩汩地往外冒，连他自己都想不到，还会和死者聊这些。

他上床睡觉时，还在这么想。

他很早就醒了。天还暗着，太阳还没有升起。黑暗中，某种模糊不清的直觉将他拉到母亲和继父的失望情绪中。他睁开眼睛，再闭上。当他闭上眼睛时，看到一个大黑球，周围是红色的火圈。他躺在那里，辗转了一个多小时之后，他突然明白了一些事儿——这是在黑暗与黎明前的鸟鸣声中意识到的。他再没有睡着，他注视着黑夜一点点变亮，听着屋外沥青路面上驶过的车辆声。在他的意识中，开始体会到继父和母亲的节制与善意——就像过去与父亲在一起时一样——他不想再对在世的亲人留有遗憾了。于是，母亲与继父看起来就不那么缺乏耐心和让人感觉虚伪了。事实上，他们满怀着自然的好意。

他并不是想要跟人交际才这么做的。因为他不是有意走过去跟人聊天的：遇到住宿的客人他会打招呼，有时还会稍稍聊上两句。他小心谨慎地做着这些。不过通常不外乎"早上好"和"晚上好"。他躲不过去，但总有办法长话短说。而这对民宿的发展还是有好处的。总之，整体状态比起以前要好很多。渐渐地，他提升了对周遭的兴趣，努力变得更加友好。除此之外，他还在餐桌上，主动和继父聊上几句。

"现在你做得就很对。我看到了，你在改变自己。"阿依苏鲁在这些个太阳打西边升起的日子里，感受到了赤那尔更好相处，更具有男孩子的信心和帅气。她及时鼓励他，"这段时间，我心里总是揪着的，为你担心。没事儿啊，慢慢来，我相信前一段时间你只是迷路了而已。"看看，阿依苏鲁真的很喜欢使用"迷路了"这个词，就好像赤那尔在大雾中迷了路，目前已经找到了回家的方向一样。不过，她的语调是友好的，似乎挺认可赤那尔的努力。哪怕是一点点努力，她都看在了眼里。母亲的肯定，让赤那尔心中闪现一串串火花，但也感到一阵阵寒意。

"哦，那可不是什么大事儿，"赤那尔扬起眉毛，做了个鬼脸。他的声音里有一种新的语调，几乎是俏皮活泼又掺杂着些许讨好的口吻。他自己都为之吃惊。"以前不懂得沟通的原因可没那么复杂啊，就单纯不想说话嘛。"他好像从没有过刚来时的那种状态。如同把那些个场景收拾了起来，和他过去的自我一起收进了羊皮袋子里，并扎紧了袋口。他选择把自己包裹起来，直到自己能在这里生存下去，赚钱过活。他迈出了一小步，这让他大大地松了一口气。

事实上，既然现在游牧生活不存在了，一大部分的他也随之而不存在了。环境在变化，他在其中的位置也在变化。你会以为赤那尔搬到定居村落居住的时候就承认了这一点，但是他身上仍然有那种奇怪的犹豫和期待。仿佛依然在等待重返草原，接下生活在那里的重担。

十一

继父又在路边停下来歇了歇，检查以确保车厢里塑料布包着的毛毡不被淋湿。继父喜欢和城里人交朋友，更喜欢和他们做交易，他们能让牧民定居下来，让他们冬天不冷，夏天不热，让他们用上干净的上下水，住上温暖的民居。让他们看病不愁，教育孩子方便。他认为，他们很聪明，而且一直以来都很聪明。

继父一打开车门，暖气带来的热度就"嗖嗖"地消失了。继父和赤那尔都穿上了棉夹克外套，还是觉得冷，并且预感到还会更冷。虽然现在是上午，但是他们要沿着盘旋公路一直往上开，接着再往下开。这意味着，再往上很可能雨水会变成冰雹或者大雪。他们的呼吸，让挡风玻璃起了雾。他们已经感到冷，并开始发抖。

"我还从没有碰到过这样的鬼天气。"继父眯着眼透过挡风玻璃往外望，他花了好一会儿工夫想看看是否能看到别的车，但是没有。他继续开，爬上陡峭的斜坡。他发现，高高的路面结上了薄冰，不得不更加小心。空中的云团越来越沉重，山谷之间被暗影覆盖。他按下车前面夜灯的按钮，并把暖气开大。

"以前转场的时候，有时候头顶大大的太阳，一转眼就出现这样的天气。"赤那尔聆听着暖气发出"呼呼"的声音，对抗着寒冷。他把手伸到暖风口，感觉到吹到他身上的暖气，甚至还感到这样的天气在车厢里还很舒服呢。车厢里暖和起来以后，因为呼气凝结在挡风玻璃上的雾气也蒸发了。

此刻，他们身处山谷，只听得到雨水敲击车窗的声音。除此之外，没有其他声音，比如天晴时的牛羊闹哄哄的声音，牧羊犬的吠声，就连鸟儿，面对暴风雨也都陷入了沉默。

道路分岔了，继父往左边开去，沿着山路继续往上爬。道路空寂而曲折，除了细瘦的墨绿色冷杉和一片片蔓延的爬山松之外，路边什么都没有。车子在经过最后一个转弯之后，沿着路边一片倾斜的花岗岩，开始盘旋着朝下方开去。

继父感觉比刚刚好多了。他们下了盘旋公路，沿着绵延不断的牧草地，开上一条沿着额尔齐斯河朝西头延伸着的小路。这一片草场，曾是赤那尔父亲之前放牧的夏牧场。对赤那尔来说，他对游牧生活的留恋永远定格在这片草场。那里有他的父亲，有他的马儿，还有一望无际的绿草地。

马蹄踩过碎石，清晨奶茶飘香，转场日日年年，思念眨眼而逝。对于赤那尔来说，七岁那年与马儿的相遇，直到十六岁之间的陪伴，决定了赤那尔的余生。人世间这样的邂逅并不常有，赤那尔心怀感念——这样的生活方式，自然有它的魅力所在。

十二

他们在车里待了足足有三个小时，几乎没怎么说话。两个人心中所想可谓南辕北辙。

继父思索着接下来该如何引导赤那尔更快地接手民宿。他甚至想，此次返回家里之后，必须找个理由或者是挑起事端再发一次火，给他来点狠的，让赤那尔知道他的"说一不二"。那么他便会更加主动去做事儿了吧。就在他估测着，处在叛逆年龄的男孩该给他来点硬的，才能将他带到正道上时，路面上跑过一只野兔，他手中的方向盘打了一下，皮卡车歪向路边，朝路基下滑去。在车子后部撞击到冷杉粗糙的树干上之后，前部随即一头栽进又深又冰的河水里。

赤那尔和继父爬上岸时，从头到脚全部湿透了。他们牙齿打战，头发被冻成冰柱。他们找到手机，祈祷还能管用。他们的手指冻僵了。泡过了水的手机，没有任何奇迹。他们沉默了大概有十分钟，因为时间和空间的连接在他们大脑中不再那么清晰。

雨，不知何时已经停了。

"树洞，"终于，赤那尔说道，"我去找一个树洞！"

继父疑惑地看着赤那尔，拼命想弄明白赤那尔是否知道他们目前面临的困境。

"我们需要找到树洞，那里有干燥的蜂巢！"赤那尔说着跑向不远处的松林。继父好像听说过这样的事情，大概是在集市上与扎特里拜大叔聊天时，听到的在野外遭遇潮冷天气时，在树洞寻找干燥的蜂巢生火的经验。那些蜂巢，是因为滋生了虫子或者蜂蜜耗尽，而被蜜蜂丢弃。他看到赤那尔将收集到的蜂巢放在树荫下隆起的干燥树根上，用两块石头敲击生火。他花了好长时间，才把火点燃。

突然，继父注意到自己的大腿外侧，从上至下有一处三十来厘米长的伤口，血灌满了他的靴子。不知道为什么，继父觉得这个伤口比车祸本身更加可怕。这和他在电视中看见的血完全一样，这反而让它显得不太真实。他晕了过去，醒来时，赤那尔已经在他身边生起了一团篝火，并找来一堆尖叶野草，用火烧成灰后敷在他的伤口处。

烤干身上的衣服之后，云团后的最后一抹日光消失在山脊后。"赤那尔，想不到，"继父重复着，"还真想不到，你还是有点法子的。赤那尔，你可以呢。"

黑暗中，周围高大的西伯利亚冷杉变得稠密起来。一切都沉浸在阴影中。继父以为危险已过，却不知道危险才刚刚开始。赤那尔多年跟随父亲放牧的经验告诉自己，这种地方，这个时候，不会有什么好事儿发生。灰狼、棕熊都有可能躲在某个黑黝黝的灌木丛后面，预谋着袭击你。"我们必须离开这里，找到最近的石头房子，才能保证安全。"赤那尔低声说道，语调谨慎而又坚定。

建这些石头房子，不是为了消遣喝茶度过良辰美景好时光。它是当地乡政府为了牧民转场安全，在牧道途中，每隔五六十里搭建一座简陋的应急庇护场地。它们往往建在高地，粗石结构，没有窗户，有个矮小的木门。屋子低低地蜷伏在高大的松林中，与周围长满青苔的岩石融为一体，坚固保温，能世世代代屹立，仿佛它们自古就是那里的一部分。即便石墙缝隙里长出苔藓，甚至长出了树，树枝从墙体中伸出，石墙都不会倒下。对着木门，靠最右的角落都会有一个取暖的石头炉子，炉子的烟囱穿通屋顶伸到外头。屋子很小，一般不到十平方米。然而，夜晚，当刺骨的暴风雨抽打着毫无掩体的山体时，当温度急速下降，积雪掩盖了岩石、灌木与山丘时，它温暖舒适，恰如干燥的熊窝。每一位被庇护过的牧人，离开时都会在炉子边留下一堆干柴，以便下一位到此避难的牧人取暖。对着炉子的，是一张用干燥松针堆成的床，那些松针不但能让牧人放松身体，还能用来引火。

赤那尔记得有一次转场遇到暴风雪，急剧降温，父亲带着他躲进一处石头房子。在没有标记的地方，阴天，父亲能够依靠周围树生长的高度和密度，还有风向、空气中的潮湿程度辨别方向。晴天，他则只需凝望天空和星辰就能定位。

炉膛中跳动的火焰使小屋温暖而明亮，一只灰色的老鼠从墙缝里钻出来，黑亮的眼睛长久而仔细地上下打量，最终认可了他们的存在。从某种程度上来说，是认可与他们保持和平的暂时同居关系——他们抛出馕渣，它胆大地溜到他们眼前收取"礼物"，认可他们安心躲避风寒。

屋顶低矮，椽子就在头顶，触手可及。在炉火的映照下，赤那尔能清晰地看到屋角的蜘蛛网，上面挂满厚重的灰尘，数年无人惊扰。"它们都是生命，"父亲说，"它们能生存下来，很不容易。"

十三

赤那尔扶起继父，让他走起来。

雨雪后的天空，就像清洗过的一般。天上的星星，明暗闪烁，位置变换，一簇一簇摇移着，令人很不舒服。

开启"正常的生活"之后，赤那尔不再和母亲提起转场的事儿了。他明白了，那肯定是回不去的生活。有时候，母亲会问起有没有牧场的消息，有没有什么人来打听过他。他会很坚决地说，没有。想起初来乍到时自己的样子——沉默，对母亲和继父的关心丝毫不作回应，虽然失去父亲的他值得关照——他仍然为自己的无知感到害臊。在这里待得越久，越适应这里的劳作，想要离开的念头就显得越发奇怪。总有一天他要离开，但怎么可能是现在呢？他怎么可能走呢？要么苜蓿地正需要人手打草，要么打瓜正在收获时节，要么有人预订了住宿……

他扶着继父，沿着河道旁一条勉强可以辨认的小路前行。很快小路向下倾斜，进入一处岩石嵯峨的盆地。不久，盆地收拢变窄，成为一道峡谷。

几棵落叶松在峡谷两侧矗立，它们高大挺拔，阴森森地印在星空之上。当他们接近峡谷时，一只猫头鹰叫着飞回松林，随后是一片沉寂。那死一般的沉寂，使得赤那尔能听到自己的心跳。最终，他捕捉到了沉重的身体与树干"噗噗"地碰撞声，还有踩踏落叶的瑟瑟声。或许，是一头母熊领着便秘的幼崽舔食树脂，以便通润肠道。也或许，是灰狼蜷伏在草丛中，预谋着在不惊动他们的情况下悄悄潜到他们身后，将选中的猎物俘获。这并非赤那尔初次感受到它们的存在。在与父亲游牧转场的十几年中，他们曾有过几次感受到它们就在附近——或许那只是一种预感，但却如同果真看到它们似的，产生了捕食动物近在眼前的本能反应。不管那是灰狼还是棕熊，或者只是牧民对捕食动物的警觉，父亲都迅速作出了反应，在牧羊犬的协助下将羊群赶往高处宽阔地带，而他与父亲就近躲进了石头房子里。

峡谷之间不到十米。他们必须沿着中心行走，不能惊慌，不能跑，更不能停下脚步。突然间，赤那尔意识到尽管离开乡野牧场有一段时间了，牧民的那种本能还是让他对想象之中峡谷的威胁作出了反应。虽然，以他短暂的游牧阅历，还无法确定附近的石头房子的具体方向。

穿过不到百米的峡谷，豁然开阔。他们朝左下方行走，来到一处人为改道，早已干枯了的河床。河底铺满了石头，不是平整好走的石头。有一段时间，只能凭借脚下的感觉，在河床中摸索着前进。那勉强算得上是条路吧——他们不得不在又湿又滑的石头上站稳之后，再跳到前面的石头上，站稳之后，接着走。他们跌跌撞撞地穿过河道。等到再也走不动，天色也暗得将他们的身影隐藏起来时，他们在河床里的大石头上坐了下来。周围一片漆黑，一片寂静。空气像冰，让他们冷得打战。头顶唯一的光亮，来自天上的银河。

月亮升起之后，他们继续赶路，走走停停，停停走走。赤那尔的脚力不错，鞋子也是合脚的旧靴子，所以脚上并没有磨出水泡。因为长年牧羊，他早已习惯长时间的跋涉。继父却走得吃力，而且他腿还受了伤。

"你要带我去哪里？"继父终于问道。一开始，他以为是朝着石头房子方向走，但现在他发现不是——赤那尔已经对记忆中的环境模糊了——对，他站在那儿的样子像是迷路了！

片刻的停顿，也许是出于焦急。

不是焦急。是在思考如何让继父不要那么担忧。

"我停下脚步，是因为月光下的景色太美了。"赤那尔安慰继父，"总有办法，我们能够应付过去的！"以前和父亲放牧时遇到困难，父亲总是这样说，并且每次都能渡过难关。

黎明之前的夜晚非常寒冷，草地湿漉漉的。不过太阳升起后，他们就不再发抖了。他们走了整整一夜，他们把嘴凑到干枯卷曲的树叶下接住滴下的雨水，来湿润喉咙。他们的衣服因为在灌木丛中穿梭而弄得又脏又破，手臂和脸上全是荆棘的划痕和蚊虫叮咬的痕迹。他们摘下灌木上干瘪的浆果，顾不上吹去上面的尘土，就塞进嘴里。红的、紫黑的都有。"看啊，大自然都给了我们什么！"赤那尔说。他们把群山和那条干枯的河道远远地抛在了身后。

赤那尔扶着继父站在山坡上，借着曙光朝远处张望时，感觉眼前环境那么熟悉，接着他发现树荫下两块石头间那堆熄灭的篝火。他松开扶着继父的手，瘫软到地上。

十四

不知过了多久，赤那尔闻到了湿漉漉的马匹的气味儿，还有松木的气味。他感到自己或许出现了幻觉。他想问问继父的腿还能坚持多久，或者别的什么。但在他想出来要说什么之前，继父发出一声极其不同寻常的低声尖叫，然后小心翼翼地站起来，朝前方走去。

"快看！快看！"继父几乎无声地大笑。

赤那尔抬起头，一匹深棕色的高头大马，扬起附有长毛的蹄子，从山坡上奔跑下来。

麋鹿！

先是震惊，接着赤那尔心脏一阵猛跳，然后是极度的平静。

赤那尔看见了一幅图景，他和继父爬上马背，它驮着他们负重向前。他对继父耳语："它会带我们找到安全的石头房子！它能辨别方向！"

"重要的是开心。"此刻，赤那尔头脑中闪现父亲去世前的一个场景。场景中父亲还说过这样一句话——在让他去找他母亲那句话之后。他在心里默默重复着那句话：不过，重要的是开心。不管怎样，你试试看。这样或者那样，都试试。你可以的。这和环境没有关系，接受一切，生活就会变得不那么沉重了。而你就在那里，在这个世界无拘无束地生活着。

赤那尔明白父亲的意思。这么说的确是对的。在他心里，你的生活，我的生活，甚至是一匹马的生活，最适合自己的，才是我们"正常的生活"。毕竟，没有人在同一水准上。

是吗？赤那尔再一次默默地与死去的父亲说话。

是啊！是啊！一棵白桦树的树叶在风中飒飒作响。

突然，继父发现，抬眼看赤那尔变得容易起来了。坐在他的身后，他第一次专心地看着他。他意识到自己对赤那尔所知甚少——他是什么样的人，藏着什么样的秘密？同时，他也不清楚自己在赤那尔眼中价值几何。他未曾设想自己会置身这般情境，全因生活中的意外而来，但又似乎并非全无准备。未及思量他便说道："但愿——"

继父说得太轻，赤那尔没听到。

他便大声说道："但愿我们都能过上属于自己的生活！"赤那尔微笑着，侧身看向他——以前继父从未真正见过赤那尔的微笑——似乎真切地向他播洒着快乐。

继父大笑起来，但不至失态。

丈夫的慰藉

　　现在，这位母亲——阿合玛拉正在绣花毡。她手上整天都有活计，不是在畜棚里挤牛奶，就是在灶台边烧茶、煮肉，或者制作各种奶制品。除此之外，就是坐在毡房门边，缝制羊毛花毡。她时常被一些手工毛毡和各种布料，还有一团团五颜六色的线绳包围着。她总是戴着花镜，对着门外的光线，方便看清手上的针线，这样她还可以随时看到外头三两骑马路过的牧人。通常她都会停下手中的活儿，朝他们招手，用她的热情方式打着招呼："口渴的话，停下来喝一碗奶茶吧。"骑在马背上的人回应："需要的时候一定！你先忙，闲的时候来我们毡房做客呀！"

　　她生活得不慌不忙——她喜欢干日常杂活时的这种节奏；喜欢坐在毡房里，望着外面广阔的草原和远处的绵延的山体；喜欢邻居们这种简单随性的、没有任何社交压力的关系以及喜欢闻青草的气味儿。

　　可是，今天她的神态却显得疲惫而且不安。她的手动着，心却不在这儿。她在回忆。她的心思跑去很远，发呆，愣愣地盯着毡房外的天空。毡房后面，什么东西发出"咔嚓嚓"

的声响，可能是一头母牛卧在那儿反刍吧。

上午，她给一块白色桌布的四角绣上羊角图案。因为要把颜色搭配得巧妙一些，只好叫住放学回家的女儿萨妮娅。她捏着桌布的两角，嘱咐女儿帮忙拉展另外两角，平铺到桌上。

"你觉得怎样，萨妮娅？"阿合玛拉看女儿的时候，嘴角咬着一截红线头。她想听到一些来自女儿的肯定。女儿目光越过她的肩膀，直愣愣地盯着后面的毡墙。听到她的问话，女儿看了一眼她的眼睛，又把目光游移开。

"你在看什么？"阿合玛拉迅速回头张望了一眼，"嗯？在看什么？"她重复说，转过头，抖了下手中的桌布。

"你不是我亲妈，对吧？"女儿叹口气，冷不丁冒出一句，还很愚蠢地摇摇头。

阿合玛拉瞬间惊住了，露出崩溃又慌乱的神色。女儿的话像是一记狠狠的耳光，毁掉了她控制嘴部的某个重要部件。她的嘴大张着，一时卡在了那儿。那嘴，大得能塞进一个拳头。

"你，你……"她说不出话来。

阿合玛拉呆愣了片刻，她看到女儿脸上疑惑而讽刺的奇怪表情。"发生了什……"她停顿了一下，努力克制住自己，"……什么？"

"不是？对吧？"女儿又重复一遍。

"我说，萨妮娅……哎，难道不是吗？"她强装镇定。

"够了！"女儿露出不耐烦的表情，她甩开手中的桌布，看着她的腹部，撇着嘴，鼻子里哼出一句，"你心里头清楚着呢。"

阿合玛拉把桌布拉起来，团成一团，紧紧抱在怀里，抵住她的心脏。好像不那么做，心就会从胸腔里跳出来似的。"我清楚什么？不管怎样，你不该用这种口气说话，"她说出的话，又急又快，"你仔细听着，我没什么对不起你，也没什么可愧疚的，你听见了？别拿那副眼神看我！"她感到眼泪突然涌出眼眶，她低下头，后退着回转身去。唉，她退却了。

"我说错了吗？我只想知道我的亲爸妈是谁。"

"你……"

"我要你回答我的问题！"

"站在这儿呢。你眼前！"她吼道。

"好，好，我可不是昨天才出生的小呆瓜！懂吗？"萨妮娅用刺耳的尖嗓门压过她的声音。接着，她打开书包，翻了翻，从里面拽出一本书，拿着笔跑出毡房。

她来回踱着，脚步间流露出怒气。过了一会儿，她坐在了草地上。

接下来是一片寂静，空气像是凝固了的铁块。阿合玛拉抓紧桌布，闭上眼睛深呼吸。她身体前后摇晃着，有些发抖。她能听到自己的心在"咚咚咚"地跳。她的嘴巴发干，只能使劲儿咽唾沫。她的心乱得，思绪万千。她一时理不出头绪了。她不能再深想这件事情。尽量想些别的，不要去想它。必须忘掉它。她想，眼不见，心不烦。尽管这么反反复复提醒自己，但是她知道，所有这一切迟早要面对。她无奈地叹了口气。

三十五年前，周围的女人结了婚，没过一两年都有了孩子，可是阿合玛拉的肚子在鼓起来之后，便没了动静。乌鲁木齐的肿瘤科医生给她动了手术，割掉了那个可怕的肿瘤，还摘除了极有可能复发的子宫。

噢，她侥幸存活了下来。正如替她诊断癌症并完全控制住病情的医生所说："这病，活着的概率是百分之九十九对百分之一，你是百分之一。"

她不再幻想有自己的孩子，不再对丈夫有什么期待，她不再坚守婚姻那一小方阵地。是的，她已经活下来了，不再期待自己的婚姻活着。

她想放手，或者，随它去吧。给丈夫一条活路。她心里有一大部分想要离开，因为她知道不能生育对于丈夫意味着什么。对于他们所处的生活环境，这类家庭生存的概率同样是百分之九十九对百分之一。

"离婚？想甩掉我？"丈夫对她绽开灿烂的微笑，笑容里没有一丝犹豫。他对妻子的笑，永远充满责任和自信，带着某种坚定："那么，你一定是干够这儿的活儿了，对吧。"啧啧，你看看，她依然是幸运的——作为女性灾难的幸存者，她又荣获了一个"百分之一"。

她提起炉子上的茶壶，倒了半碗奶茶，端着碗来到桌边。她坐在那儿，手指僵硬地捏着碗边，眼睛盯着碗里。隔一会儿，她就将碗在眼前挪一挪。

丈夫在两三公里外的山坡上放羊，傍晚才会回来。一周前，羊群里莫名其妙少了几只羊。那些羊是他的珍宝。他骑着马，翻了几座山，跑了几天几夜，连半个羊影子都没找到。虽然他没在她面前说什么，但是她知道，他心里头烦着呢。

她又去倒了一碗奶茶，加了小半勺塔尔米。她用带着顶针的手缓缓端起碗，她看到那只又干又硬的手不受控制地颤抖。她把枯手举高了些，盯着它看了一会儿。她叹了口气，把碗放到桌子上，坐回地毯上。她把那只手掌放在桌子边缘，低下头，她看着桌布、茶碗、一小盘酥油和几块奶疙瘩，接着又观察自己的手。在她的瞪视下，它攥成了拳头，力气大得指关节都泛白了。她"哐哐哐、哐哐哐"地用拳头砸了好一阵桌子，盘子、碗都震得移了位。茶碗打翻了，弄脏了白色桌布。她这才让自己安静下来。她想起十七年前那个寒冷的冬季，一个冻僵了的小女婴包裹在一个花棉被里，被丢弃在毡房外的栅栏边。那是一个患有严重肺炎的孩子。她能想象出小女婴的父母抛下她这个大麻烦，拍拍手，开溜时的模样。

为了治好孩子的病，她和丈夫跑了无数个医院，花光了家里所有积蓄。尽了心的事儿，往往会朝着好的方向发展下去——小女婴好了起来。在一个阳光灿烂的清晨，丈夫搂着怀抱女婴的阿合玛拉，从乌鲁木齐回来了。

这简直是上天赐给我们的礼物，她想。

是否给她讲明身世？对于这个问题，阿合玛拉和丈夫详细了解过。"有些孩子对养父母感情深厚，对于别的什么都不会去考虑。"亲戚们都这么说。"一些孩子在长大后，会千方百计地搞清楚自己亲生父母的情况。"邻居库齐肯奶奶却这样提醒他们，因为她的一个远房亲戚曾经历过同样的事儿。

听了大家的话，阿合玛拉和丈夫希望萨妮娅最好什么都不知道，他们把这些想法告诉亲戚朋友。"不会有什么事儿。"大家在悄悄议论这些事儿时，常常这样安慰他们。不过，萨妮娅一直是一个听话的好孩子，这减少了阿合玛拉的担忧。

可是，刚才女儿甩开桌布，大步跨出毡房的行为伤到她了。尽管她不希望自己想得太多，但她已经确定，一直担忧着的事儿确实发生了。她感到生活把她逼到了死角。

她走到门边，拿起毛毡，捏起别在上面的针线，埋头缝了一阵子。在做这个的过程中，她的担忧被恐慌所替代。她呆坐在那儿，看着阴影慢慢填满整个毡房。不知过了多久，她听到了羊群闹哄哄的声音，还有丈夫的吆喝声。她抹掉眼角的泪水，从腹部长长吐出一口气。扶着墙篱站起来时，她发现自己的腿麻木了，不像是自己的。她弯下腰，扶着膝盖左右活动好一阵儿之后，走到门边，提起洗手壶，往一只手心倒了些水，朝脸上拍了拍，装作什么都没发生的样子，走出毡房。

她很想问问丈夫，女儿都听说了些什么。她想要抓紧他的手，和他共同商量应对的办法。她尤其想听到他的安慰。但她不会问什么的。况且她知道，他根本不想谈论这件事儿。

但是事情发展下去变得越来越糟。一个多星期之后的一个傍晚，萨妮娅坐在饭桌前冲他们大声嚷嚷，她说："我要知道关于亲生父母的一切，这是我的权利！"她从未这么强烈地想要知道一件事儿。她不就是希望找到自己的父母，过上城里人的优雅生活嘛——她这个年龄的女孩，虚荣心就是太强烈了。

阿合玛拉的丈夫在餐桌对面和她对视了一下，其实他早已听说萨妮娅去了库齐肯奶奶那儿，悄悄打听过。"我是看着你出生的。哦，你出生的时候……"在库齐肯奶奶有理有据解释的过程中，萨妮娅反复强调阿合玛拉患过癌症，不能生育，所以收养她之类的话。

"孩子，这事儿不能随便乱说！"那些话让库齐肯奶奶严肃起来。"我真想给她来上一巴掌，把那些胡思乱想打出她的脑袋！"库齐肯奶奶告诉他们时，带着愤怒的语气。

"不止一个人这么说！"萨妮娅立即反驳："我可以感觉到大家都知道点什么。"

"我不知道。不是每个人都知道。"库齐肯奶奶说："没人对我说过这话。有人胡说的，对吧？"

其间，萨妮娅还去亲戚那儿询问过。大家都在否定她的疑问。不过，那些人不自然的表情也在无意间泄露了些什么。你看看，这事儿被她弄得复杂了，而且她话的意思好像还对辛苦养育她的养父母充满怨愤呢。

后来，她见人就问，随便是谁，逮着谁都提这档子事儿。骑马路过的努尔旦爷爷，靠在商店柜台边聊天的阿依旦姐姐，学校里的老师或者同学。起初，很多人还不知道这件事儿呢。大家听到萨妮娅的倾诉和疑问，都被她的话吓到了。"他们是你的父母啊！"所有人都提醒她。她还是说啊说的，没完没了。终于有人听不下去了，义正词严地严厉制止："住嘴！怎么敢这么说！"

最终，这事儿被她自己弄得尽人皆知。

阿合玛拉和丈夫知道不久会有大事儿发生，他们想要阻止它，躲开它。他们闭口不谈此事。但那事儿就像一根针，不时在他们心里进进出出，弄得他们心痛不已。

这段时间，萨妮娅对自己的现状越来越不称心，父母的举止在她眼里也显得那般粗俗。她开始设想自己的亲生父母，她幻想自己的父亲应该是一个态度严肃、穿着干净笔挺、看书读报的中学教师。对于妈妈的形象，那更不用说，必须是一个盘着头发的高挑女人，说话温和，穿着鲜艳的漂亮裙子，像优雅的瓶子一般的体型，并且会用口红，用带花螺纹图案的玻璃杯子小口抿奶茶。

可是，现实让萨妮娅失望透顶。他们甚至没有受过什么学校教育，整天忙于牛羊，用粗糙的大碗"吸溜吸溜"地大口喝茶，用手在盘子里抓肉送到嘴里。烤制的点心虽然好吃，但模样儿也太粗糙了吧。他们穿的衣服更不用说，宽宽大大，没型没样地挂在身上。尤其是妈妈，她在家时，从不穿束胸。她的胸早已下垂，沉重而宽大，像在松垮的衣服里又塞进了两只大梨子，就那么不知羞耻地晃来晃去，实在不像个样子。她的头发整天包在一块灰不溜丢的花布头巾里，脸上、手上的皮肤黝黑、布满桦树皮般粗糙的皱纹，活脱脱一个老太婆。有时候，萨妮娅甚至认为她故意把自己弄成这样。她觉得，她这不仅仅是对自然老化的逆来顺受，并且对此是一种沾沾自喜的炫耀，好像这就可以展示她对萨妮娅和这个家庭的付出和功劳似的。

还有，城里的妈妈招呼孩子们回家时，是那种轻柔的声音。而妈妈叫她时，粗声大气得整个牧场都能听到。要是她当众叫她，她甚至都会痛恨自己的名字。他们在一起说话的声音，还真像是在吵架，大得能把毡房掀翻。而他们自己呢？却都认为对方是世界上最完美的人。

够了！够了！萨妮娅觉得自己一分钟都待不下去了。她呀，她觉得自己早该离开了。

阿合玛拉和丈夫知道萨妮娅的亲生父母是谁，他们曾经厚颜无耻地来过。在萨妮娅六岁那年，他们听说萨妮娅还健康地生活在这个世界上。但是抛弃病重孩子的行为，导致他们没脸提出要回萨妮娅的请求。不过，他们的确是城里人，他们过得很不错，有了另一个女儿，还有属于自己的大房子及一辆自己的小卧车。

从此以后，萨妮娅经常提出这个问题。她的情绪日渐低落。她待在家里却从不和他们说话，甚至连瞧都不瞧他们一眼。她骄傲而冷漠的神情、愤愤不平的举动，让他们感到陌生。她的嘴边还随时挂着一句话："我一定要弄清这件事儿！"

"她怎么能这样对待我们呢？"阿合玛拉每次听到她这样说时，都会面对丈夫默默叹气。

"阿合玛拉，我们应该让她见到她的亲生父母！如果我们爱她。"一天，在萨妮娅抱怨后，丈夫对她说："我们该放心地让她见他们，而不是踮着脚尖绕开这事儿。"也许，主动些会好一点儿。不过，想象一下，这些想法多么让人震惊，多么匪夷所思啊！六十多岁的她，该如何渡过这道坎呀。

让人难以相信的是，最终阿合玛拉同意了。爱女儿就满足她的愿望吧，她这样想。因为，她知道这个世界上没有人比他们更爱女儿。这个决定，同样也是他们爱她的另一种方式。

"现在，就是他们相见的时候了。"在丈夫给萨妮娅的亲生父母打过电话之后，阿合玛拉叹着气，仿佛已经失去了萨妮娅。"不，我们已经尽力了！"丈夫安慰她，"我们在女儿身上付出了一生中全部的爱，我相信老天爷会给我们一个说法！"

一周之后，萨妮娅的亲生父母过来拜访。

他们的出现，引起了一阵小小的轰动。邻居们在毡房的小窗户后面或者是透过灌木丛缝隙悄悄地打量他们——尽管大家都假装若无其事的样子。

正是萨妮娅想象的那样——她的父亲，穿着白色衬衫，在阳光下鲜亮夺目，领口系着深蓝条纹领带，下身穿着裁剪合身的长裤，擦得锃亮的黑皮鞋。她的母亲，披着一条粉蓝色花朵图案的披肩，染成石榴红色的头发盘在头顶，额前刘海卷曲，是现在时髦的发型。他们和萨妮娅站在一起时的模样，的确像是一家人。并且萨妮娅一定很喜欢她所看到的，因为她一直笑得合不拢嘴。

他们接过阿合玛拉递来的茶碗时，点头表示感谢。她的父亲隔着桌子看着他们，他称赞他们有一副好心肠。他说他很高兴自己的女儿有这么好的养父母。他说虽然萨妮娅的成长过程他们没能参与，但他们在心里还是爱着她的。还说这个相聚的日子，是他们盼望已久的好日子。他还赞美了面前桌子上的奶茶、奶酪、酥油和蜂蜜饼干上的糖霜。他还邀请他们在手头不忙的时候去城里的家中做客，希望大家今后像亲戚一样相互走动。他说这些的时候，他的妻子微笑着，频频点头。接着，他的妻子开口了。她的声音非常清脆，端着一股与阿合玛拉截然不同的骄傲腔调。她依次感谢了他们，几乎是重复了她丈夫前面说过的那些话。

他们说这些的时候，阿合玛拉的丈夫身子微微后仰，靠在身后的被子垛上，脸上露出心不在焉的微笑。

喝了几碗奶茶，东聊西聊一番之后，他们提议趁着萨妮娅放假，带她回去玩玩。阿合玛拉的丈夫笑着说："那好吧，请便吧。"他们还对萨妮娅说："为我们的团聚好好庆祝一下吧！"看看，他们还打算过一个有意义的假期呢。尤其让阿合玛拉鄙视和抓狂的是，自始至终他们的表情中竟然找不到一丝愧疚。啧啧，有比这更绝的吗？

"对，你该和他们好好待几天了。"阿合玛拉故作大方地碰碰萨妮娅的手臂，"嘿，假期快乐啊！"说这些的时候，她努力压抑着自己。那还能说些什么呢？她憋着，先是满脸通红，继而全身发热。她的手心攥了一把汗。

萨妮娅立即点点头。看起来——用阿合玛拉的话说——她的脑子早已不在这儿了，已经到城里过上她所谓的"好日子"了。就是那种，她在电视里看到的生活。

她好像恨不得立刻离开这里，连做做样子也不肯，就像是急不可待地想要摆脱这一切似的。他们开着车，带走了她。

　　"天哪！"阿合玛拉强装笑容送走他们之后，跌坐在门前的草垛边，面孔朝天，恸哭不止。"刚才，在我想要给萨妮娅最后一个拥抱时，她看都没看就走开了……我感觉已经失去她了啊！"她爆发出一阵喊叫，接着，突然放声大哭起来。她一会儿号哭，一会儿大口大口地抽泣。眼泪鼻涕都出来了，她也不管不顾。

　　女儿毫不顾忌她的想法。女儿的转身离去，尤其是拒绝了她的拥抱，这些对她的打击太大了。他慌忙在口袋里摸索，把找到的手帕递给她。"阿合玛拉，你要相信，我们的付出总会有回报的。你看看，老天爷正在上面看着呢，他会保佑我们的！相信我，阿合玛拉！"他指着天空，安慰她。

　　"不行啊，我受不了……我想立即、马上走到前面那棵大树下头，用马缰绳把自己吊死……"她捂着胸口来回晃着头，发出喃喃的像是呻吟的声音："我感觉今天没法过下去了……让我去死吧。"痛苦仿佛吞噬了她，一时间她都有了死的决心。

　　"好啦，阿合玛拉，别想这事儿了。"丈夫拉起她，两手扶着她的肩膀，"我们到山坡上走走好吧？随便走到哪儿都行。"

　　她努力抬头，看着他。她摇了摇头。片刻之后，又点了点头。"真的……我真的希望……自己的心情快些好起来……"她说，"真的，老头子……我知道这样不好……给我一点儿时间好吗？我会慢慢好起来的……肯定会的，我想。"
有一半的她失去理智。但，还有另一半。

他们顺着小径往山坡上走去，谁也没有说话。快到半山腰时，她注意到草丛中缀满深红色的草莓。

现在是野草莓熟透的季节。草堆里、灌木丛后面，一个裹着灰色旧外套的年轻女人带着一个小男孩。女人小心翼翼地用指甲掐下草莓，丢进小男孩提着的红色塑料桶里。半个小时以后，他们爬上山顶，坐在松软的草地上。

她抬起手，挡在眼睛上方，朝山坡下望去。温暖的、蜂蜜色的夕阳下，深浅不一的绿色，一直蔓延到远处的山体边缘。山脚下，毡房的炊烟袅袅上升，遥远山谷一层一层地绵延至不可知的天顶……她发现自己的目光是如此贪婪，好像一个初到牧场的人，瞠目结舌地望着眼前随风漾动的风景。

这儿是我的世界，我们永远属于它，它也属于我们。可是女儿为什么那么向往城里的生活呢？阿合玛拉低下了头。眼前，在夕阳的映衬下，草丛将光线分割成一簇簇光斑。

"这对我们不公平，"她说。"萨妮娅是我们唯一的孩子。这件事儿，无论对你还是对我，都要命呢。"

"她现在是这么想。你知道，我们没法像虫子那样，钻进她脑子里，吃掉她的这些想法。"他用手臂支撑着身子，斜靠在草地上，用闲着的另一只手在口袋里摸出一根烟，叼进嘴里，点上火。"我哪里会想到，她那么想见到他们。"他摇摇头，又耸了耸肩，就好像那都是别人的事儿，和自己没关系的模样。"我们现在能做的，就是好好享受这个下午。嘿，阿合玛拉，瞧这天的颜色，像金子一样。"他对天空翘了翘下巴，吐出一口烟雾，又从鼻子里喷了一些出来。

"她好像变了一个人。"

"谁?"他闭着那只被烟熏着的眼睛，用另一只睁着的眼睛瞄她一眼。"你在说谁?"

"咱们的萨妮娅。看到没有，她看那个女人的眼神，心里早已没有一点儿我的地方了。想想吧，我们是怎么把她带大的。你不会忘记吧，我们使了多大劲儿，才把她的病治好。我把我所有的心思都用到她身上了，每天每夜、每分每秒地陪在她身边。我甚至十几年没有这么休息一下了……"说着说着，她的声音颤抖起来——接下来还忍不住抽噎起来。"唉……还记不记得，我们发现她的时候……她快不行了……就像一只快病死的小猫……吐着舌头，翻着白眼儿。"

他在脑海中看到那个小玩意儿，咳得眼珠子突出眼眶，就在一个破纸箱里。"够了，"他说，"好了，好了，别提这些了。再说的话，你会把我惹毛的。现在不要想这个了，怎么样? 阿合玛拉?"他把烟灰弹到一棵圆叶草上。

"为什么? 为什么我连说句话的权利都没有? 难道萨妮娅在毁掉整个世界的时候，我们只配坐在这儿发呆吗?"阿合玛拉还没明白自己在说些什么时，这些话就从她嘴里吼着喷出来。

"我跟你说，没人能毁掉我们的世界。"她的丈夫大笑起来，"这事儿嘛，只有我们自己才能办到!"

"我只是想说说，说出来心里好受些。"她用衣袖擦了下眼睛，看着草丛里忙碌的人们。她睁大眼，透过重新溢出的眼泪望着那些人。她过去也总是带着萨妮娅在草丛里摘草莓。在深深的草丛里，微风推着她们，让她们漂进温暖的绿色湖水里。有些时候，女儿还会藏在灌木丛的暗影里，跳出来从后面捂住她的眼睛。"猜猜是谁，是谁呀！"她会捏她的耳朵，挠她的胳肢窝，直到她转身抱住她，一起大笑着滚到草地上。一切还会和从前一样吗？她们还会这么漂下去，漂下去吗？即使是以后，她们还会照旧，就好像什么都没发生过一样吗？她死命地盯着那片草地，心想她的宝贝女儿就站在那儿呢。

"草莓，甜呀！"女儿把草莓送进嘴里时，总这么说。

她这么想着，脸上现出愉悦的表情，神采飞扬。近几年来，这张脸沉浸在一个美好的梦里，全然没有注意到已经饱经风霜。她满是皱褶的嘴角扬起，想象着幼小的女儿，还有她的微笑。她把草莓送进嘴里时，看她的眼神坦诚而安宁。那张平和、信任的小脸就在她的面前，像这些天然的没有任何污染的野草莓一般美好，像清晨草尖上的露水一般，将她焦躁的想法清扫一空。想着，想着，她也就出了神，不由得端坐着，呆在了那儿，回味不已。

他又冲着草丛弹了下烟灰，注意到一只发着蓝光的甲壳虫，正挣扎着从草茎上爬向草叶。

"还记得雨水最好的那个年头吗？"她在回忆中兴奋起来，她用手背碰碰他的腿。"还记得吗？"她说。

过去几年里她很少提起，今天却突然说起人生的那个片段，好像在收集证据，证实那不是一场美梦。"那是女儿五岁的时候，牧场上的草几乎高过女儿，草丛里的野草莓呀，随你拨拉开一堆草丛，多得满眼都是。你在山坡上放牧，女儿午睡起来之后，提出要去找你。我们提着铁皮桶子，她在草丛里钻进去，又钻出来，吵吵嚷嚷地摘啊摘啊。等找到你，桶子满得溢出来啦。你呢，那会儿正在山顶的草地上，晒着太阳睡大觉，还扯着呼噜，羊都跑掉了……哎，你还记得吧？"她又碰碰他的腿，"女儿咯咯笑着，把草莓塞进你嘴里，真有趣啊，真叫人喜欢呀……"回顾那段日子中的种种，她感到满足。当然，那不是惊天动地的幸福，那是一种默不作声的，呵护那个小生命的满足感。

"记得，记得……多好啊！"他望向远处矗立着的半面颓墙。那曾是几十年甚至上百年前，转场的牧民用石头堆砌的居所，现在只剩下斑驳的岁月痕迹。当牧民们永远离去，在很多很多年之后，这些遗址依然屹立在那儿。

出现了片刻停顿，阿合玛拉用手在草地里划来划去。蓝色甲壳虫拼命抱住草叶，在草尖上转着圈儿摇曳。最后，终于打着旋，坠落草根，不见了。

"哎，真是够呛……"她又返回现实，想起女儿这两年开始有所改变，一股可怕的忧伤情绪袭上心头。她叹了口气。

"什么？"他说，"你又在想什么？"

"噢，没什么。"她没再说话，她知道他不愿听这些。她隐约感觉出这几年女儿的变化。她记得，起初萨妮娅最明显的改变是思想和言语中的自我。"我呀，我……"她每次开始说话都这样。她说她的朋友呀，她的鞋子，她的衣服，她的头发，她的所有感兴趣的事儿。当然，孩子们都会这么着，只是她对自己的装束，过于痴迷了些。她常常伸手要钱，她说什么自己必须比朋友们穿得更好，才会罢休。女儿似乎过于爱慕虚荣了，她想。

她才十七岁，她又想。她摇了摇头，为了不被回忆中女儿自私的笑容所刺伤。曾经自己也有过那么一段岁月呀，和女儿一样虚荣。对啊，她才十七岁，她没有错……生活还会让她变得柔软和平静。那是人生的两个阶段，年幼期和成熟期。对啊，她会回来的。继而，她在心里又为女儿辩解。哦，她深深地吐了口气。

"看，那儿的云，翻滚着的云。"不知过了多久，丈夫对她说话，她也就停止了自己的冥想。她发现丈夫就站在她身边，他把两只胳膊交叉着抱在胸前，站在那儿。他用嘴巴转着一截熄了火的烟把子，望着远处的山谷，异常冷静，眼睛都没眨一下。他站在那儿像个帝王，显得比平时更加强壮，更加沉稳而安定。似乎成竹在胸。

世界上最悲哀的事，莫过于善良的人儿总是受伤，而且这种伤害来自她视为珍宝的女儿。她在心里默念。没想到他居然答话了，他说："老天爷使我们拥有一颗善良的心，就是对我们最大的恩惠。不是吗？"她看见他眼中浮现出某种闪亮的东西，随即又消失了。他说完又点上一支烟，她却久久思索这句话。

"好点了吧，"他把烟头捻灭在脚边的鹅卵石上，"该回家了。"

第二天早晨，当他睁开眼睛时，毡房门敞开着。阿合玛拉正在毡房后面的畜棚里挤牛奶。他能听到她在那儿。她开着女儿的小音箱，放上了音乐。他听到音响里反复播放着女儿常听的"加尔，加尔——加尔，加尔——"唉，她还在折磨自己。

他翻身起床时，看到墙篱边一摞女儿的衣服。那是才清洗过的。他把衣服一件件取下来，再一件件放回去。他想象着女儿穿每件衣服时的样子。他把最后一件衣服放上去之前，闻了闻衣服的腋下，只有太阳的味道。衣服有些旧了，他记得这是他进城时买来的。萨妮娅穿着时有些大了，袖子长长地盖在手背上。他躺倒在地毡上，把这件衣服盖在脸上，想着这两天发生的事儿。他完全能够理解妻子的反应。这个时候，他不能把自己内心的无助表露出来——他想让妻子有一个可以依靠的肩膀。

"老天爷，保佑我们吧。"他说。

他拿开脸上的衣服，坐起来，穿好衣服。他走到羊圈前，看了一眼挤在围栏前，急着想要冲出羊栏的羊群。他尽量把注意力集中在羊身上，但仍不断用余光越过母牛偷偷瞄向阿合玛拉。初升的太阳明晃晃照在她的手臂和半边脸上。

他回到毡房前，蹲下来，提起洗手壶，洗手，洗脸。

他坐在桌边吃馕，喝了奶茶。

他打开围栏，把羊群放出羊圈。准备离开时，他探着脑袋又看了阿合玛拉一眼，还清清嗓子。但她始终没有抬头看他。

他心里头同样难受着呢。

阿合玛拉在他面前哭的时候，他也想哭。

他斜靠在山坡上，望着闹哄哄的羊群，心情烦躁，死气沉沉。女儿走了一天一夜了，整个家里没了生气。他知道在这二十四个小时里，那个所谓的家一定给了萨妮娅很多——他们装出友善的样子，一次性给她所有的食物，给她所有的漂亮衣服。还有，给她所有好听的话。什么"我的宝贝儿，我们爱你"，什么"我们想念你啊"，什么"需要什么，马上带你去买！"之类的。他敢肯定，他们是这么说的。他想，去他妈的吧！这些甜言蜜语，骗小孩还可以。如果真的爱她，当初为何下狠心抛弃她。这点道理，稍微懂点事儿的人都懂。

他是个坚强朴实的男人，他总能给予身边的人安全感。还有，他的开朗和幽默，让与他在一起的人从不会感到乏味。他对生活有一套，不管怎样的人他都能相处得很好，稍微往左或者往右一点儿，他就能自如地与各类性格的人相处，不管那人有什么怪脾气，他都能妥当处理。在这个牧场上，大家公认他的为人处世无可挑剔。就拿他和妻子阿合玛拉收养萨妮娅这事儿来说吧，他们结婚五六年没自己的孩子，他们去了城里的大医院，最后确诊妻子子宫里有个小孩头那么大的肌瘤。对于这个问题，他没有多想，更没有给最终摘除子宫的妻子丝毫压力。"不能生，你还是我的老婆子。"他安慰阿合玛拉。不管怎样，他觉得这么做比较令人欣慰，他给了妻子可依靠的肩膀。他就是这样的一个懂得担当的男人。可是，如今，六十多岁的他，内心开始脆弱了。

他觉得，他开始害怕去想象——如果已经融入他们生命的女儿就这么离开了……你看看，这种想法它偏偏升腾涌起，劈头盖脸地罩住他、敲打他。说真的，对他来说，萨妮娅就是他的幸福，就是他和妻子的家。自从有了她之后，渐渐地，她便成了他们全部希望的寄托，并为此倍感幸运。于是，他干起活来更加卖力，无论是好年头，还是坏年头。就这样，年复一年，看着女儿成长。他就这么和妻子一同，把希望看得比自身还重要，却迷失了自己。

他从没想到这一天会来临，他从来没有看得那么远，那么深。从来没有去想，如果这样会怎样，那样又会怎样之类的。对他而言，这就像不会发生的事儿一样，从未去思考过。他习惯于不完全知道。就这么回事：人们内心忍受某些事情，或者是有一段时间默默忍受。毕竟，有些生活的章节还是乐观的嘛。于是，他们建立了一个满意的家庭，一种可以在此放松的生活。门一关，你尽管无拘无束享用的幸福空间。这点，在萨妮娅没有弄出这档子事儿之前，已经做到了。最了不起的是，他甚至比对待亲生孩子还投入得真诚而深刻……他思量着如何面对这种爱的无法预知的突然终结，一个在他内心深处的大爆炸——在不久的将来。他垂下头，将脸埋在两只手里，无声地哭泣起来。

还有一个多小时天就要黑了，他站起来，看了看太阳的位置。太阳已经落到山顶的高度。他冲着四处散落的羊群吹了一声口哨，缓步动身，朝山坡下走去。

他在毡房外擦完身子，穿上衣服，走进毡房。阿合玛拉独自坐在桌边，她的眼睛红红的。他知道，她刚哭过。她看着他，一言不发。一刹那，他忽然觉得是萨妮娅出了什么事儿，心忽地悬起来。

"怎么了？"他说，"萨妮娅来过电话？"

"没有，她早忘记我们了。"她摇摇头，"你知道的。"

"哦，没事儿……就好。"他的心落下来。

"今天，我摸了一百次电话，"她站起身，"有一次，我打过去了，话筒里传来那个女人的声音，'喂——'，我一下子就蒙了，一时不知道该说什么，后来她又说了一遍'喂——'，我感到害怕，就把电话挂了。"

"什么？你怕什么？嘿，阿合玛拉，我们什么都没做错，该害怕的是他们才对……还有，我在呢，我在，就什么问题都没有。这就是男人的用处。对吧？阿合玛拉。"

"我说不清……只是我心里发慌……"她倒了两碗奶茶。

"哦，我还不觉得饿，只是嘴发干。嗯？奶茶？来一碗。"他接过她递过来的碗，吹着气，小口喝着。"刚才你说什么？心慌？怎么了？哪儿不舒服？"他的眼睛一直没离开过她。灯光下，他看到她脸上、手上的斑点越发显黑。

"没什么。"

"有我呢。"他把碗放在桌子上，站起身，绕到桌子对面，坐到她身边。他抚摸着她的后背。他的手又热又干。他的动作十分严肃，但是带着一种温柔的镇定。"我看了，你需要放松。就是现在。"他把面颊贴在她满是皱褶的颈部。他感觉到她把手放到后面，抚摸着他的后脑勺，似乎在回应他的爱抚。

于是，轻声说："是吧，我的疯老太婆……"

她笑了一下，回应说："嗯，我的傻老头子……"

两人一动不动地待了一阵儿，都感觉脖子有些酸了。

随后，他在她耳边轻轻哈了口气，哈出的热气轻拂阿合玛拉的脖子。他放在她后背的那只手往下，滑向她已经松垮了的臀部。

她回头看了眼他的眼睛，拿开他的胳膊。

"要吗？阿合玛拉？嗯？我感觉你想要。"

"枯了都，"她说，"就像秋天的干草。"

"嗯？噢——"他压低声音，耳语道："如果想的话，我还可以。"

"我说我自己。"她有些哽咽。

"这个，我有办法，"他把胳膊举起来，往上拉袖子，紧攥住拳头，突显出手臂上的肌腱，"阿合玛拉，看看，怎么样？不比三十年前差，是吧？"他想开句玩笑，可他这个动作却让他看起来一下子老了许多。虽然他原本就不年轻。

她轻推他一把，一股苍凉的感觉突如其来涌上心头。她有些感动。

"吃饭吧，东西还热着呢。"

"这个不重要。"他看了一眼还举在那儿的手臂，笑了笑，用手指在鼻尖上抹了一下。又往她身边移了移，"嘿，说真的，阿合玛拉……我们很久没来一次了……"他把那只手放到她衣领那儿，往外拉了拉。他从领口往里看去，他看到两个下垂的梨子——她衣服下，没有任何支撑或者束紧她身体的东西。他尴尬地笑了下。他的嘴巴张开又闭上，放在她领口纽扣上的手迟疑了一下，从上至下解开。在那里——私密而伟大，衰老而丑陋的地方，是这个男人的藏身之处。

"阿合玛拉，你觉得怎样？"他把脸凑过去，轻触她的脸，试着跟她对上目光。"弄一次？嗯？"

"嗯……是个好主意……"她的肩膀耸起，目光低垂，语气里流露出一种情绪——在歉意的后面，有一种类似绵延的受伤音调。

她看着自己宽大没型的衣服在他的手中解脱，滑落在她赘肉横行的腹部。当他被生活历练过的、裹着一层桦树皮般的粗糙手指握住她下垂的胸部时，她感觉自己空落落的腹腔里一阵刺痛。唉，这个一生中除了她，从未睡过别的女人的男人啊，还有眼前旧的衣裳、粗大的手指、下垂变形的胸、被扯去子宫的腹部啊……她颤抖了一下，那些被抛入垃圾堆的血和肉啊，他们就是这样献出自己的时间和身体的部件儿，在他们所处的空间，这就是他们从内至外所做的全部——你的身体，我的身体，我们全部他妈的时间——老天爷？你模糊了事物的本来面目呀！哈！哈！它们令她发笑，"哈！哈！哈！"突然间，她听到了自己的声音，她已经狂野地放声大笑。她下垂的、袋子一般的胸，抖个不停，她满是褶皱的眼角溢出眼泪，她的嘴角湿漉漉地耷拉着。啊，哈哈哈哈！她笑个不停。"我们……现在……还他妈……在意什么呢？"生活的关键——她得出的结论是：别他妈的太把这当回事儿。

她说出了一辈子都不曾说过的粗鲁话儿。

老马的名字叫希望

有些人自始至终，把一切都弄错了。可以这么说，生活就在那儿看着他为自己挖了一个坑，不顾弄脏身上的衣裤，一直不停地挖，夸张卖力地挖。最后跳进去，直挺挺躺在里面。我的意思是说，有些人在洋洋得意间，可以让一切都对自己不利。

阿斯海提就是这样的人。此刻，他正看着妻子玛依努尔的背影。

玛依努尔一只手抱着未满百天的小女儿，头上随意扎着一块黑红碎花方巾，穿着一件洗得发白的宽大棉布连衣裙。另一只手还忙碌着，用长把木勺在铁锅里搅动——她在熬制甜奶疙瘩。她看上去很平静，但手中的木勺在颤抖。

在阿斯海提面前，玛依努尔从未像刚才那么歇斯底里地喊叫过："是你杀死了它，就像一斧头劈过来。"她觉得自己心里的东西已经死了。虽然她坚持了一年又一年——劝解自己——给自己很多次机会。但，它还是死了。

她喊叫的时候，阿斯海提尴尬得脸膛儿一阵发烫。

他愣在那里，看着眼前这情形。他知道她要放弃了，他能感觉到。

同样，她知道他能感觉到。

结婚前，玛依努尔可以说是这片草原上最美丽的姑娘了。她充满健康的魅力，她有一双美丽的棕色大眼睛，结实的胳膊和大腿，还有高高的胸脯。她的脸蛋总是红扑扑的，头发在阳光下闪着金黄色的光辉。她那张妩媚的嘴，总是轻轻启动，说起话来大方端庄、彬彬有礼。阿斯海提第一次见到她时，就被她那圆而润泽的嘴唇所吸引。她发出动听声音时，露出两排闪亮且非常纤细的牙齿，让人有一种想要亲吻上去的冲动。

就这样一个从头到脚无可挑剔的姑娘嫁给了阿斯海提，操持家务，招呼客人，生养孩子。你看看，就在现在，在生完第二个孩子的这两个月里，也照常忙着挤牛奶、制作奶制品、烘烤、洗衣做饭等家务。即便是坐下，她也不是在那儿闲坐，而是膝盖上堆满活计——捋去羊毛里的杂质、捻毛线或者是给野山果去核。做着绣毛毡与熬制果酱的前期准备工作。

婚姻，到底给了她什么？那些用小玻璃瓶在耳朵后面点一滴沙枣花香水的日子，早已成为很久以前的事儿了。但是，她没有任何怨言。她总是这样勤勤恳恳、一丝不苟地做着自己分内的事儿。

她知道阿斯海提整天放牧、打草、修理棚圈、伺候牲畜，常年劳累。所以，她很体谅丈夫，尽量多地分担家务，还总会把阿斯海提每月给她的生活开销一点点节省下来，等到积累多了再交还给阿斯海提——在她身上，找不到一丁点儿懒惰、贪婪，或者吝啬的影子。

不过，就在刚才，玛依努尔提出要带着刚出生不久的女儿回娘家，说等过一段时间大家都不太忙了，去镇上办理离婚手续。说话时，她的声音里充满恨意，即便她曾经像石头那般清醒和冷静。这是她第一次提出离开他，也是最后一次。她已经打定主意了。

"为什么？你知道，哈力我可照顾不来，他时常和那些牛羊混在一起。你看看他，衣服上沾的都是什么？泥巴！牛粪！草渣子！"

哈力是他们的第一个孩子，是一个漂亮的有着一头栗色卷曲头发的男孩。他不肯吃肉。他能与动物共情，知道怎么让动物平静。他对动物有一套自己的办法。那匹玛依努尔从娘家带来的老马，别人都不敢接近，他却能走近它，抓住马缰绳，爬到它背上。他给它讲话，学着妈妈的腔调："老男孩，乖孩子，你是我的老男孩。"他经常让老马带着他，去深山、谷地、河边。一整天和它在一起。老马的名字叫"希望"。

有时候，玛依努尔发现自己站在毡房前的炉子前，把手搭在额头上，看着希望驮着哈力在远处的草地上玩闹，觉得很快乐，随即才发现自己并不快乐。

"希望脖子靠腿的地方有一个大鼓包，妈妈。"有一天，哈力放学回到家时给玛依努尔说。

"知道了，"她说。过了一会儿，她又说，"别太爱它。"

"为什么?"他睁大了眼睛问。

"如果,我是说,如果有一天它走了呢?"前一段时间,玛依努尔发现了希望脖子下的肿块,她让兽医看过并了解到,那是挨着动脉血管的肿瘤,无法手术祛除。

哈力皱了皱眉,后悔发问。起初,哈力发现希望总是在树边蹭脖子下面,还以为只是蹭痒痒。但是,妈妈的口气让他紧张。"你在说什么,妈妈?"哈力说。在他小小的心里,世界存在了多久,希望就在家里生活了多久。

"我是说……它这么老了……"玛依努尔说,"你知道的,你会难过的。"

"不,不可能,我不会让它老的。我是说真的,我可不是在说梦话。"哈力朝着玛依努尔转过他那严肃认真的小脸,语气里含着倔强,"告诉你,妈妈,我真不会让它老的。"他装作不清楚妈妈话里的意思,小心不让自己掉进感伤的情绪里去。

玛依努尔只好改口,说只是提醒一下他,没别的意思。

哈力沉默了一会儿,朝门外望去,安静地看着希望在树底下吃草。

这个性格沉静、多愁善感的孩子,平日里他的父亲阿斯海提连一句温和的话都没对他说过。

也就是这个外表看似英俊,但常年对玛依努尔和哈力施以冷暴力的男人,一点点浇灭了她的热情,一步步将她推开,把她的爱消耗得只剩下一层空壳。但她并不否认还有一点点可怜残余的存在。

阿斯海提内心冰冷得就像远处山上的积雪，你以为在酷暑季节将要融化，但就在山尖尖那儿，就差那么一点点，留在了那里。酷暑过后，又逐渐覆盖积雪。陪伴哈力成长的那匹老马，是玛依努尔结婚前两年，家里母马产下的一匹黑色小马。因为母马难产，生下小马就死了，玛依努尔给它起名希望。希望它健康活下去。但是它性格古怪，胆子小得像一只小鸟，无论是与人，还是与同类，它都无法融入进去。每时每刻，它都准备逃跑。转场走的时候，父亲把这匹小马留在了村里。那时候，妈妈照料着家里几十亩青贮地，用以冬季饲养牛羊。还要做饭，照顾她的弟弟。玛依努尔每天去栅栏外，给小马喂苜蓿干草，陪着它，和它说话。大概一年的时间吧，只要她叫它，它就会颠颠地跑过去，凑在她身边，嘶嘶地叫。她还会凑近它的脖子，深深地吸气，闻它身上的泥土味儿。虽然它不会说话，但是它和她早就可以交心了。

　　可是，阿斯海提不行！

　　"还有，我吃什么？我不会做揪片子，不会烤馕，不会煮肉，不会做抓饭。"说这些的时候，阿斯海提的手在自己眼前挥舞不停，像是在撕扯蜘蛛网，又像是把他嘴里吐出的字捏成块儿，再将它们一个个甩出去，硬邦邦地敲打到玛依努尔身上。"每天早晨，几头母牛需要挤奶，还要做奶疙瘩、酥油！还有，那几头小牛犊最近还需要带去打针！还有，那几只羊无精打采的，指不定又闹出什么毛病！还有，还有，我需要的马褡子，你还没做完。还有，还有，抵押贷款……"说到这里，阿斯海提简直觉得妻子已经抛弃了他，把劳累的生活抛给他，跑掉了。他一改平时冷漠的好人相，抬脚把身边的奶桶踢得跳了起来，大喊道，"还有，还有，我不是早就给你说过嘛，过几天还要给小女儿过百天，我乌鲁木齐的婶婶，阿勒泰的姐姐，还有很多亲戚朋友都要到家里来庆祝。你知道的，准备食物，招呼客人，那是多么复杂的事儿！真是够呛！"

玛依努尔一直低头干活儿，而且紧抿着嘴唇。这几年，她渐渐失去她那圆润的体型，变得枯瘦。那种温暖，那种对生活的热情，那种让她显得美丽的神采，从她的脸上，从她褐色的眼睛里被渐渐地抽走了。现在的她，简直像是换了一个人。无论表情还是身体，就像块岩石。这是一眼望去，最明显的变化。

一天傍晚，在阿苇滩镇的集市上，她看上一件奶油色连衣裙，领子上绣着淡黄色的花瓣和蓝绿色的叶片。"你没必要穿这件衣服。"阿斯海提嘟囔着给她说，"这裙子在牧区派不上用场。"他的话本不想让一起赶集的村里人听到，却被旁边的阿依旦听到耳里。

"玛依努尔这么漂亮，给她来一件吧。"阿依旦说。

"我知道，"他说，"我知道，不过这和别的衣服有什么区别呢？"

玛依努尔意味深长地看了一眼阿依旦，然后笑了笑。又把目光转向他，点了点头，小心翼翼地把手中的连衣裙放回衣架上。

看看吧，他与她之间，没有生死攸关的大问题。但是他身上有一种东西，让她对自己的婚姻感到绝望。那是什么东西，不知道，她也说不清楚。他肩膀上长着的那颗脑袋，是傻？还是聪明？她始终没有搞清楚。她也不想弄清楚了。遇到这样的男人，还能说什么呢？他耗尽了她所有的耐心。

昨天，吃过早饭，阿斯海提把羊栏里的羊群赶去山坡上吃草。希望陪着哈力顺着小径去路边搭校车。哈力在镇上小学上一年级，晚上校车会把他送回来。希望回来时，玛依努尔刚把清晨挤的牛奶煮开。她把小女儿捆在背上，把需要清洗的衣物搭在希望背上，去坡下的小河边洗衣服。她边洗衣服边思索。有些事情她永远弄不明白，为什么他对自己的付出从来都是否定，没有过任何一丝肯定，哪怕是一个鼓励的眼神也可以啊！为什么他那么注重外人或者亲戚们怎么看他，而忽略妻子和孩子的感受。十三年。人生有几个十三年？她已经等了这么久。她摇摇头，嘲笑自己不肯死心的荒唐想法，然后把洗好的衣服捞起来，晾在河边的大块岩石上。

阳光明晃晃地照在河面上，已经快十一点了。她早已不用看表就能知道时间。她还会分辨七种风，根据白桦树叶子下垂的角度来判断凌晨是否有露水。突然，她有了一种强烈的想法。她就着河水把头发梳理整齐。然后，她让希望带着她和小女儿，朝镇上赶去。在集市上，她让售货员抱着小女儿。她脱去身上陈旧的棉布裙，套上架子上的那件奶油色连衣裙。她看着试衣镜里的自己，真好啊，领子上绣的花看上去像是飘在草原上的野花。

回到家，她换上旧衣服，把火重新生起来。茶壶刚坐上灶台，希望带着哈力回来了。哈力告诉她，他在以《我和爸爸》为题的写作课上，写了妈妈和希望。他说虽然每天晚上都能看到爸爸，但他想了好久，爸爸好像从来没有和他一起做过某件事儿。他说为什么别人的爸爸也很忙，但是和他的爸爸怎么就不一样呢？他说一会儿爸爸回来他要去好好问问他，接着又改变主意，说也没什么可问的了。

阿斯海提回家比平常晚。他吃了放在他面前的东西，很早就上床了。他们不在一张床上睡。当然，他们的婚姻中有不多的几次出现过温暖。在一块柔软的毛毡上，她躺在他的臂弯里，她受到了安慰。但那种温暖，就像北极圈极昼即将落山的太阳，无一例外移出她的视线。让她得不到，够不着，她不得不花上好长时间等待温暖再次出现。在他们的婚姻中，就他而言，仿佛她和孩子们的存在，都是给外人看的。除此之外，他不想花任何一点儿脑子和体力来维护家庭和他们之间的关系。就连最起码的沟通他都没有。"有这个必要吗？不需要花工夫维护和家人的关系。"他这样说过。花那些力气，有什么用呢。在他心里也是这样认为的。

她曾经以为他是否家外有家，或者是情人。

但是，没有。真的没有。

躺下时，他想起傍晚赶着羊群回来的路上，一个陌生人骑着马，朝他走来。

"有没有牲畜要卖？"

"什么？"他问。

"牲畜，"陌生人说，"牛或者马？"

"有一头牛，五只羊，"他想了想，"嗯……还有一匹老马。"他在心中盘算，牛两年了，那五只羊的腿脚多多少少都受了点儿外伤。马，就是妻子陪嫁过来的那匹马，现在都老成摆设了。在他看来，那匹老马整天在毡房门前晃来晃去，挡着道，简直是块绊脚石。

陌生人说他开了一家土特产厂，专卖吃天山牧草的牲畜肉，他说外地人好这一口。他还说他先联系好了卖家之后，就会开着拉牲畜的卡车过来一起拉走。

阿斯海提迟疑着："叫我想想……"

"明天怎样？"

"明天？"

"不耽误你时间。拿钱，走人。"陌生人朝通往山外的方向甩甩头，"利利索索！"

"我……我想可以吧？"

"明天清晨六点前吧。"他想着最好在玛依努尔和哈力起床前办这件事儿。

不用说，第二天早晨，哈力奇怪希望为什么没在毡房门前等着他，送他去乘坐校车。

"希望呢？"他背着书包出门时说。他看看妈妈。玛依努尔背着妹妹，站在灶台边，正把清晨挤的一锅牛奶烧开。爸爸坐在桌边，把一碗奶茶举到唇边，透过热气观察着他。

"爸爸，你看到希望了吗？"哈力问，"每天它都等在门边。"

阿斯海提咳嗽了一声："卖了。"

"什么？"哈力的声音哽咽了。

玛依努尔感到惊愕。阿斯海提的话好像一记狠狠的耳光，让她感到一阵刺痛。

"你说什么？我——"她说不出话来。

"它脖子上一个大包，早晚的事儿。你知道的！"他躲着她的眼睛，"还不如……"

她感到眼泪突然涌出眼眶："希望，是我的！"她吼道，一步步倒退着从他身边走开。

哈力跑向坡下那条唯一的小路，叫着希望的名字。"希望！希望！"声音传遍整个山谷，"希望！希望！"

这声音让她压抑。她和哈力终于相信了他们不愿承认的真相——阿斯海提从来没有爱过他们。在他心里，最爱的是他自己。

她清楚地记得，有一次他骑马五十公里，去看他哥们儿六岁孩子赛马。在那个孩子到达终点，但没有获得任何成绩时，他走过去迎接他，鼓励、安慰、兴奋地大声助兴，仿佛那孩子刚刚从战场凯旋。但是当他面对自己妻子和孩子时，马上恢复了平时的模样，冷漠、低沉，就好像快乐、祥和的面具跌落——最起码他表面表现出来的是这样。

可是，眼前这个男人，她一直叫他："我家老头儿。"即使他不在场，她在别人面前提起他时，也这么说。

他是那种，外人看上去他会立即爬上树，给他妻子摘果子吃的男人。妇女们提起阿斯海提，脸上都会挂满笑容。

"玛依努尔真享福啊。这么好的男人，干活儿一把好手。"

"阿斯海提总为别人考虑，对你们一定好得没的说。"

"听说当年你还不同意嫁给他呢。错过了，再不会有这么好的男人了。"

"玛依努尔嫁给他，不知有多幸运呢。"

听到这些话，她尽量装作认可、默从的样子，几乎是小心翼翼地昧昧地笑着，微微点头。然后，垂下头，躲开她们的目光。事实上，自从嫁给这个她爱过的男人，她曾经希望什么呢？她希望，他们的感情会逐渐加深，直至达到可以用眼神相互意会的那种默契。她可是当初阿斯海提求婚时，他的哥们儿都说他不可能得到的妞儿啊。

不可想象的是，从他得意扬扬地与她一起生活开始，埋在她内心的绝望就已经出现了。那些绝望，根本与钱、衣服、食物这些物质没任何关系。她有丈夫，却感到前所未有的孤独，比单身时还要孤独。在他第一次对她发号施令，并提出无理要求时，他没有听她的意见，更没有给她说话的机会。之后，什么事儿她都没有说话的机会了。他习惯了，习惯用苛刻、恃强凌弱的语气对她说话。在他心里认为，即便这样，她也没做出什么反抗啊，自始至终她也没怎样嘛。对吧，她也是早已习惯了的。是不是？

她跟他在一起时，一直感受到那种孤独与习惯的混合物，那个混合物就好像给她脚踝上拴着个铁块，让她精神上而不是身体上越来越沉重，越来越绝望。哈力懂事以来，也会有同样的感受吧。她想。

此刻，阿斯海提突然意识到，离开妻子自己无法生活，不由得放低声音："现在这么忙，没必要吧？"你看看，他也知道，对于牧民来说，这段时间是一年中最忙碌的季节。并且，他心里头清楚得很，妻子绝对不是动不动就撂挑子的人。

玛依努尔张了张嘴，她想说什么，但是什么话也说不出来。一年，两年，或者是更长时间，她都是主动找他说话。但是现在，突然她什么都不想说了。因为，她不想让自己的心再被伤害。她永远不知道，他下一句话会突然冒出什么。他在堵住她的嘴这件事儿上，表现得天赋异禀。就算她在忙碌了一天的晚饭桌上，随意的一句："今天累得腰疼哦！"在她看来，这对于夫妻间，是再平常不过的，是增进夫妻感情沟通的开头语。可他却总冷冰冰回复："你的意思……雇个保姆？你看，怎样？"他知道什么话让她哑口无言，他永远都是一句搞定。他的这句话，单独理解，没什么问题。但是对于低收入家庭来说，这句话就像飞出去的刀片，割碎她的心。他还在暗自得意呢，却没有真正意识到，他的话让他们越来越拉开了距离。她眼睛睁得大大的，嘴巴微张，脸上是震惊和失望掺杂到一起的表情——她什么都说不出来了。这么多年，在每天的饭桌上，在每一次增进感情的沟通机会上，他从未好好把握，和她聊些家常。他只会送给她和孩子餐桌上久久的沉默，和说话时言辞间的嫌隙。

"能不能好好过日子？"他问，"你想怎样？就为了一匹老马，你觉得值当吗？"天哪，在他心里头，还从未认为自己有任何过错呢。

她一言不发。

沉默被拉长，变得坚硬。她不知道他到底要的是什么。他牢牢盯着她，试图揣测她脑中的想法。他在思考她是否只是闹一场，吓唬吓唬他。她的眼睛里闪烁着一种隐痛，但她不肯眨眨眼睛让泪水掉落——这是她最后的尊严了。这种眼神是他以前见过，但从未想到要去理解的。

　　嫁给他的头一年，他舅舅家的儿子考上大学。玛依努尔按照他的决定，给了表弟一千块钱。之后，他又让她每个月给他表弟二百块生活费。他舅舅家的牛羊是村里最多的，年收入在村里也是最高的。她认为，他的这个要求不合乎常理。她记得很清楚，在她的脸上刚露出想要解释一番的表情时，他就开口了。"我说的！"他说，"每个月给二百块，你按照这个办就对了！"在家庭中，他不会和她沟通或商量任何一件事儿，就以权威决定了所有事儿。她的原生家庭，没人告诉过她如何处理这类家庭琐事儿。但是，从小家里的氛围给了她一个答案，那就是嫁给一个男人，有了家庭之后，时刻要为丈夫和孩子们着想，要对家庭负责。要站在丈夫角度考虑问题，要多理解、照顾自己的丈夫。那是她生长的环境，那是写在她家庭基因里的信仰。她认为，自己别无选择。是的，她没有反抗，更没有说出自己的想法。她给了，在每个月初，把钱转给他表弟。

　　她和他在一起，度过了十三个年头。如果人与人，尤其是与成年人之间，可以用你对他的好，换来他对你的尊重，那可就太好了。这些年来，她一直想走进他的内心深处。每次，她都是偷着打开他的那扇窗。起初是假装漫不经心地往里瞧一眼，看那里面有些什么，却被突然关掉的窗户的"啪啪"声吓一跳。再后来，她连装都不想装了，直接朝里望去。但是那扇窗户反应得更猛烈了，在她的耳边"砰"地关上，她的脸颊被拍得发烫。对，就是这种感觉。

她不得不猜想，这么多年，费了那么大工夫，他一定在那扇窗户里面隐藏了什么特别珍贵的东西。就像"芝麻开门"里藏着的"珍宝"。她一直没有放弃，一直在认真琢磨——那"珍宝"到底是什么？

但最后，她放弃了。因为她终于意识到，那里面其实什么都没有。这绝对是事实，那扇窗户后面确实什么都没有。只是一个空空的、冰冷的房间。为了建造那个房间，他投入了所有的精力，从婴儿、少年、青年，直至现在，他投入了半生精力。后来，这就变成了他的一种生活习惯。最可怕的是，他从未反思过，他建造和维护那个冰冷的、空房间的意义何在。也可能，他是准备随时把自己藏在那里？

玛依努尔早已不再期待什么了。同样，这不是钱的问题。她认为，在这个低收入家庭中，最大的不幸是他。对，就是他！

"我说，你不要这样好吧。我整天打草，侍弄这些牛羊，忙来忙去，不都是为了这个家！"这是阿斯海提常说的一句话。这回，还是这句话。他觉得，自己是爱玛依努尔和孩子们的，只不过爱的方式与别人不同罢了。

他迫不得已开口，总是说些毫无意义的话。这些话对他们之间的矛盾没有任何帮助。他从未想过从根本上解决问题。

还总抱怨："我真是不明白，你到底想要什么？"

说实话，就算他停止自说自话，给她一个拥抱，不比他说这些话来得快吗？

这时，她听到自己的声音，她已经放声大笑："如果，你同意的话，我把两个孩子都带走，也不想再这样过着没有空气的生活。"

"没有空气。"她说这句话的时候，好像看见一张巨大的蜘蛛网罩了下来，让她窒息。把她的胳膊和腿都捆绑到了一起，永远动弹不得。

"唔……啊……"平时，从来没有注意过妻子感受的阿斯海提，这会儿脸鼓了起来，好像快要哭了。他张了张嘴，咽了下口水。当他回头看时，才发现，正因为玛依努尔的不反抗、不多话，才导致他越来越无视她和孩子，随他想说什么就说什么，想怎么做就怎么做。在他心里认为，她铁了心要跟着他过一辈子。他忽然明白以前在电视上看到过的一句话——婚姻中，真正的主动方，是受委屈的那一方。

他发现，平时这个就他来看无足轻重的女人，在某种他甚至不能理解的程度上，会是这么重要。事情就是如此，有的人在那儿时，你压根无视这个人的存在，只有当你失去时才会觉得这个人是个宝。他说了一切能想到的好话，试图让她留下来。仿佛在谈一笔交易。他问她是否想到他忙完回到家里，一口热茶都没有的可怜相："放牧、打草、剪羊毛、维修棚圈……最近的活儿多的，从这事儿忙到那事儿，干也干不完。干完活儿，累得半死，还没吃没喝，如果你不在的话。"他的声音近乎沙哑，显然开始意识到事情的严重性。可她却说："我不相信，离开我，你没法活。而且就算是，我也不在乎。"这就是她的原话——就算你没法活，我也不在乎！

阿斯海提把头埋入两只手里："让我觉得遗憾的事情实在太多。"他想解释。他转开眉头紧紧锁在眉心的脸，目光越过毡房半圆的顶部，落到旁边被虫蛀得快要坍塌的草棚上。"从我出生，在我印象中，我的父亲从未笑过，他好像没有感情，也不在乎他的孩子们是否有吃有喝。我的母亲整天忙于养活我和两个弟弟，没日没夜地干活儿。"他注视着支撑草棚的柱子，上面的油漆已经剥落得斑斑驳驳。他眨了眨眼睛继续说，"妈妈在大太阳底下干活儿，她需要一个遮挡阳光的棚子。她说在棚子底下干活儿，她才不会被头顶上的太阳晒得晕过去。我还记得搭这个棚子时，我们还小，她扔了一个皮球还有一些铁铲和火钩，让我们坐在草地上玩它们。我记得她把几个比她还高还要重的木头柱子拖到她挖好的坑旁边，用肩膀顶着，把它们埋在土里。就在她用肩膀扛着一个脸盆口那么粗的木柱往立好的柱子上搭时，我看到她眼里流出的血。那是她用力过度，眼底血管破裂造成的。从此之后，她的那只眼睛瞎了。后来，舅舅听说了这件事儿，赶过来把棚子搭好。从那之后，家里的很多事情，都是舅舅忙完他家的事情，再过来帮助我们。等我十多岁时，我会帮妈妈干活儿了。后来，我有了一些哥们儿。那一段时间，他们经常来帮助我们。也许是因为我的父亲对待我们的冷漠，还有我小时候的经历，还有可能是他的遗传基因，让我不懂得考虑家人的感受。"他从口袋摸出一块手帕，擦干脸上渗出的汗水，"玛依努尔，我确实不知道该怎么做，但我绝非你说的那样，是个没感情的人。"

"好吧，那么顺其自然吧。"玛依努尔的眼眶盈满泪水，她用手抚了抚垂在额头上的头发。然后她又说，"我只想让我和孩子们过好在这个世界上的每一天。"自她嫁给他之后，她的头上总是包着这张暗红色的头巾，把她那两条又粗又长的辫子盘起来，包裹在头巾里。"啊……你的头发……"阿斯海提想起来，刚认识她时，她的辫子垂在身子后面，比裙子还长，随着走路，辫梢一摇一摆。"哦，还有……你的手……"那是一双怎样的手呀。她的手曾经最吸引人——第一次握住她的手时，她的手十指尖尖，像涂了羊油一样绵滑白嫩。现在，在多年的劳作之后，她的手已经毁了。手上的皮肤变得粗糙，像桦树皮，上面裂着好些口子。指关节也变得粗大起来，结婚时戴上的戒指，大概永远取不下来了吧？

"……真是……对不起……"他伸出手，想要去抱妻子怀里的小女儿。因为，刚才玛依努尔的愤怒让小女儿紧张。以前，他从未想到她会这样。但是，当小女儿看着他伸过去的手时，更是哭喊着扭动身子，把小脸藏进妈妈的怀里。

"我……"玛依努尔扭头看着她生活了十三年的毡房，放下举起的手。在她扭过头来的时候，脸上的皮肤似乎在一瞬间垮下来——那是她日夜操劳的结果——这使得阿斯海提的身子不禁往后缩了缩。

"你的脸……"阿斯海提也记不得有多久没有端详过妻子

美丽的脸蛋了。可是，阳光下，面前的这张脸……像晾干的羊皮。中间的部位像被提了起来，随意捏了捏，组成了她尖尖的鼻子。"你……我……唉……"他垂着双手，低下了头。一阵微风搅动他们头顶那棵白桦树的树梢，风到之处，树叶发出飒飒的响声。这时他又想起幼年时父亲对待家人的冷漠，还想起外祖父和亲戚们对父亲的评价：他娶个媳妇，对他来说就像完成了一个任务，把她带回家，然后把她抛到脑后。

玛依努尔看着眼前的一切："我想让自己活得有点尊严。"她无法悲伤，也不能消极等待。她觉得，她的婚姻保不住了，而能保住的唯有自己的尊严。剩下的何其少，毁掉的又何其多。她心怀酸楚，却决不妥协。她的眼神很奇怪的一片漠然，仿佛糟心的一切都会在她的眼里沉没，重新回到自己的世界，找回发泄和抱怨的权利。她搂紧小女儿。她感觉到自己心跳的声音，感觉到疲劳，一种深入骨髓的疲劳。

她的背部因为长期劳作，已微微前倾，干活儿时总是一副很吃力的样子。突然，阿斯海提感到一阵心悸，胸口疼得眼泪快要落下来。他走过去，从后面抱住瘦弱的妻子，扳过她的身体，把她搂在怀里。

玛依努尔刚才说那番话的时候，阿斯海提的脸涨得通红，恨不得找个地洞钻进去。就好像埋在自己心里的秘密被人掀开，暴露在太阳之下。他在脑海里搜寻了一遍，丝毫没有找到半点曾经照顾妻子身心的行动。哪怕是找到一点点关心的言语也行啊。可是，没有。他没有找到。瞧吧，他是一个多么自私的男人啊！不过，他还有一点点良心。现在，他的心里除了对妻子的愧疚，还有揪心的自责。

　　玛依努尔推开他，没有丝毫犹豫。她抱着小女儿，领着哈力，跌跌撞撞走下山峦阴影下的山坡。突然，她蹲下来。她感觉自己已经跑了很长很长一段路，现在心跳开始慢下来，渐渐恢复平静——极度的平静。她长舒一口气，坐在一块大石头上，把孩子放到膝盖上，从鞋子里倒出一粒石子儿。

肉汤面片

老努尔旦盘腿坐在地毡上，胳膊舒服地搁在桌子上，两眼盯着房间远处的什么。他在等待老婆子玛依拉往面前的桌子上端肉汤面片。

清晨，一起床，老努尔旦就开始抱怨："哎，老婆子，你整天忙忙叨叨的都在干些什么呀？"他皱起眉头，瞄了玛依拉一眼，一心想找点碴儿出来，"难道你就没发觉我好几天没吃上肉汤面片了吗？"

"你自己说，你是多少天没吃了？"玛依拉知道他开始找事儿了，干脆先给他找点事儿，压压他。

"这应该是我问你才对嘛！"

"这应该是我问你——"玛依拉讽刺地学着他说，"要是我知道你多少天没吃了，还用得着问你吗？"

"你个老太婆，"他抖着肩，喉咙深处发出"咯咯咯"的笑声，"你呀你，不许学我胡搅蛮缠的。这是我的！"你瞧瞧，他心里头清楚着呢。

"我受够了。不想理你！"这种找碴儿的事儿，玛依拉忍受大半辈子了。虽说一点儿也不开心，但还是勉强回了一句。

"嘿，玛依拉，"老努尔旦从桌子对面倾身问道，"你理了我大半辈子，恐怕一时停不下来了吧？啊？"显然，他觉得他们夫妻感情从未因为他无休止的唠叨受到任何影响，因为他的笑容在被太阳晒出裂纹的脸上又画上了两道弧形。

　　玛依拉在清理地毯上的馕渣，她抬起目光，发现他正盯着她。"喂，不要这么看我，"她说，"有什么好看的？"她说着，把馕渣一点点聚到手心。

　　"你不看我，怎么知道我在看你呢？"老努尔旦反问道。

　　他的这句话让玛依拉哑口无言。很显然，这句话让他占了上风。他得意洋洋地"咯咯咯"地笑起来。

　　"我每天挖空心思伺候你，你却每时每刻都在找事儿！"玛依拉摇了摇头，把手心的馕渣扔进那个总在地毯上放着的大烟灰缸里。这个烟缸其实不是个烟灰缸。这是老努尔旦放牧时，在河边捡到的。这是一个中间凹进去的扁平石头。她站起身把烟缸里的垃圾倒进炉膛里，用水冲了冲，然后擦干了，把它重新放回到地毯上。

　　"喂，老太婆，你倒是说啊，今天到底能不能吃上肉汤面片？"老努尔旦笑眯眯的目光从她身上移开，瞄向门后面挂着风干肉的方向，"你知不知道，我吃不上肉汤面片，就没有心思给你找碴儿了。照这个样子下去，你的好日子恐怕就到头了吧？"

　　"你到底想说什么？"玛依拉抬起头来，"老天爷，听你说话还真费劲儿！"说完，她走到毡房门后面，从上面悬着的木杆上取下一块风干肉。接着，她又回到柜子边，从最上面架子上取下一只白瓷盆子，把肉放进去，倒了一些清水，清洗上面的尘土。

老努尔旦前倾着身子，坐在桌边。他把胳膊肘撑在桌边上，双手握着半张馕。他瞟了眼玛依拉，又瞟了眼馕。他把掰下的一块馕送到嘴边，咬下一小块，边嚼边摇头，"哎哟，你这弄的什么馕嘛！啧啧，你瞅瞅，硬得像块石头，简直是，这日子，唉，你要相信我说的，这日子简直是没法过下去了……"他又把那块馕由嘴边拿开，在奶茶里蘸了蘸，用勺尖挑起一小块酥油抹到上面，瘪着嘴继续嚼，"喂，玛依拉，晚上你必须好好弄一盘子肉汤面片！唉，这个馕真的是咽不下去嘛，啧啧——"他面带痛苦地停止了咀嚼，然后两眼一闭，像是下大力气似的把嘴里的东西吞了进去。

玛依拉往茶碗里舀了一勺奶皮子，又加了一勺牛奶，提着壶兑了半碗清茶。她用余光看到老努尔旦对她做了一个把五官皱缩到一起的鬼脸。哼！老神经，老东西，又来这套！这两年，孩子们大学毕业，都在城里上班，没什么负担了，这老家伙反而整天变本加厉、没完没了地找事儿。还别说，他绝对有这方面的天赋，没他找不出来的麻烦。她这么想着，端起茶碗，凑近唇边，透过热气看着老努尔旦。唉，等着瞧吧，就算晚上好好给他做一顿肉汤面片，还不知道他能找出什么事儿，说出什么话来呢。真是年龄大了，越老越把自己当回事儿了。

老努尔旦完全知道自己在做什么。这就是有意思的地方，他这么想，也这么说过。他知道，玛依拉并非真的那样厌烦或者不待见他。像他假装的那样，或者像她自己有时候假装的那样。再过几年，她也不会被他疯狂的"无事生非"毁掉，也不会变成什么怨妇。她只会变得越来越依赖他。无论如何，他在内心深处还是对这个有把握的。

说实在话，他对这一切心知肚明，冷眼旁观着自己的胡闹。不过，他这种冷静的认知和洞察，对于此刻他任性的语言表达和胡搅蛮缠都丝毫起不到阻拦的作用。

这天中午，玛依拉炖了一盘子库尔达克（炖炒鲜肉丁）。他嘴里吃着炖得烂烂的羊肉块和洋芋，又开始发表他的言论："哼，这个洋芋嘛，啧啧……嗯……简直不是洋芋。"他哼哼唧唧撂下这么一句话——他就是这样，常常把简单的事情搅和成一锅糊糊。对于他的话，已经没有一句能进到玛依拉的脑袋里了。对此，她早就习以为常了。

下午到傍晚这段时间，肉在灶台上的铁锅里。只要侧耳倾听，锅里"咕嘟咕嘟"的声响叫人心生温暖。

玛依拉手里缝着花毡，耳朵和眼睛还在时刻注意着肉汤——她担心溢出来。而老努尔旦整天除了吃喝以外，就是在不远处山坡上守着家里那十几只羊。"四条腿的狼好防，两条腿的狼防不了……"他念叨着这句话，盯着羊，"瞧这，这简直不是人干的活儿。把我整天困在这里，我就是有天大的本事也发挥不出来嘛……啧啧！简直叫人无法忍受！"他嘴巴叼着一根草叶，斜靠在草地上，抖着腿，发着牢骚。

肉在铁锅里"咕嘟咕嘟"……这对于玛依拉来说是件家常事儿，但责任重大。

一些掺和着草叶的干牛粪在炉子里燃烧着，炉边手推车里还放着三块备用。玛依拉放下手中的针线，把它们统统塞进炉膛里。她看着红色的火头从干牛粪缝隙间蹿出来，舔着锅底，映照得她红光满面。

她掀起锅盖，一股浓浓的蒸气缭绕升腾，扑到她脸上。半天，她才看清锅里的状况。对她来说，煮肉的过程似乎有些漫长了。因为她关心锅里的肉汤——这些肉汤决定着老努尔旦接下来要说的话。

接近傍晚时间，玛依拉想起该和一些面了。做肉汤面片，和面是一个重要环节。她把白瓷盆子涮了涮，取下架子上的半袋面粉，抖开袋口，伸进双手捧了两捧——一人一捧足够了。这是她多年的经验。她用一个白色的搪瓷碗盛了一碗水，这也是她多年的经验。两捧面，一碗水。她把水倒进面粉里，用手搅拌均匀，然后把沾上水的面粉使劲儿揉到一起。她反复揉面，直到出了一身汗，这才拧了一个湿毛巾盖在面团上，醒着。

毡房里被玛依拉收拾得舒适、温馨、一尘不染，柜子上的物品摆放得整整齐齐。墙上的挂毯，黑红色的底子上浮雕般绣着清晰明朗的红、绿、蓝、黄色的花和叶子图案，桌子、柜子上铺着四周挑着粉色羊角边纹的白色桌布。床角的被子叠得方方正正，还有钴蓝色底子上绣有线条流畅的红色羊角图案的靠垫——这些，都显示出玛依拉是个对生活有品位且勤劳的妇女。这确实是一个可以抵挡风雨的家，它使得老努尔旦在这个家里为所欲为。

"噼啪——"炉子里传来火星爆裂的声音，一些灰从炉口飘了下来。玛依拉搓掉干到手指上的面渣，走到锅边，仔细倾听锅里的动静。咕嘟声小了许多。此时，她感到自己身负重任。她敏捷地蹲下，铲了些炉灰盖住余火，让温度降下来。

现在，只有等待，等待浓浓的肉汤和醒透了的面。

时间走啊走，老努尔旦回来了。他在羊栏外吆喝着，把羊弄进去，时不时还和羊较劲儿。在羊低着头，死撑着脖子，不肯进羊栏的时候，他就这么说："够了噢，小老弟，不想在这儿混下去了吗？"要么就是抓着羊角哈哈大笑，把羊吓得不知所措。但是事后玛依拉问他，什么事儿这么好笑时，他又想不起来了。

羊群终于被老努尔旦弄进羊栏了，它们把里面的空间挤得满满当当。老努尔旦隔着栅栏，瞪着那些闹哄哄的羊。他认为它们太不听话了。它们也回瞪着他，冲他不停歇地"咩咩咩"叫唤。"你们这些个多事鬼，惹事精，看吧，看吧，都把你们给惯坏了！"他把外套脱下来，抖掉上面的灰尘，又从裤子上拍去不少草渣。"好好伺候你们吧，你们却给我苦头吃。我嘛，早就该好好休息休息了！哼！都是给你们这些个多事鬼闹的……"他把外套扔到晾晒奶酪的架子上，蹲到毡房边，用洗手壶里的水洗手。

擦干手之后，他从裤子口袋掏出一支烟，仔细点燃，靠在羊栏上深吸一口。"听着，有一样你们永远给我记住——你们永远斗不过我！"他用夹着烟的那两个指头指点着羊圈里逐渐安静下来的羊，"这世界上各式各样的捣蛋玩意儿，都不是我的对手。明白?"他眯起被烟熏着的那只眼，突然间笑得连身子都晃动起来，仿佛被他自己说出的话给逗乐了。

"唔，好啦，好啦，给你们说多了也没什么用……今天，就这些话了。你们嘛，也闹够了，好好休息下。"终于，他咽下了嘴里的喃喃自语，转过身，面朝夕阳，尽量地伸展四肢，活动筋骨。在这夏日的薄雾里，他可以清楚地看到整个草原的全景。起伏的山丘，连绵不断地向远方伸展而去，最后消失到逐渐暗淡的山体之下。他呼吸着干净的空气，同时让甜暖的微风把他吹了个够——他的脸上洋溢出莫名的满足和放松感。

走回毡房时，天色已经暗下来了。灯泡悬在饭桌上，暗黄色灯光暖暖地映照着他的头发。收音机开着，阿勒泰广播电台里，一个女播音员在播报天气预报，说是在未来一周会出现高温天气。牧民每天都要听天气预报。"又是一天过去哩!"他吁出一口气，"只有这里最舒服嘛!"他盘起腿，坐在地毡上，把手搭在桌边，轻轻敲击桌面，无限满足地哼起不成调的曲子——他在等待肉汤面片，也有可能在酝酿接下来的唠叨。

毡房前飘浮着白色的雾气，浓浓的肉汤像鲜活的生命。玛依拉把醒好的面涂上油，用擀面杖擀薄，用刀子划成一块块面片，放进肉汤里。煮了一小会儿，热腾腾的肉汤面片出锅了。

玛依拉把肉和面片盛到盘子里，上面均匀浇上一碗浸泡着碎洋葱的肉汤，把冒着热气的盘子端到老努尔旦面前的桌子上。她知道他喜欢吃刚出锅的面片子。

"这不就对了嘛！老婆子。"老努尔旦撑着头，鼻翼对着盘子翕动，样子有些急切——这回，他真的有些饿了。

"吸溜——吸溜——"老努尔旦用手抓起软软的面片，猛吃了两口。"嗯……这……"因为面片还是烫着的，他的舌头忙着在嘴里翻动面片，咽下去的时候，他用手在嘴巴上抹了一把，接着上头的话，"你这……这不就对了吗……嗯……不过……这面片简直是……真是……真是不想多说了……唉……这面片软得……黏糊糊……太应付差事了吧……"他又抓起一些碎洋葱，把头伸过去，张大嘴接着。

"你爱怎么说就怎么说。"玛依拉没有看他。

"吸溜——吸溜——"他继续吃面片，头也不抬，嘴里却还在唠叨，"算了，算了，管不了那么多了。管它的……就这么凑合着吃吧……"

他就是这样，越老事儿越多。时而无理取闹，时而自说自话。就看他想闹哪出了。

"随你的便吧。"玛依拉抓了一些面片，送进嘴里，完全不想理会他。

两个老伙计聊人生

在阿勒泰草原上，老努尔旦是扎特里拜关系最铁的老伙计。两人的共同点是善良、淳朴、执着，并且都老得厉害。不同之处呢，就是前者话太多，瘦得像根筷子，以自我为中心。后者呢，又过于沉默，宽肩膀、大骨架，愿意随时倾听别人的内心。不过，对于扎特里拜来说，老努尔旦就像是他在石头堆里发现的一块红宝石。他从未想过要丢弃他，也没有真正排斥过他。其他人难以理解这两个老头儿的融洽，因为他们的性格和表现看上去是那样的对立。但是，他们就是喜欢凑到一起。放牧，喝酒。

这天，扎特里拜带了一酒壶马奶酒。这两个老头儿用胳膊肘撑着上半身，斜靠在山坡上，抖着腿，看着羊群，酒壶在他们手中传来传去。

喝着酒，他们聊到一个严肃的话题——人生。

明白吗？这就是这个故事的主题。这话题可能有些大了。不过，没关系，他们从一些小事儿聊起。让我们做观众，来听听，看看有什么有趣的事儿发生。

"这辈子，值得庆幸的是，我做了我想做的事儿。任何事儿。我很知足，是的，到我这个年龄，图的就是知足嘛。"平时不怎么表达的扎特里拜，喝了些马奶酒，话多了起来。他说，回顾过往的那些日子，可以确定是他的好运气使他渡过生活中的一些难关，做到了他想做的那些事儿。他还列举了两件好运气给他和家庭带来的好日子。提到那些日子，扎特里拜忍不住哧哧笑了起来。他认为，那是他一生中最重要的高光时光。

"任何事儿？算了吧！话别说得太满。水气太旺，会溢出锅的。这个任何事儿，包括所有吗？给女人接生？哇哈哈哈哈！面对惊慌失措的女人，接生，你会吗？这个，运气会帮你解决这个吗？我是说，假设遇到这种情况，哇哈哈哈哈……"老努尔旦是个话痨，而且爱挑刺儿。对，他总能在别人的话中挑出刺儿来，虽然这刺儿挑得毫无道理。说罢，他抖着干瘪的身体咧嘴笑了起来，有些老不正经。

"呃，你这个老疯子。"老努尔旦的话，逗乐了扎特里拜。

"看看，接生这事儿就不会吧。那是一项技术活，干不了就别说大话——什么运气！什么有了运气，想做什么就能做到……亏你想得出来！再有运气，给女人接生你也做不到吧？还知足呢，算了吧，你把我的牛都吹死啦。"老努尔旦像根树枝一样干枯的胳膊滑出袖子，举起酒壶，一点点抿着马奶酒。每喝进一口，就陶醉地发出"嗞——"的一声，接着他吧唧一下嘴，很享受的样子。"嘿，扎特里拜，我坦率地告诉你，在别人面前说大话可以，在我面前得悠着点，我可是辩论专家。我的能力，嘿嘿，你清楚得很……嗯——咳——"你瞧瞧，扎特里拜一句对人生的感叹，勾起了老努尔旦的无限话瘾。

他把手捏成拳头，堵住嘴，干咳一声，清了清喉咙。他在为接下来的长篇大论做准备。

"呃。"扎特里拜微笑着，看着相伴大半辈子的老伙计。他在不知道该说什么的时候，就"呃"一声。

"你确实需要听我谈谈人生啦。人生嘛，它根本不是靠什么鬼运气。最重要的是，靠自信。是自信使我面对一切面不改色。看在你是我几十年老伙计的份儿上，我才会给你讲这些。如果说，坐在我面前的是别的什么玩意儿，想要听我讲话，最有可能的是，我根本就理都不理他们。嘿，给你说句大实话：就算是有人花钱请我去给他们讲关于人生的课，我也不一定去。"老努尔旦撇着嘴，嘴角堆满皱纹。他用手指对着面前的空气指指点点，好像那里真的有许多人，巴结着他，等着他去讲课似的。

"来，给我讲嘛。"扎特里拜说。虽然他比老努尔旦小三岁，但是对于老努尔旦的表现，他总是能够理解。他眯起眼，看老努尔旦，像一个老大哥看调皮多嘴的小弟弟。

"说起面对人生的自信，这个话题可就有些长啦。扎特里拜，你得静下心来好好听我说一说。"老努尔旦把草地上自己的身体摆得舒适一些，脸上俨然一副准备开口演讲的学者的表情，"我要说的，都是掏心窝的话。你瞧，我也弄不明白，为什么总是对你这么坦诚。"

"呃。"扎特里拜笑着，脸上分明写满：这个下午，我将要饱受折磨。

"我和老婆子结婚前，那时候，你了解我的。和你一样，我穷得只有一口气。但我自信，我的自信赢得了老婆子的心，她愿意跟着我，和我一起过苦日子。你知道的，刚结婚那段时间是最困难的时候，我暂时与父母一同住在一个毡房里。到了晚上，你懂得，每次我和老婆子说话的时候，都得把脑袋埋到被子里。有一件事情，我给你讲完，你就理解我当时穷得有多尴尬了。"他顿了顿说，"你先猜猜是什么事儿吧。我敢打赌，这件事情，你想破头都想不出来。我得说，在我的生活中从来都没发生过这么可笑又让人想掉泪的事儿。"

"那会是什么事儿，"扎特里拜盯着他，摇了摇头。"我可猜不出。"

"好吧，让我告诉你吧。"老努尔旦突然严肃起来，"记得有一天晚上，我们刚躺下。我和老婆子聊着买几只母羊还是一头母牛。我们商量着，不晓得手头那一点点儿钱，买牛还是羊，对于今后改善生活来得快些。好了，我父母虽然也很贫穷，但是他们弄了一辈子这类事儿，他们心里头清楚该怎么办。突然间，我们听到我父母讲话了。我父亲说，'你只需买一头母牛，我们这里可以给你们分出去几只母羊，还有一匹马。帮助你们另立门户。'我母亲说，'这样的话，过一两年你们就可以轻松应对吃饱饭的问题了。'他们就像是坐在我们床边，和我们聊天一样，说着诸如此类的话。当然啦，他们并不在旁边，他们在另一边帘子后面的床上呢。记得当时，我老婆子还像坐在桌边喝奶茶聊天一样感谢他们，说着：谢谢爸，谢谢妈。"老努尔旦就这样把悄悄地、酸涩地隐藏了几十年的贫穷又尴尬的日子，用戏谑的口气说了出来。或许是在老伙计面前，也或许是事儿已经久远，时间冲淡了一切。更有可能是，他为了证实他的自信给生活带来的改观有多么大。总之，他自己也搞不清楚到底为了什么，就突然把这些说了出来。

"努尔旦啊，天哪，你可真是不容易啊。"扎特里拜感叹道。

老努尔旦也被自己当年的窘境弄得，咧开嘴，苦笑了一下。"嘿，我没事儿，我很好。真的，因为我有自信嘛。"说着，他便把艰苦岁月抛在了脑后，精神气又回到了他的脸上，"从那以后，没多久，我们有了自己的毡房。很快，我用自信得来的老婆子，把它收拾得干干净净，到处亮堂堂的。老婆子在花毡、桌布还有被套上绣下的花、树叶、羊角的图案，比任何一家毡房里的都要好看呢！"老努尔旦突然抖着肩膀咯咯笑起来，"我给你讲，我在里面大声给我老婆子唱情歌，我爸妈在对面山坡的毡房里丝毫听不到。说到这里，我不得不说，想当年，在这一片，年轻人里我唱歌还小有名气呢。至少我老婆子是这么说的。当时，我老婆子是个瘦高的小姑娘，有甜美的女高音。我呢，虽然不高也不壮，但是我有深沉的男低音。在当年的阿肯弹唱会上，我弹着冬不拉，和她对唱。毫无疑问，我的自信赢得了老婆子的心。不过，最重要的是，在我的计划之内，从此以后每天该干的事情有一长串。我的意思是说，我的生活都在我的掌控之中，没有丝毫的运气之说。是吧，一天又一天，一年又一年，有人说自信不能当饭吃，我的自信不仅可以吃饱饭，还让我们全家吃得肚子滚圆呢。"老努尔旦拍拍深陷下去，无论如何都吃不起来的腹部。

"呃……这……"扎特里拜揉搓着下巴，若有所思地盯着他的腹部，感叹道："努尔旦，你还真是厉害啊！"

"行了，行了，别说这些个没用的赞美。我猜，现在你的脑瓜子里一定在想，'什么？自信能当饭吃？'哈，这正是我接下来要说的。"老努尔旦侧过身子，伸出手，拍拍扎特里拜的肩膀，摆出一副胸有成竹的模样，以显得自己占了上风。"有件事儿，可以说明我的自信能够换来饱饭，咳咳——咳咳——是这么回事儿——"酒壶轮到老努尔旦手中，他又仰头"嗞——"了一口。"是这样，你听我说。哦，对了，这个被太阳晒暖了都。"他举举手中的酒壶，抹了一下嘴。接着说，"是这么回事儿，有几次转场，遇到暴风雪。我凭着自己的自信，果断决定前行的方向。每次都不出任何差错。你知道，在风雪中确定前行的方向是多么艰难的事儿啊！可我却做到了。说实话，是我的经验决定了我的自信。看吧，最后的最后，还是我勤勤恳恳得来的经验，决定了我的牛羊没有任何损失。如此下去，我的牛，我的羊，发展得非常壮观，这让我们一家吃喝不愁。你听懂我的意思了吗？也就是这样，我的自信能当饭吃。"他停下来，望着扎特里拜，等待赞许。

"是啊，有道理。"扎特里拜点点头，他对老努尔旦自有一套的人生哲学表示赞同。

"哈哈，看吧，我说得没错吧。"得到扎特里拜的肯定，老努尔旦越发得意啦。"而其他很多人，在暴风雪中丢失牛羊，迷失方向。有些，还滚下山坡，摔断了腿。还有些人丢了性命。这些，你都听说过的。还有被雷电击中，烧成黑木桩形状。咱们这里有这样的事情发生吧？你一定听说过哈。可我就能凭多年的虚心学习、积攒经验换来的自信，顺利渡过了一道道难关。嗯，现在你知道了吧？也就是因为我是一个自信的人，看吧，我的人生才会如此顺利，没有发生任何不对劲儿的事儿。哎！你还在听我讲吗？你听出点儿什么道道了吗？"老努尔旦挑了一下稀疏的眉毛，"嘿嘿"干笑两声。

"我在听。"扎特里拜一直在点头。

"那就好。我给你讲，我不是吹牛的人。真心话，我最讨厌那些吹牛的人。不过，只有我才知道人生是怎么回事儿。人生靠的是自信，对吧，自信就是我丰富的经验。没有人有我这么多的经验……"羊皮酒壶又轮到老努尔旦手中。这回，他又"嗞——嗞——"像喝水那样来了两口，看酒壶的眼睛好像有点迷离了，"而你还说人生就是运气。嘿，听我说，运气顶屁用。你得好好听我说，我可不喜欢教育任何人……可是除了我，没人可以忍受你胡说八道。你在别人面前这么说话，人家会嘲笑你，鄙视你。还有，那些话儿，会把年轻人教坏。对吧，你这么说话，年轻人听了都不去奋斗了，也不去积累自己的经验了。嘿嘿，想想吧，他们像我们现在这么躺在草地上，聊着天、喝酒，馕就能从天上掉下来了吗？还有，奶茶会浇到他们头上吗？会吗？你说说，会吗？哇哈哈，你啊，你简直是在胡说八道——"老努尔旦喋喋不休地说个没完。还越说越快，甚至有些语无伦次。

"呃……"好脾气的扎特里拜继续听着。不过，让他弄不明白的是，老努尔旦是如何做到像年轻人那般，一口气说出那么多话儿？他那缺牙的面部肌肉，萎缩得该是很难将发出的声音送去该去的出口呀！

"看看，不得不服吧？每个人都会对我心服口服。老伙计，现在我要郑重地警告你啦，以后嘛，不要再说什么好运气了，那是多么可笑又可怜的两个字。瞧！天哪！草都笑掉牙齿啦。嘿，嘿，幸好羊群在那边。"老努尔旦拍拍手边的草地，又指指远处的羊群，"如果我的羊听到你说的那些个笑话，都会哈哈大笑。哇哈哈哈哈，你要笑死我了，我的扎特里拜呀，我的老伙计呀……好啦，好啦，行啦，行啦，我原谅你。不过，只能原谅这一次。以后不准再胡说八道了啊！还是好好过日子吧，别吹牛。对啦，你的这个想法……就是那什么……"他停下来，拍了拍脑袋，"噢，对，就是那……穿上小的靴子……世界再大也没用……"老努尔旦终于憋出一句哈萨克族谚语——他时常都这么卖弄一下，说一些谚语啊成语啊什么的，以显摆自己的口才。

"呃……"扎特里拜看着眼前指手画脚的老努尔旦，摇了摇头，不知在想些什么。

"哈哈——"老努尔旦一把抢过扎特里拜手中的酒壶，"嗞——嗞——"两口，"嗯……我得多沾几滴才能好好给你说道说道……瞧，没有人能说过我吧？没有人能像我一样自信吧？哈哈，这片草原，只有我肯沉下心积累经验。所以我很自信，所以我才能说服任何人，所以你们都要乖乖听着。是这样，必须是这样，哇哈哈哈——很显然，你所说的运气不仅可笑又可怜，还幼稚，像抱在我怀里的孙子说的话。对，是幼稚，可笑，哈哈哈哈哈哈——我的老伙计呀，你这个老傻瓜！"老努尔旦放肆地笑着，伸出手，按在扎特里拜的头上，抓挠了几下。扎特里拜的头都被他按到草地上啦。

在老努尔旦喝上瘾之后，有什么东西表明他的"自信"扩展了，同时也完完全全隐退了内敛。这时候，他的"自信"不仅仅是表现在嘴上了，也有可能表现在手上，甚至表现在脚上。这也就证明老努尔旦已经在"老努尔旦式"的道路上愈行愈远啦。

"呃，唔——唔——"扎特里拜挣扎着抬起头，从垂落下来杂乱的头发缝里瞪了老努尔旦一眼。

"嘿嘿，你个老傻瓜……看看……啧啧……还说运气……人生啊，人生啊，你太委屈了……竟然有人在背后说你的坏话。对了，老天爷，你也来说说，你是靠运气过日子的吗？……简直是胡扯！我只用几句话就给他说得无话可说了吧。瞧瞧，我用我的经历说话，我的经历就是经验和自信，没有人可以和我相比。算了，不给你说这么多了……说多了，你也不懂。嗯……只知道……谈论运气的人能懂这么多吗？嘿——瞎扯——"这会儿，他把酒壶紧紧抓在手里，丝毫没有再递给扎特里拜的意思。接着，他花了好大工夫才将酒壶举起来，把剩下的马奶酒缓缓倒入自己的领口。最后，他很严肃且认真地闭起一只眼睛，用睁着的那只看了一眼壶口，使劲儿晃了晃，仰起头将最后一滴酒注入领口。与此同时，他的嘴还对应着吧唧了几下，做了一个吞咽的动作。

当酒壶从老努尔旦手中滑落时，他已经像个梦游的人，傻笑着，嘴里咕哝着，更加卖力地胡乱抓拍扎特里拜刚刚抬起的头。

"唉……唔……"扎特里拜想说什么，只是始终发不出声。因为，他的头在老努尔旦手下，像皮球，上下摆动。

"我……只是警告你……下次……不许胡说……还运气呢，现在……想一想，我还生气……刚才……只是很客气地警告你……以后……不许……这样……没有……任何……根据地说话……尤其……不能在我面前……胡说……"老努尔旦说着，舌头在嘴里打转，得意之情浮现在泛着红光的脸上，手还在不停敲打扎特里拜的头。

"行啦！"扎特里拜终于把头从老努尔旦不知轻重的手下躲过去。

"啊哈……你知道……害怕了……以后……自信……一点……就不会挨揍……知道吗……不会……挨揍……不然……我会把你的头……拧下来……当球踢……"老努尔旦说着，好像满嘴都是舌头。

"够了！"扎特里拜晃了晃被拍晕的头，两手撑在草地上，站了起来。他说："听着，老努尔旦！我不想再听见任何和这些有关的话了！"

"哈哈……就……知道……只有……我……哎呀——哎呀呀——"老努尔旦干瘪而佝偻的身体渐渐上升，他的领子在扎特里拜手中——他被提起来啦。

哈哈，快看呀，老努尔旦的腿软趴趴的，微微纠缠在一起，脚上的大皮靴晃晃悠悠。很显然，老实巴交的、不轻易动怒的扎特里拜，被这个多嘴多舌的老努尔旦给激怒啦。

接下来……接下来……老努尔旦被扎特里拜抛到草地上，狠狠揍了一顿。

多事的老努尔旦

"真是怪事儿!"老努尔旦咕哝着,从马背上跳下来,朝上扯了下提到肚子上的裤腰带,走到老伴玛依拉身后,突然间就急吼吼地说:"刚才,扎特里拜手里拎着个马笼头,从羊群那头路过。我招呼他聊一会儿,他不理会,瞧都不瞧我一眼就走了。哼,那眼神⋯⋯啧啧⋯⋯"

玛依拉把擀开、切好的面片往热油锅里下。她正忙着炸包尔萨克,使得她只能顾及热油而没空理他。

"昨天,还和那老家伙一起喝酒聊天呢,今天就翻脸不认人,这号人,真是的,他还以为自己是个人物呢。"

他说着,观察玛依拉的脸色,希望得到她的认同。玛依拉却一直低头用手中的筷子把鼓起的包尔萨克一个个翻过个,中途为了观察炉子里的火而俯身看看。随后,她抬头瞧老努尔旦一眼:"你又喝酒了?啊?我说过多少次了,你就不注意自己身体吗?"

"我没有喝酒!我是说昨天和扎特里拜喝马奶酒。"老努尔旦急忙解释,"不是白的。"

玛依拉又低头专心盯着油锅,一直没空说话。她把炸好的包尔萨克一个个往灶台上的白瓷盆子里夹，同时对老努尔旦说道："对了，多喝马奶酒好，对身体好。白酒不能喝，伤身体。"

"嗯，这个我知道，你尽管放心好了。不过，这不是我要说的。我想告诉你的是，扎特里拜他无缘无故不理人！"

玛依拉又转过身在旁边的小桌子上拿面片，然后小心翼翼下到热油里。她来来回回拿了三次，而老努尔旦跟在她背后来回兜了三圈。

终于她又站在了油锅边，"好了，就这么多面片，我只和了一小疙瘩面，吃完了再炸。这样，总能吃上新鲜的。"她用筷子把油锅里聚在一块儿的面片拨拉开，然后想起什么似的突然抬头，"你刚说什么来着，你和扎特里拜之间出了什么问题？"

"是这样，我主动打招呼，可他不理人……真是……扎特里拜越来越让人厌烦了！"

"怎么了？努尔旦，为什么他不理你呢？你应该从自己身上找找原因啊？"玛依拉又低下头，用筷子把鼓起来的包尔萨克一个个翻过个。

"不是，我看他从那头过来，迎上去和他打招呼……是他不理我，我可不认为自己有什么不对。"老努尔旦对着老伴的后脑勺耸耸肩膀，摊开手，一板一眼地解释。

玛依拉把炸好的包尔萨克一个个往盆子里夹，时不时把头侧过来，用袖子擦擦额头上的汗，"努尔旦，你不主动和他打招呼，你怎么知道他不理你呢……对了，你站在这里合适吗？你得靠后站。"

"我这不是有要紧的话要说吗？"老努尔旦几乎在大声嚷嚷，"喂——刚才我给你说了一百遍了——是我主动和他打的招呼。你看看，你看看，我一直在跟你说话，你却连半句都没听进去。"

"努尔旦，别冲着我嚷嚷，你的声音我听得清清楚楚的，"这会儿，玛依拉左手端起盆，把锅里的包尔萨克全都夹了进去。她转身看着他，听他讲话，"好吧，你起先是告诉我说，你和扎特里拜喝了马奶酒，那么现在就由这里开始讲吧！我听着呢。"

老努尔旦呆了半晌，突然萌生一种孩子般的念头——他浑身颤抖着，无法控制。他从玛依拉手中一把夺过盆子，狠狠摔到地上，跳上去胡乱踩了几脚。哦，他长舒了一口气，这才让他心中的怨气发泄出去。

玛依拉默默盯着他，他慢慢意识到自己根本没做什么，那只不过是他的内心想要反抗的意向罢了。他是不会毁掉自己的晚饭的——看嘛，那盆子还在玛依拉的手中，那些包尔萨克还好端端地躺在那儿，冒着热气呢。

"喂——老头子——"玛依拉抬起空着的右手，在他目光游离的眼前晃了晃，"你没事儿吧？还需要接着说吗？"

"哦，老婆子呀，"老努尔旦舔了一下嘴唇，终于忍住，不让自己发作。这世上，也只有玛依拉肯听他发牢骚了。"我不是说他真的就……可就是那个老家伙哪儿不对劲儿……无缘无故不理人，是他有点怪，我给你讲……"他把脸凑到玛依拉跟前，"啊，你说，对不对。我看是这样，我早看出他是一个无事生非的老头儿！这个老家伙还真不是什么好东西。你心里头肯定清清楚楚的，只是你不想说罢了。对吧！"

"你啊，你的嘴巴好好歇一歇吧。唉，真是个死脑子，这么点小事儿，有必要闹这么大吗？"玛依拉的眼睛里含着笑意，在她心里一定认为老努尔旦为这点芝麻小事儿生气，未免太可笑了。

"听着，老婆子，我在说一件非常重要的事儿，希望你好好听着。这事儿与你有直接关系，你必须得听。"老努尔旦表情严肃，"我是个事儿少的人，不到非说不可的份上，我绝不会开口说话……你是知道的，我始终是一个保持沉默……稳重的老实人。哦，对了……你不是还有一大堆活儿要干吗？"他说着，低头看了看玛依拉手上的盆子。

"对，我这里忙得很，你快说。"玛依拉边说边心不在焉地看看炉子，又转身朝毡房走了两步，往门里头瞅了一眼——她在心里安排接下来该做些什么。

"我只是简单说几句话……就几句……刚才我说了，是那个该死的扎特里拜，他轻视我。就是这样！"说着，老努尔旦还做了一个斜眼瞪人的动作，"瞧，他就这么轻视我。我是一个见到邻居主动打招呼的好人。可是，他轻视我。你知道，我对待任何一个邻居都做到了谦虚、真诚。"不过，他说得也对。他的模样，的确让人一眼就能辨别出来他是一位驯良的好老头。

"不会，"她说，"他不是那种人！"

"你看看，你这话说的。他刚刚就那么做了啊，怎么就不是那种人了？刚才，他轻视我。他从我眼前走过，我主动、热情地招呼他，他只是这么着斜了我一眼就走开了。而且，眼神极其恶毒。对了，眼神里满是轻视。你应该知道他轻视我，就是轻视你——"

"随你高兴，你想怎么说都行。"玛依拉皱起眉头，叹口气，"就算是这么回事儿吧！"她左右看着，她在找合适的地方放下手中的盆子。"即便是这样，我也要告诉你，你的麻烦就是，拿别人犯的错，惩罚自己。你这就是自己给自己不好受。"

"不——！别这么说话啊！"老努尔旦几乎是喊了出来，"他的眼神你是没有看到，你才会这么说话。他不但轻视我，还在轻视你和这个家。信不信由你，我说的话再实在不过了。他就是那种瞧不起人的眼神。我这么老了，什么事儿没经历过。这样的眼神一眼看去，完全能够分辨得清清楚楚。以我的经验，很简单，我甚至可以说出他当时的心里话。"

"嗯。嗯？"

"你应该知道，塔吾兰考上大学之后……对，一定是咱们的小儿子塔吾兰考上北京重点大学这件事儿，让那个老家伙极不舒服。我心里头清楚得很，他要什么花招，我能一眼看透。"老努尔旦撇着嘴，喋喋不休，"我早就想告诉你了，自从咱们小儿子考上北京的重点大学，我看他心理就出了问题。要我说，他这个问题是他的自卑和嫉妒引发的。这个，连三岁小孩都看得出来。"说到这里，他顿住了。他看着玛依拉，见到她并没有露出气愤的表情，"喂，你倒是说啊，你不觉得这很让人恼火吗？"老努尔旦虽然沉住气，耐心解释，但玛依拉刚才那句话像闷火，煎熬着他。

"哦……嗯。"

"其实，嫉妒和自卑有什么用呢，他早该把心态放平和些，不要任何事儿都和我们比，毕竟没几个放羊的能告诉别人说'嘿！嘿！我家儿子考上重点大学！'早知如今，当初他就该多下点功夫，好好教育孩子，让他们也考上北京的大学……我是说，任谁都会这么说。你明白吗？唉……真是的……一个多事儿的老家伙！"

"来，拿着这个。"玛依拉把盛满包尔萨克的盆子塞进老努尔旦手里，用两块抹布垫着端起油锅，放到地上的锅座上。"还有呢？"她问。

"啊，对我的轻视，其实是对他自己的轻视。这样的人心理很容易出问题，唉！真是一个可怜人。"老努尔旦翻翻眼睛，好像很了解扎特里拜似的，"还有，你是知道的，大家总说他憨厚老实，我看他是坏在心里头，可怜到心里头……嘿，你看看，这个家伙把我糖尿病都气得发作了，我来两个……"他捏起一个包尔萨克塞进嘴里。还没咽下去呢，又塞进去第二个。他的嘴里忙乎着，嘟嘟囔囔接着说："真的……就这样……不会有错……我看人……一看一个准儿……"

"胡说！"玛依拉把炉子边的水桶提起来，往茶壶里倒满水，坐到炉圈上。又从碗柜最上面一层的茶叶罐里抓了一把茶叶扔进去。

"胡说？哈，精辟啊精辟！你终于听进去了。你说对了，那个老东西看起来老实巴交。但我们弄错了——他不是一个诚实的家伙。他这辈子说出的话，基本是胡言乱语。就拿昨天来说吧，他还在我面前胡说什么一辈子都是靠好运撑过去呢。我看啊，你说得没错，你总结得多好啊，太精辟啦。你说得比我准确得多。而且'胡说'这两个字，已经说进我的心里头啦。真的是，你比我还了解那个老家伙。"老努尔旦说着，发出了"嘿嘿"的干笑声。

"我是说你，老努尔旦，"她停下来，看着他，"你应该好好看看你自己，实际上——"

"喂！老婆子，"老努尔旦打断她的话头，"听我说，我可没说错半句话。"

"看看你那副样子吧！"她朝他努努嘴。

"什么？"老努尔旦低下头，左右打量自己，"你这话说得好像我哪里表现得不对？"他又抬头看玛依拉的眼睛，他从她的眼睛里看出了什么，他绝望地尖叫，"你的眼神，已经把我看成一个疯子了！"

"这样的话，我可一个字没说。努尔旦。"

"哼，你的表情就是这个意思。唉！我猜不透你怎么想。他轻视我，而我主动打招呼。我是多么真诚地对待他，而他却不珍惜我对他的关心。"他的语速越来越快，没端盆子的那只手做着手势，仿佛要把心掏出来的样子。"我都佩服自己对待别人的诚恳和真心。你和我在一起生活了几十年，难道不知道我是一个本性善良、心态平和的人吗？这是明摆着的事儿，你心里头清楚着呢。如果扎特里拜能像我这么冷静的话，他也不会像现在这么着，对待别人没一点儿耐心！"他前倾着身子，一边不停嘴地说呀说的，一边上下重复着打着手势。

"你省省吧，我还真是不想搭理你了！"玛依拉以看疯子一样的眼神又瞄了老努尔旦一眼之后，俯身寻找火钩，过了好一会儿才找到，在油锅座子与炉壁之间的缝隙里。她拿起火钩，深深地插进炉火下面，捅掉炉箅上的炉灰。她把木柴放在余火上。炉膛里发出"吱吱"的声音，树脂从树皮上渗出，上面很快蹿出火苗。

"什么？不理我？你已经理了我四十多年了，"老努尔旦表情严肃，眼神暗了下来，"恐怕一时停不下来吧？"

"噗——"他正儿八经的样子，把正烦着的玛依拉逗乐了。

看到玛依拉笑了，老努尔旦赶紧接着上面的话头，继续唠叨："你说啊！为什么你总说是我的不是。我怎么了？我一点儿没做错呀，我可不是斤斤计较的人。我只是在别人轻视我的情况下，说说我自己的道理和感受，我哪儿有错？对……这么小小的一点儿错都没有。"老努尔旦伸出那只手的小拇指，在玛依拉眼前比画了一下。

他就这么着，死死抓住这个话题，不肯放弃。

"唉！"玛依拉垂下目光，叹了口气，放慢语速说："是啊！真的是一个多事儿的老头！"

"呀！对，对，对，还是我的老婆子说得对嘛，那个老家伙的确是个多事儿的老头，没有人比他更能无中生有的了。

你瞧，我真诚地对待他，他却找出那么多事儿，让我一个上午都很不舒服，真是一个多事儿的老头。你说得太对啦，哇哈哈哈哈。"老努尔旦长舒一口气，露出淘气的笑容。他把手上的盆子放回灶台边，腾出手来搂住玛依拉的肩膀，"还是你，我的老婆子了解我。哈哈，你是最了解我的，你也最了解那个老家伙。所以，你说出了我的心里话。对，那真是一个多事儿的老头。这正是我要说的，哇哈哈……"老努尔旦的唠叨像是柴火炉的热度一般。猛地下降，又陡然爆发。眼睛也发起了亮光。

"我是说你。你啊，你是真的不明白还是装糊涂呀?"

"什么? 装糊涂? 我可不是那号人。"

"唉! 瞧瞧你把我搞得头昏脑涨的。"玛依拉停了停，显然在集中精力，"对了，我忘记告诉你了，早上扎特里拜匆忙从这里路过，说是他的宝贝马儿跑掉了，他着急着要把马儿找回来。现在，大概还在山坡那边找马呢。"

这消息为老努尔旦带来熟悉的面颊肌肉抖动。他的嘴角抽搐了两下，嘴唇一张一合。"什……什……什么?"他嘴唇的动作给人造成一种错觉，好像他缺了满口牙。他的喉咙也像是粘住了，他使劲儿吞咽了几次口水，才算通畅。"他在找马?"

"努尔旦，不是我说你，"玛依拉半蹙着眉，扫他一眼，脸上满是极端忍耐的表情，"你啊，你能不能留点脑子在脑壳子里呀，你说起话来总是没完没了，有谁愿意浪费大把时间，听你没完没了地唠叨。唉! 我还真是弄不明白，你怎么会变成这个样子呢？说真的，你就是一个真正无事生非的疯老头儿！我没说错吧，老家伙？"这会儿，她说话这么直接，大概是她仅有的耐心差不多已经耗光了，想让他快些走开吧。

"啊？天哪！找马儿？嘿！这个扎特里拜，真是够呛，怎么不吭一声呢？是不是不当我是老朋友了？嘿！他还真是见外！"一阵激奋的感觉掠过他的全身。老努尔旦已经不再听玛依拉说些什么了。他幅度很大地拍打膝盖，大声嚷嚷，脸上随即换上了庇护的神色，"好吧，好吧，先不跟他计较这些个了，我这就去帮他把马儿找回来！"他转身走到马儿跟前，连马镫子都没踩，拽了一下缰绳，直接把自己干瘪的身体甩上马背，脚后跟朝马肚子上一踢，朝对面山坡奔去……

扎特里拜找马

"给伏尔泰拴上马绊子，好吗？我觉得它不会安生。"前一天吃晚饭时，古丽娜给扎特里拜建议把毡房外的马拴住。那是一匹青灰色马儿，名字叫作伏尔泰。

三年前，在扎特里拜刚得到这匹马的时候，就已经在心底为它取好了名字。他的灵感来自他最喜欢的一部名叫《黑郁金香》的法国影片，影片中有一匹青灰色的漂亮马儿，名字就叫伏尔泰。那匹马在电影中一露面，就令他目眩神迷。它矫健的步伐，充沛的精力，还有作为一匹马对主人的忠诚，都给他留下了不可磨灭的印象。他指望有一天，这匹来自草原的小马儿，也能拥有它自己的魔力，甚至和电影中的伏尔泰一样让人痴迷。他常常暗自得意，这名字取得真是太棒了！

扎特里拜听妻子这么说，反问道："把你的腿拴起来，你愿意吗？"接着，他还饱含深情地说："如果拴住了马儿的腿，那么就绊住了它的自由。"

古丽娜就欣赏丈夫这一点，她觉得他这么说话的时候，像个诗人。"你不拴住我，我还不是跟你过了三十多年，一步都没离开过。"古丽娜耸着肩，瞥了扎特里拜一眼。

"嘿嘿。"扎特里拜被妻子逗乐了。

"我的意思是,好几天没见到家里的黑犍牛了,"古丽娜再次提醒,"明天早一些骑马去草场四处找找,怕被人偷了。"前几天,邻居家丢了一头牛,这让她感到不安。

"嗯,我也正想着这事儿呢!"扎特里拜喝干古丽娜端来的奶茶,擦了擦嘴说道:"你把家里的事儿管好,马儿的事情,不用你管。"家里别的事儿他都听古丽娜的,牲畜的事儿他有自己的想法。

"把马拴好,需要的时候骑上就走呗。"古丽娜说,"不过我无所谓。我就是提醒你,不拴马的话,明天你先去把马找到,再去找牛吧!"她收拾着桌子上的盘子,把碗和盘子摞到一起。她的表情似乎在说,你的事儿,我操什么心呀?我把话先撂到这儿,找不到马儿的话,别怪我没提醒你。

第二天清晨,伏尔泰果然不在毡房附近。

露珠儿还在草尖上挂着呢,扎特里拜就已经把羊群赶到山坡上了。接着,他爬到山顶,把手搭在眼睛上方,四下观望。很快,他发现伏尔泰在草场另一端山坡下的松树林里,低着头,悠闲地吃草。

他不慌不忙地返回毡房,拿起马笼头,"嘿!伏尔泰就在松树林里,它在等我给它套笼头呢。"古丽娜坐在小板凳上,把头侧靠在牛肚子上,膝盖夹着桶子,挤牛奶。一群小鸡仔围在她脚边,叽叽喳喳凑热闹。经过她身边时,扎特里拜朝上挥了挥马笼头,看着一哄而散的小鸡仔说:"看看,这么好的天气,还是让伏尔泰和它们一样,到处跑跑的好。" 好吧,就让它好好跑跑吧，她想。管他呢，不能让他闲着，总要发生点什么事儿才好呢。

扎特里拜下了山坡，拐了一道弯，径直朝松树林方向走去。那里有他的伏尔泰，还有其他几匹马儿。这会儿是早上九点多，阳光渐渐温暖、明亮起来，草场上弥漫着一片慵懒而安详的气氛。他的心情好得像是要飞上天空。

没费多大工夫，扎特里拜便找到了伏尔泰。它在树底下有一搭没一搭地啃草，脸上的神情明摆着是吃得太撑，在随便啃着玩玩的模样。离伏尔泰不远的松树下，还有另一匹棕红色马儿，那是努尔兰家的马——这片草原上，谁家的马儿，大家心里头都清楚着呢。

"嗯——嗯——"扎特里拜冲着伏尔泰弹舌头。

伏尔泰停止了吃草，但下巴还在左右磨嚼着。它慢慢抬头，用看见熟人的眼光瞥他一眼，又低下头去。扎特里拜踢着脚边的石子，装作随意散步的样子，慢悠悠地朝伏尔泰靠过去。这时，突然响起"叮啳、叮啳啳"的声响，那是他手中马笼头上镶着的金属片碰撞发出的细碎声。

这让伏尔泰受不了，它的耳朵抖了抖，四肢上上下下踩着草地，身子朝后挪动了一些。听到这个声音，马儿都会条件反射般地想要逃走——毕竟，任何一匹马儿都喜欢自由嘛。

出乎意料地，伏尔泰并没有表现出慌不择路逃窜的样子，反而在一瞬间的惊慌之后，定在了那儿。它把四蹄稳稳插在草丛里，直视扎特里拜的眼睛，目光里满是气愤。如果马儿会说话，那么此时伏尔泰绝对会破口大骂："走开，讨厌的人！"这都怪扎特里拜平时对它的纵容和娇惯。

扎特里拜很清楚，现在绝对不能让这匹骄傲且冲动的马儿受到任何一点儿刺激或者兴奋起来。要让它保持平静。但是要怎么做呢？他在脑海中迅速模拟各种可行方案。

可是，就目前的情况来看，唯一能做的只能是好言相劝。

"嘿，伏尔泰，"他一边把脸上堆满笑容，一边用他可能觉得是让人最放心的手势挥着手，"伏尔泰，我的宝贝儿，伏尔泰……"

大概是他说话声音太小了，伏尔泰根本没听到他在和它套近乎，或者根本不想听。它就站在那儿，目光从扎特里拜挥动的手上移到他的眼睛，再慢慢移到他的上半身，直到把目光定到他垂在腿边的另一只手——他拿着的马笼头上。它把脖子前倾，双耳竖起，一动不动继续寻找声音，以再次确定它前期的判断。

一人一马就像是对峙中的警察和罪犯——伏尔泰是警察，它在侦查扎特里拜是否带了行凶工具。

很快，它从那东西的形状上确定，那确实是让它讨厌的、限制它自由的马笼头。于是，它跳起来，一个转身，翻开四蹄，旋风般朝山坡上狂奔而去。扎特里拜被它突然的反应吓了好大一跳。

看着伏尔泰摆动的尾巴越来越远，扎特里拜的嘴巴都干掉了。他从牙缝里吸了一口气之后，干咽了几下，扶着膝盖，迈开大步，气喘吁吁爬坡。终于，他来到山坡上。"喂，伏尔泰，"他压抑着喉咙，用能够发出的，最温和的声音呼唤它，

"喂，我的宝贝儿，我的伏尔泰。来吧!"直到伏尔泰站住之后，他才开始缩着头，大气不出地，一点点靠近它。

他背过手，把马笼头藏到身后，还用食指和拇指捏住笼头上的金属片，防止声音继续发出。

伏尔泰停了下来，冷冷地朝他斜了一眼——这可是正儿八经的"斜"，因为它的头并没有随着目光转过来。它的眼神中带着一种"别想来烦我!"的威胁之意。仅过了一小会儿，伏尔泰便已断定出情况还是不妙。它的头偏向一边，铁灰色的耳朵高度警觉地竖着，黑圆眼睛瞪着扎特里拜藏在身后的手臂，一步步后退。它的尾巴左右甩动，表达内心的不安，始终保持着和扎特里拜几步远的安全距离，一直退到一块岩石边。这一次，扎特里拜不用担心它会转身跑掉了。他站在它的前面，抬起手臂拦住它。起初伏尔泰后退了几步，直到臀部顶住岩石不能再退为止，接着它像是做游戏一般，低头一钻，穿过缝隙又朝山坡下奔去。

三岁多的伏尔泰，是一匹上好的赛马。扎特里拜驯了它不到半年时间，现在它的状态还在"成心和人作对"的阶段。如果和它结实、健壮的四肢较量，企图追上它，这对于六十来岁的扎特里拜来说，那是不太可能的事儿。看来，只能依靠自己的智慧，才能取胜于它。他想。

"嘿!伏尔泰，看这里!"扎特里拜大喊一声。它果然转头望了一眼，但随即朝山坡下继续跑去。该死的，现在该怎么办?唉，怎么办?扎特里拜皱起眉头，拖着脚朝它走去。

太阳慢慢爬高，温热转变成炽热。蜜蜂在扎特里拜眼前穿梭忙碌，"嗡嗡"声让他越发烦躁。

他来到山坡下，终于等到伏尔泰安稳下来。他站在那儿，想起以前结识过的一位驯马师。现在他终于明白那位驯马师曾经告诉大家的一个真理：先让马儿自愿到你身边之后，才有可能控制住它。而秘诀就是，让自己比马儿低，这样马儿就不会因为你高于它，而感觉到来自你的威胁。然后呢，假装做某件比马儿正在做的那件事儿更有趣的事儿。

想到这儿，扎特里拜蹲了下来，在快速深吸几口气之后，用更加轻松的语气引诱它，"咦？伏尔泰。快看哪！这是一种什么草啊？"他伸出一只手，假装在草地上翻来找去，摆出一副像是突然间发现一堆沾满露水的鲜嫩青草的模样，让伏尔泰觉得他并不想伺机抓住它。他的动作果然引起了伏尔泰的注意，它停下来，谨慎地望着他，将信将疑地朝他走近几步。

有些马儿的脸，很容易让你一眼瞧出它的脑瓜子里在想些什么。伏尔泰就是这种脸。现在，它的脸看上去好像在说："看你还能耍出什么把戏？"

见伏尔泰如此举动，扎特里拜干脆将手里攥着的马笼头丢到身后。用一只胳膊支撑着脑袋，斜靠在草地上。如同在草地上晒太阳一般，轻松随意。他微微蜷曲的腿抖动着，另一只手随意搭在草地上，从小拇指到大拇指，上上下下敲打草地，嘴里喃喃自语，"哇！好草啊！好草！没错，你没看错，这里有一片上等的青草啊！来吧，我的伏尔泰，我最听话的伏尔泰，我最温顺的伏尔泰，我最亲爱的伏尔泰，来吧，品尝一口吧！"他的声音温柔得好像一片树叶飘落到地上，连他自己都佩服自己像是一个掩饰情绪的大师。

看到他现在的模样，伏尔泰倒是停下来了。眼睛半眯着，斜着头偷偷观察。那姿势，看起来还像是随时要逃跑的样子。扎特里拜突然想起什么似的，把头埋在草丛里，翻找着，过了好一会儿，他大叫道："哇！这是什么呀？"然后，深吸一口，用兴奋的口气再说一次："哇！你看看，我找到了什么！"说着，朝着伏尔泰的方向举起一大把圆叶青草——那是马齿苋，有着丰富的汁液。对马儿来说，那可是一种大自然的兴奋剂。

于是一切都变了，伏尔泰张开鼻孔对着马齿苋的方向使劲儿吸气，眼睛一下子睁得很大，每闻一次它的兴趣就增加一分。慢慢地，它把斜着的头扭转过来。接着，身子也转了过来。如果是平常，伏尔泰的这个表情和动作绝对不会让扎特里拜有什么情绪上的波动。可是现在，就不一样了。他激动得全身颤抖，差点儿笑出声来。

他双手举着马齿苋，用眼睛的余光偷瞄伏尔泰。他发现伏尔泰一脸好奇，于是他小心翼翼地用脚蹭着草地，顺势朝它的腿边滑动几下。"只要抓住一条腿，你就逃不出我的掌心啦，嘿嘿……哈哈……"嗯？伏尔泰的样子慢慢开始变形，马笼头套住了它的头，它一脸"甘愿认输"的模样走在自己身边。扎特里拜的眼前甚至出现了幻影。

让人沮丧的是，就在此时，不远处的棕红马儿上下弹起了蹄子，跑动了几步。伏尔泰听到马蹄声，耳朵立即警觉地往后一收，就像是按下开关一般，蹄子左跳一下，右跳一下，动了起来。还喷着鼻子，扬起淘气的马尾巴。然后，突然改变主意，朝棕红马儿方向闪电般开溜——马儿的动作是会传染的。旁边的马儿一旦跑动，其余的马儿都会跟着跑动起来。

扎特里拜的预谋，只能就此作罢。

他叹了口气，把手中的马齿苋朝伏尔泰的方向狠狠砸出去，拍掉手上的草屑。他望着伏尔泰，琢磨着，突然像是想起什么似的，抬起头，望着天空，"嘿嘿，快看，那是什么？"他指着天空飞过的老鹰，做出惊喜的表情。这个点子根本算不上是什么点子了，而像是小孩间无聊时的没话找话。这会儿，伏尔泰似乎连看都懒得看他一眼了，自顾自地跟在红棕马儿后面兴奋地跑跳。

"好吧，好吧，让我再想想……"扎特里拜假装扶住脑袋，"哎哟哟，头疼着呢。"他喊叫着，希望博得同情。伏尔泰扭过头用嘲讽的眼神瞄他一眼。

扎特里拜已经不知道该怎么办了。他随手折了一根树枝，歪着头一蹦一跳，在伏尔泰面前跑过来跑过去。"哎呀，这又是什么？呀，快看看，这又是什么啊？"六十多岁的扎特里拜无奈地像是六岁的小孩，跳来跳去装可爱……唉！他是真的想不出别的法子了。

本身伏尔泰就具有调皮和无拘无束的特质，扎特里拜在驯它时又总是毫无怨言地任由它尽可能地保留这些本质，结果就造就了现在这个随心所欲的伏尔泰。而且，好像它还从这当中，体会到了浓厚的游戏兴趣来呢。

扎特里拜觉得自己快透不过气来了，就像刚跑完马拉松的运动员。他弯下腰，在膝盖上擦干手汗。这时候，他才感觉到好像谁拿棍子打了好一阵他的腿似的，肿胀得疼痛。他干咽了一下，嗓子里像是憋着一口气，嘴巴干得，嘴唇粘着张不开，心里也像揣了块铁。同时，他还感到太阳穴那儿的血管"怦怦怦"地猛跳。现在，如果说他气得快要昏死过去，都算是轻描淡写了。唉！都是你这匹疯马儿闹的。

"随你去吧！"

扎特里拜疲惫地跌坐在草地上，低下头，冲伏尔泰挥了挥手。他明白，自己对伏尔泰的耐心，还有对自己情绪的控制力，正在一点点地消耗。也有可能已经完全丧失。因为，突然间他在自己嘴里听到了不由自主地暗骂："滚你妈的！见你他妈的鬼去吧！"这些脏话，连他自己都吓了一跳。如果伏尔泰能够听懂人话，早就被他的话恶心到了。

他这么着，伏尔泰反而站住了，甩甩头，回转身，颠着小碎步，跑到刚才他扔去马齿苋的草丛里，喷着鼻息，嗅了起来。那模样，明摆着是故意和他作对嘛。不过，它仍是警觉的。它撕扯着草丛时，耳朵依旧不停地起起落落。

扎特里拜转过身，看着山脚下白色的毡房和巍然矗立的桦树林。那一片安静的景象，和他现在的心情正好形成强烈对比。他咬着牙，一面把一只手捏成拳头向另外一只手的掌心死命地锤了一记，一面充满怨气地用力蹬掉脚上的靴子，把自己放倒在草地上。他把腿在脚踝处交叉起来，搭在上面的脚上的袜子被靴子带了下来，挂在脚尖，露出松树皮般粗糙的脚后跟。

阳光明晃晃地挂在头顶的正上方。"快一点了嘿!"他自言自语。他不用看钟就能知道时间。"唉!你这个家伙,你他妈的耍了我一上午!"着急和沮丧,加上一上午满山坡地打转转,难怪他头昏脑涨呢。他摇摇头,嘲笑自己傻子似的疯跑了一上午。但是跑了这么久,他的肚子一点儿都没觉得饿。

正在扎特里拜恼羞成怒地喊爹骂娘时,突然间,远处隐约传来有节奏的马蹄声。坐起身时,他看到一个人骑着马翻过山坡,沿着通往山顶的小径飞奔而来。还未看清那人的脸庞时,就已经认出了那是老朋友努尔旦的姿势。来人越来越近。没错,是他。

老努尔旦窄窄的斜着往下滑溜的肩膀朝后夅拉着一晃一晃,脸上是一副"终于叫我找到你啦"的神情。"喂!扎特里拜!听说你的马跑掉了,我赶紧过来给你帮个忙。"老努尔旦一手抓着缰绳,一手挥舞着,干涩的眼睛睁得大而亮,像是要把肚子里所有的热情都释放出来似的,"哈,怎么样,还是我这个老朋友攒劲儿吧?"他挑着眉毛高声说着,嚼着嘴里含着的什么东西。他身子下面的老马,也像是见到了老朋友,绕着扎特里拜跳跃着,还用嘴在他的肩膀上碰来碰去。

"呃……"扎特里拜仰起一张牙疼脸,哼出一声,与其说是在叹气,还不如说是在出怨气。同时,火气挺大地拖过靴子,朝下抖了抖草屑,往脚上套去。

老努尔旦仔细打量他,他有点不太相信刚才从扎特里拜的声音中听出了一丝哭腔。他又看了一眼不远处的伏尔泰。这位极度热心肠的老头儿立刻明白是怎么回事儿了,"嘿!孕孕的事儿。"他冲扎特里拜打了个响指，拽一下缰绳，脚后跟朝马肚子一踢，朝伏尔泰冲去，"伙计——站住——你竟敢欺负我的老朋友——"

伏尔泰见有马儿追过来，更加兴奋，甩着头，嘶叫着，忽左忽右地躲藏。还跑过来蹦过去用四拍的节奏奔跑，好像有意在玩捉迷藏似的，故意不让老努尔旦追上它。看来，这家伙已经把这场追逐转变成了戏耍别人的游戏，并且还玩得挺开心的呢。

"嘿！努尔旦——不麻烦了——"扎特里拜摆摆手，"不用了！"

"嘿，说什么呢，这算什么麻烦。就咱俩的关系……好啦，好啦，一会儿就会帮你把这小子捆起来！"老努尔旦边说着边往手心吐了两口唾沫，嘴里还在一直嚼着那个东西，"不要急！这事儿，让我来给你一个了结。"看来，他来了兴致。

"行了，行了，"扎特里拜郑重其事地朝他招手，"既然不那么好追——嘿，那就不用麻烦你了。"

"什么？你是说我连一匹马儿都追不上？"老努尔旦较上劲儿了。

"这样！你的马儿借给我——让我来——你这个样子，伏尔泰一害怕就跑得更厉害——"扎特里拜追过去，喊叫。

"听着，我不像你。我可不是那么随随便便说放弃的人！我一定把它套起来……嘿！嘿！别跑，别跑。等一等……让你尝尝我的厉害……你这该死的马儿。要是你不立刻、马上给我站住的话，我要给你一点儿厉害瞧瞧……我可是说话算数的……"老努尔旦越发兴奋起来,他拽着缰绳,扬起马鞭,脚后跟一下下夹马的肚子。"该死的小鬼头……看到我的厉害了吗?"他用怨恨的声音说话,"还跑……还跑……你以为我他妈的闹着玩儿嘛……嘿,你会知道我的厉害……噢……喂……我敢打赌,你……等等……"他的脸上是决断和下了狠劲儿的样子——他跟什么事儿较上劲儿的表情总是这样。

起先十分平静的草地,由于老努尔旦的不停嚷嚷,顷刻间热闹起来。

"好了,好了,"扎特里拜虽然被伏尔泰气得快晕过去了,但让老努尔旦这么恶狠狠地训斥自己的宝贝马儿,他还真有些心疼。"别,别这么麻烦,真没什么。喂,别用鞭子抽我的伏尔泰——别追了,嘿!你吓着它了!别,努尔旦,好了,你的鞭子会抽坏它的。别那样——别——"扎特里拜跟在后面,挥舞着胳膊,跑过来,奔过去,追赶老努尔旦。甚至比刚才追伏尔泰时还要卖力。

"就要抓到你了!哇哈哈哈哈!"老努尔旦停止了咀嚼,用舌头把嘴里嚼着的东西抵到前面齿缝那儿,发出一阵狂喜的笑声。他把伏尔泰挤到一处三面是岩石的角落里,用手中的鞭子点着它的头。像是随时都会扬起马鞭,给它一点儿厉害瞧瞧。

"别——"扎特里拜终于追上去。他心疼得,抑制不住自己的冲动,不管不顾地抓住老努尔旦骑着的马儿的尾巴,"别用鞭子抽我的伏尔泰,它吓得可不轻……别……"

马儿有时会在瞬间失去控制,这一点让人不可思议。牛虹的叮咬，飘过的塑料袋，突然闯入视线的兔子，反光的碎玻璃片，一阵风，来历不明的一些声响，这些都会让一匹老实巴交的温顺马儿突然发作，瞬间变成一匹疯马。更何况是站在马屁股后面大喊大叫，并且还拽着马儿的尾巴。如果那么做，再温顺的马儿都会瞬间疯狂。

而扎特里拜现在不但抓住了马儿的尾巴，还狠狠地往后拽着不放手——他把自己放到了一个挨踢的理想位置。刚才甩着蹄子松松垮垮驮着老努尔旦跑的老马，不明白身后发生了什么事儿，哪能不警惕？你瞧它，突然低下头，跷起后腿，背和地面形成四十五度的角，在蹦出一长串响屁的同时，朝后甩出蹄子。瞬间，扎特里拜的脸上喷满被马屁带出的屎渣子。与此同时，他的肚子也被重重踢中。"哎哟哟……我的老天爷……"这位具有诗人般气质的牧羊人，还未来得及抹去满脸的粪渣，便捂住肚子，滚躺在马屁股后面……

我只是找我的羊

大家都知道老努尔旦是啥人吧，这个不用多说，大家心里清楚——他每天的事情就是伺候家里那几十只羊，除此之外就是无休止地找事儿发牢骚。呃，你们懂的，我这里就不啰唆了。

这天，草原上传来大声的诅咒声，"哎呀！啧啧，哎呀！啧啧，瞧瞧，这事儿，瞧瞧，这事儿竟然摊到我这个半死不活的老头子身上了。"老努尔旦不停地重复这些话，发疯似的跑遍周围有可能去的羊圈，大声诅咒，恨不得让全世界人都知道这事儿。

老努尔旦为什么这么疯狂？原因很简单——他丢了一只羊。

"我必须到你们的羊圈里瞅瞅，说不定我丢失的那只羊会在这里找到，也说不定！"老努尔旦颤颤巍巍扶着邻居叶尔波力家羊圈的围栏，探头朝里望，"我的羊……你们这些人还真是不老实，我要看看我的羊会不会在这里。"他用随手捡到的一块石头敲着栅栏，伸着脖子，跟着敲击的节奏一下一下点着头，一只一只过。

捋了一遍之后，他缩回脖子，扶着栅栏，喘气。一抬头，他发现叶尔波力正在把马缰绳拴到旁边的白桦树上。叶尔波力感觉到了他的存在，转过脸来，冲他微笑着，点点头，"啊，这不是老努尔旦大叔吗！您身体还好吗？哦，对了，您在这儿有事儿吗？"

　　"喂！年轻人，我给你讲，你别那么多话！我嘛，就是一只羊不见了，我来找找我的羊！"老努尔旦说着，又把头探了进去，"就一只羊的事儿，没别的事儿。你呢，就不要多事儿了。明白？"

　　"明白了。"叶尔波力说。

　　其实他并不明白。但是老努尔旦老了，性格变得越来越古怪，越来越爱叨叨。全牧场的人都知道。随他去吧，只要他高兴就好。他想。

　　"哦，您慢慢看，我洗个手。"叶尔波力拍拍裤子上的尘土，提起洗手壶，蹲到树下洗手。

　　"嗯，没想到你是这号人。你看看，你把这些羊弄得都是一个样子，弄得和我家那只一模一样。真不像话！简直太不像话了！"老努尔旦接着他的自话自说。

　　叶尔波力是个勤劳的年轻人。牧场上侍弄牲畜的所有活计，他干起来都是一把好手。大家都说，在他脚下，草都长不出来。他家的羊很多，它们在羊圈里拱来拱去，凑到围栏边看热闹。这让老眼昏花的老努尔旦找得费劲儿，"怎么这么多羊，这让我该怎么找到我自己的羊。不像话！太不像话了！"他念叨着，把上半身都探进羊圈里去啦。"嗯——

咳——"他清了清嗓子，继续叨叨，"偷窃得来的财富有腿，劳动得来的财富有根。记住这句话，我要把它送给你们这些年轻人。别担心，我没有别的意思。我知道你不会偷我的羊，但是我要把这个道理讲给你们听。我这都是为你们好！"

"您需要喝碗奶茶吗？"洗好手的叶尔波力在他身后客气地询问，"茶烧好了，您休息一会儿再找吧！"

"你大概没有丢过羊吧！这么要紧的事儿，我还能坐下来喝茶吗？简直是……唉，实在是不可思议呀……"老努尔旦踮起脚尖，专心瞅那些羊，头也不回，"你知道我的心情吗？你们不能这样欺负我这个老头子！"

"哦……那您就慢慢找吧，我要去休息一会儿，喝碗奶茶了。"叶尔波力转身朝毡房走去。他逃掉了。

"好啦，我都捋两遍了。你弄得这么多羊，还弄得一模一样。嘿，叶尔波力，你把我眼睛晃得，头晕。"他说，语气听起来好像丢羊这件事儿完全是叶尔波力的错一样。"算了，我在你这里……头都大了，腿也支撑不住了。"

"嘿！我的羊丢了一只，我到这里瞅瞅，说不定就是你家的羊拐跑了我家那只可怜的小羊。"老努尔旦向前抻着脖子，站在路边。扎特里拜正骑着马，把羊群从山坡上往自家毡房的方向赶。

扎特里拜家里几个孩子陆续上大学，把羊卖得差不多了，现在也就几十只。这让老努尔旦一目了然。

"哦，那你应该好好看看了。"扎特里拜从马上跳下来，"老家伙，你的眼睛看来真是不行了，整天盯着还会丢？在你的眼前丢羊这是件多么让人吃惊的事儿啊！"扎特里拜的年龄和老努尔旦差不了多少，只有他敢和老努尔旦开玩笑、打趣。

"别这样说，这是一件很好笑的事儿吗?！你们这些自私的家伙，从不为别人着想。"老努尔旦表情严肃地站在路边，看着从他身边经过的每一只羊，"你能不能理解一下我的心情，不像话！你就只会嘲笑别人。知道吗？把自己的快乐建立在别人的痛苦上，这是一件多么可耻的事情！"他无休止地唠叨着，好像别人都欠了他一只羊似的。其实不是。

"嗯，嗯……"扎特里拜不说话了，站在那儿看着羊一只只跑过，等着老努尔旦全部过完。

"你知道吗？我有多辛苦，你们却偷走我的羊，这件事儿让我这样一个诚恳老实的老头多么难过。"老努尔旦眼睛盯着羊，嘴里没有停止，"我每天放牧，就是为了这几只可怜的羊，你们却这样对待我。想想吧，这是一件多么让人无法忍受的事儿！"

"嗯，嗯，对，对……"扎特里拜只是点点头。

"喂，小别克，你怎么一个人在家？"老努尔旦来到小别克家毡房前，"他们去了哪里？"他把手抬得高高的，举过头顶，手心朝下比画一下——小别克的父母都是瘦高个儿。

"努尔旦爷爷，我家两头牛在山坡上吃草，没回来，他们去找了。"胆小的小别克见人就脸红。

"没关系，他们在不在，和我没什么大不了的关系。"老努尔旦走向棚圈，"我只是找我的羊。知道吧，我找我的羊，它丢了。一定是被人偷走了，所以我到这里来找找。"他在棚圈边东张西望。

"什么？您说我家偷了您的羊？"小别克紧张地吐舌头。他站在那里摊着双手，瞪着眼睛，小脸憋得通红，"我们是不会偷羊的，请您相信我和我的爸爸妈妈，我们真的不会偷您的羊。"

"我的羊丢了。真是的，我只是要找我的羊。我想这是应该的。你个小东西！"老努尔旦答非所问，眼睛没有离开过棚圈里的羊。

"不能这样，我拿我的生命保证，是这样，您一定要听我说，"小别克拽着老努尔旦坎肩的一角，"我家不会偷您的羊，请相信我。我爸爸妈妈从来不会去偷别人的羊。真的，真的。"老努尔旦被小别克拽得快要摔倒过去。

"放手，放手，我只是找我的羊。你啊，你真是一个多事儿的小东西！"老努尔旦把自己的坎肩从小别克手中硬拉回来。

"是真的，真的，我只是想请您听我说。我要告诉您的是，我们绝不会偷您的羊。"小别克松开自己的手，转身跑进毡房，"努尔旦爷爷，请您看看我的奖状——'诚实之星'，这是我今年得到的。还有我的作业，这上面都是优加五颗星。这些，都可以证明我们没有偷您的羊。请您相信我。"小别克拖出自己的大书包，把头塞到里面翻找。

"我只是找我的羊……"老努尔旦拧着眉，瞪着眼，转身看了一眼小别克，觉得简直不可思议。

"还有……还有这个，"小别克把书包里的东西全倒到草地上，从一堆东西里挑出一个铅笔盒，"努尔旦爷爷，快来看，这就是得'诚实之星'时，学校在全班同学面前奖励给我的奖品……哦，不对，不对，是在全校学生面前奖励给我的。您知道吗，是校长亲手给我发的奖。这些奖品，完全可以证明我们不会偷您的羊。"小别克发现老努尔旦不看自己，跑过去，又开始拽他的坎肩。这回因为用力过度，把老努尔旦拽得倒在草地上啦。

"我……找羊……"老努尔旦像个四脚朝天的甲虫，挣扎了半天，才从草地上爬起来，"我找羊……你……唉……"他拍拍手上的草屑和泥土，用无可奈何的眼神看着小别克和草地上的那些摊开的东西。

"我只是想告诉您，我的奖状可以证明……"小别克看到努尔旦爷爷看着自己，继续解释。他的脸也不红了。

"哎呀，我的老天爷啊，我只是找我的羊……嗯……好吧，好吧，我不找了。小家伙，是我错了。我该去别的地方找找，或者直接回家看看吧。"老努尔旦把手搭到眼睛上方，嘴里咕哝着，"唉，瞧瞧，这日子还真是不经过……这天又快黑了啊。"

"请您……我还想……努尔旦爷爷……请您相信我的话……"小别克紧紧跟在他身后，像个湿面团黏住了他。

"别闹了，我现在就走。我回家了。"老努尔旦拍拍屁股后面的土，转身朝自家毡房走去。脚步也不像平时那么拖沓啦。

爬上前面的斜坡，他看见自己的老婆子玛依拉站在毡房前，朝他这面张望。她的身边站着那只丢失的羊。

老努尔旦真的老了

　　我们知道的手工皮艺专家，都是端坐在工作台前的椅子上，而坐在羊群间工作的皮艺专家，大概就只有老努尔旦这一位——他是牧场里唯一掌握哈萨克族古老手工皮艺的专家了。

　　此刻，他正盘腿坐在草地上，和邻居阿斯海提说话。他的膝盖上摆着一张牛皮，手里把玩着一把尖头剪子。他的老马，在他身后的草地上有一搭没一搭地啃草。

　　我已不是第一次见到这张牛皮在他腿上原封不动了。好像没见他用剪子裁剪过，因为他总是忙着说话。就像现在，对着阿斯海提的脸，说个不停。

　　"很快，很快会做出来，把心放到肚皮里，好吧？行不行？我看出来了，你不相信我，对吧？但你必须相信，最终你会相信。"他大声吼道。

　　我被震退了两步，而他对面的阿斯海提却丝毫没有反应。"努尔旦大叔，我真的着急用那个马鞭，您上次说过……"毫无疑问，他已经习惯了。老努尔旦这几年说话声音越来越大，直到现在的吼叫。据说，是因为他耳朵越来越背。他的脸也老得不像样子——经年的风吹日晒和强烈的紫外线，让他脸上的皱纹又深又密、纵横交错，如同用旧了的羊皮手套。

"记得，记得，你不用这一遍遍重复，我每天都在给各种各样的人说马上，马上就好。每一句说过的话，我都记得清清楚楚的。"

"如果做好了，我想拿走。我的旧马鞭没法用了，断了……"阿斯海提还是一脸的习以为常。

老努尔旦突然哈哈大笑起来："我知道，我全都知道，就快做好了，看看，我的手从来没有闲过。"他拍拍膝盖上的牛皮，又把剪子举过头顶捏得咔嚓嚓作响，"很快就会好，你再过两三个星期去我家拿好啦。年轻人，到时候，你可以高高兴兴带走你的马鞭。"老努尔旦这么长一段吼叫，足以穿透对面人的后脑勺。

"可是……可是，您这么说了不下二十遍……"阿斯海提在强有力的吼叫声中，似乎有些退缩了。

库齐肯奶奶说过，努尔旦大叔年轻时疯狂热爱皮艺手作。可是，在邻居们这几年的记忆里，他最拖延的事儿，大概就是手工皮艺活儿了吧。甚至可以说，他的强项是"说话"或者是"喋喋不休地说话"更为贴切些。

每天，他把羊群赶到山坡上之后，习惯到处转转——就那么着，微微地偻着空了的背，那顶头油黏合着牧场所有植物纤维和沙土的帆布帽子，紧紧扣住满头白发。他提着马鞭，手交叉在身后头，巡查别家的牛羊。他尤其喜欢看别人在草地上剪羊毛、擀毡子或者搭建毡房之类的，因为这时候他可以监督每一道程序，并慷慨地提供建议。那些建议正如他时常向被逮住的听众强调的那样，是他几十年来积攒的经验。要是哪个年轻人不认同他关于毡房骨架撑开直径或者高度，以及毡房门对着的方向和风向的谆谆教诲，他就会翻捡记忆，找出曾经不听劝告倒了大霉的例证，证明不听建议是要吃大亏的。"当时，你还没出生，"他有一次说，"那是三十几年前的春天了，龙卷风，一眨眼工夫，把扎特里拜家毡房掀起，卷到天上。落下时，惊着扎特里拜家的马了——马飞奔出去，掉进大渠，摔断了腿。"为了证实自己的话有据可查，他还详细描述了马的症状，"啧啧，它就绊倒在沟底里，全身重量压下去，膝盖那儿的皮肉撕开长长的一条，露出的关节骨头有手臂这么长。"说这话时，他还不停拍打自己的膝盖，吸溜着嘴，好像疼在自己腿上。"啧啧，那马就倒在那儿，疼得全身抽抽，那个血肉模糊的膝盖啊，真正是一团糟。"这样的话一出来，足以止住那些"随便弄弄得了！"的散漫论调。末了，他还不忘强调："如果不老老实实做好每件小事儿，等着瞧吧，让你后悔一阵子的事儿绝对会发生。"

库齐肯奶奶说，前些年，也可能很久以前，老努尔旦大叔正如他说的那样，不仅认真，并且守时。可是，随着年龄的增长，就不是那么回事儿了。就像现在，他板着一副正儿八经的面孔，拖延时间："好吧，阿斯海提，我已尽力了，"他把剪子拍到牛皮上，"你也看到了，我现在忙得紧呢。"

提着半截子马鞭的阿斯海提，无奈地摇着头，走过我的身边。我随即嘻嘻笑着取代了他的位置。

老努尔旦朝我咕哝了一句，"上午好。"当他的眼睛滑过搭在我手臂上的马甲时，眉头拧到了一起，表情中透出强烈的愤怒。随即吼出一句："又来找我做什么？"

"呃，呃，这马甲，太大了，我妈穿着灌风，我想……"我退守到安全的距离。

"是啊，你想改小它，对不对？而且你还要马甲的样式不变，对不对？我没说错吧，对不对？你想让我瘫痪吗？我没日没夜赶你们这些活计，一分钟都没有停止过！"老努尔旦推开腿上的牛皮，敲敲左边的那个肩膀，"瞧瞧，肩膀发麻，这只手臂早已经废掉了。"

我前额的头发，被老努尔旦的气息吹起来，随着一波紧似一波的气息，摇曳在脑门上。

"呃，只需要裁掉这么一点点儿，"我抓了一下头发，再把大拇指和食指捏到一起，放到眼前比画了一下，"就这么小小的，一厘米，努尔旦大叔……"

"偏偏我的眼睛也干涩模糊了。已经多久了？呃，很多年了吧。"老努尔旦根本没听我的话，"我让我儿子在城里的药店买眼药水，他说只有那种最贵的。我说我用一块五的最合适，然后他给我弄来一瓶二十块的，我滴到眼睛里火辣辣的。我说一块多的那种我用了几十年了，就是那种，拧开盖子之后，盖子里一个红豆豆，放到药水里晃一晃，药水就变成红色的那种。他说我过时了，不懂得享受生活。我说二十块的烧坏了我的眼睛，一块多的用上一两次，眼睛就舒服了。他说我舍不得花钱，还说我故意找碴儿。"老努尔旦脖子往前抻，满脸的不高兴，食指不停地在眼前的空气里点啊点。

老努尔旦停顿片刻，任由我消化这代沟引发的愤怒，并佯装擦汗，拽下帽子，张开手掌搁在额头。哦，他的白发柔软又稀疏地覆盖着头皮，看上去像绽开的蒲公英——我的思绪飘散开去——我的阅历，还无法理解他的苍老。眼前，微风中摇曳着的，他的白发，只能让我联想到躺在草地里，仰望蓝天，随手拔起身边的蒲公英，吹散去，许下心愿的场景。

老努尔旦的干咳声将我从高度浪漫的想象拉回到现实中。

在接着说下去之前，他还抬头张望了下山坡下的小径，仿佛想确认他儿子是否会突然出现。"我说，那就让我死到你们手上得了！"他接着说，"哼，你用两个脑子都想不到他会说什么。他说，爱干吗干吗去。我气到不行，他又嬉皮笑脸凑上来，说把我们弄到城里过好日子。我说，那我还是死到你们手上算了。"

"呃，呃，您看这件马甲……"我把马甲放在他眼前，他抬起手，扒拉开马甲，继续朝我吹风，"你猜那小子又说什么了？"这会儿，老努尔旦停顿了不到十分之一秒，继续说下去，"他说，没有住过楼房，别说楼房坏话。用水，看电视，方便的啊，按一下按钮就搞定了。我说，不行呀，我胳膊麻、腿麻，上不了楼。骑着马，放放羊可以，上下楼可就不方便了。他又说，我们是土得掉渣儿了，上楼有电梯，根本不用脚着地。我说，这辈子，你们都别想让我和你妈迈进城里半步。"

"是，是，我知道，我看出来了，这个马甲……"我努力想插上一句半句。

"哎，哎，年轻人，"老努尔旦用指头戳戳我手上的马甲，"你们别总想着去城里过什么好日子，好好听听我说的这些话吧！我绝对不会害你们，你想想，城里有这么蓝的天吗……"

就在他即将展开蓝天主题的长篇大论时，我被人推了一个趔趄，一个大块头出现在我和老努尔旦之间。

我立即认出，来人是阔孜。

此人不容忽视，据说是牧场上脾气最暴躁的家伙。

"让一下。"阔孜大声说道，"老努尔旦大叔，我来拿我的马褡子，我来过一百八十次啦。"

老努尔旦没有看他一眼。"你知道蓝色的天空对一个人的生命有多么重要吗？年轻人总想着眼前，挤破头都要去城里。所以，我告诉你们，想要身体健康，就得接近草地和蓝天。"他说着，还腾出一只手拍拍草地，又指指天空。

"您听到我说话了吗？努尔旦大叔？"阔孜的声音震得我腾空了几厘米，当我落地时，耳朵里全是心跳声。"上个月以来，我每隔两天都来一次，而……"

"你想想，如果让我们搬去城里，过什么鬼的好日子，我们会多么难受。我要卖掉所有的羊，还要卖掉我最宝贝的老马。我的老马啊，我永远不会卖掉它……"

"您的耳朵是真的出问题了吧？努尔旦大叔！"阔孜的吼声，震得我肩膀上的肉跳了跳，"我的马褡子，您做了快一年……"

他突然住口。老马不知何时从老努尔旦身后走了过来，站在阔孜身边，侧着头，用一只眼睛盯着他。老努尔旦曾说过，老马是他最好的朋友。我还记得，当我告诉他，我从未见过一匹马会和主人这么亲近时，他脸上浮现出得意的笑容。我敢说，这是一匹最普通的土马。不过，不管它是什么马，在老努尔旦心里，都是他最亲近的家人。而且老努尔旦还说过，必须每天见到它，否则那一天过得没什么意义。

"快一年……"当阔孜再次张口说话的瞬间，老马如闪电般直冲过来，随后又如保龄球般撞击到阔孜腿上。就在我眼前——阔孜的双腿被老马带走了，但他的上半身却留在原地。老马一改平时往日的迟缓，飞快旋转一圈，又回到老努尔旦身边。可就在那一刹那，眼前的阔孜以狗吃屎的姿势趴在草丛里。大概是压扁了鼻子，憋住了呼吸，他使劲儿挥舞着胳膊，想让自己从滑不唧溜的草丛里站起来，但是"砰"一声，眼前的阔孜又一次面部朝下，狠狠滑进草丛。

此刻，老马就站在老努尔旦身边，一动不动地，带着压迫感地盯着努力从草丛里拔出脑袋的阔孜，只有尾巴左右扫动。就在阔孜朝它的方向张望之际，那尾巴扫动的频率更快了。有那么一会儿，老马下垂的上唇向上掀起，露出一排发黄且齿缝宽大的牙齿。

老努尔旦扶着膝盖，慢慢站了起来。阔孜本该双手撑在身下，慢慢从草丛里爬起来。但是，老马的愤怒吓到他了。反而，他觉得自己还是老老实实待在草丛里的好，这样或许还能保住性命。

目瞪口呆的我杵在旁边，双手塞进嘴里，捏住下牙齿，完全陷入了一种无话可说，又什么也不敢说的境地。

老努尔旦终于晃晃悠悠地站稳了脚跟。"年轻人，如果你想吃新鲜的草料，"他径直来到阔孜身边，俯身说道，"看看，这里有的是青草，如果你想吃的话，没有必要把脸埋进草丛里。"

我不知所云地咕哝了几句"是啊"和"这样，会摔着脸。"之类的话。其实，我也不知道我在说什么。这种情况，我也不知道我该说什么。

老努尔旦又待了几分钟，继续讲了一些"你怎么和马一样啊，把头塞进草丛里……"之类的话。当他决定转身回到刚才坐着的地方时，又突然转过头来若有所思地盯着阔孜，"我真弄不透你还待在那里做什么，但我要告诉你的是，那里有很多牛粪，我可不觉得你睡在那里有什么好处。"

阔孜用手臂撑起脑袋，换成比较柔和的语气说："噢……呃……啊……是吧，没关系……我就想您……把我的马褡子给我……好吗……"

显然，并不喜欢阔孜的老努尔旦举起了手里的剪刀，在空中咔嚓了两下，"看看吧，忙着呢，下周再来吧！"阔孜看了看老努尔旦，又侧头瞥了老马一眼后，心不甘情不愿地爬起来，搓着脸离开了。

我站在原地愣了半晌，老努尔旦才把头扭向我这边，脸上浮出仙女般的微笑："看看，这个家伙就是性子暴躁，我真希望你们年轻人随时随地像我一样冷静。"

"哦，哦……"我咽了一口口水。

"我知道大家一定奇怪，为什么我从来不和他计较……没关系，看你是个作家的份上，我愿意跟你分享这个秘密。"他的微笑变得俏皮起来，"这么着，他每无理取闹一次，我就多收他一块钱，这个方法灵透了吧，哇哈哈哈哈哈！"

他可真是个自得其乐的老头儿。

"不过，最重要的还是一颗善良的心。"老努尔旦又冲我丢来一个淘气的眼神。事实上，他的确是一个善良的老人。可惜近几年他的和蔼可亲已经被他轰隆隆的大嗓门掩盖了。

"我们刚刚说什么来着，"在我频频点头时，老努尔旦拍拍脑袋，望向他的老马，继续说道，"对了，刚才说到，我没有办法离开我的老马。我的老马不可能去城里住楼房，我必须要陪伴它。我告诉你，我们的老马可比我的孩子还重要。三十年了，我的老马驮着我放牧，我的腿脚不知怎么了，总是疼。如果没有它的照顾，我不可能舒舒服服活到现在。"望着他说话时的侧影——抽搐的眼角，颤抖的面颊与下巴，顿时觉得他不是和老马或者与我对话，而更多的是与他自己。

哪怕是抒发内心情感，老努尔旦的音量也丝毫没有减小。

"嗯嗯……"我有被感动到。不过我还想努力争取，"那个，您是不是可以用上那么一丁点时间，把我妈的马甲……"

"我的老马啊！"老努尔旦就歇了一小会儿，又大声吼道，"我们现在待在牧场，最主要的原因，是陪着我们的老马。我可以告诉你，我们这一辈子，什么都没有它重要……"

"呃……好吧……"我终于决定放弃了，把马甲塞进老努尔旦的怀里，匆匆向他挥手再见后，便逃走了。

老　马

　　星期天的午后，一场雨后，秋高气爽。

　　布鲁尔没有午休，他在店铺里忙乎。自从开了这家铁匠铺以来，他每天做的事儿就是打制铁马掌和为周围牧民的马钉铁掌。现在，他从蓝色油漆斑驳的架子上取下前几天打制好的几十只U形马蹄铁，摆放在面前的长条桌上，像展览似的一个挨着一个摆成一条线。他穿着一件灰色带暗绿色条纹的棉布衬衣。因为店铺里有些沉闷，他的衬衣上面两个扣子敞开着，袖子挽到胳膊关节处。下身穿一条棕色细条绒裤子，因为常常弯腰下蹲钉马掌，膝盖处鼓鼓的。他是一个精干的人。肩膀宽厚，露出的手臂上竖着一道道肌肉，一双手很大。他用大拇指在马蹄铁接触马蹄的那个面上一点点划过，遇到刮手的地方，他就拿起手边的钳子扳一扳，举起锉子"咯嗞——咯嗞——"锉一锉，嘴里向外吹气，吹去锉下来的碎铁屑。他做事儿时认真得好像周围一切都不存在。

　　他把所有的马蹄铁整理一遍，然后一个一个排成一排摆在柜子上，然后坐在一个破旧的木头椅子上，眯着眼，欣赏那些马蹄铁。钉马掌是一门技术活儿，更是一门艺术，不是任何人随随便便就能从事的行当。布鲁尔能够轻松做好这件事儿，是因为他不但掌握着打铁的手艺，而且还很懂马的身体结构及马的生理变化等许多相关知识。这些，都与他多年的放牧生活分不开。

三点过了，他停下手中的动作，搓着手，在房间来回走。他走到架子前停下来，看着架子上摆着的东西。他看着那些工具，感到头脑发胀，身体有些困乏，他想该去架子后的小床上躺一会儿了。他这样想着，走到里面躺下，双手枕在脑袋后面，闭起眼睛。

"布鲁尔!"也许是刚迷糊，他的妻子阿依旦在店铺外喊了一声。

"嗯?"布鲁尔惊得身上的肉跳了一下。

"是努尔旦大叔——"

"不在! 我不在!"布鲁尔翻了个身，对着墙，侧躺在床上。

"努尔旦大叔，他来一次不容易。"

"不在! 告诉他待会儿再来。"

"他在旁边，他说能听到你说话。"

"嗯? 唉……"布鲁尔扯过身后一个垫子，把头埋在垫子底下。捂住耳朵，缩到墙边。

"布鲁尔——布鲁尔——"阿依旦走进店铺，站在床边用食指在他后背戳了几下。

"他……什么事儿?"布鲁尔拿开垫子，翻着眼睛问。

"老努尔旦大叔……你知道的，如果你不起来干活儿，他会让你一年都不好过——他唠唠叨叨的毛病，你知道的，多么让人头疼。"阿依旦在布鲁尔身边轻声说。老努尔旦在周围邻居的心中就是那副样子。当着他的面，人们敷衍他："嗯，嗯，对，对"。背着他，人们嘲笑他："唠叨！事儿多！"

"唉！"布鲁尔叹口气，把手臂从头下抽出来，伸了伸懒腰，又打了打哈欠。

"起来。布鲁尔！"阿依旦又用食指在他胳膊上戳了戳，催促着他。

"他想在这里啰唆，似乎不太可能。我不会给他这个机会。"停了一会儿，布鲁尔慢吞吞坐起来，捏了捏发麻的手臂，用手在眼睛上揉了揉。然后，他去后面水槽边洗一把脸，蘸水梳理了头发。

他走到桌子前的椅子旁坐下，回头看了看柜子上摆放的排成一条线的马蹄铁，然后望向阳光强烈的门外。

老努尔旦出现在门口。他驼着背抻着脖子往里张望，细长而干巴的脖子从大一号的外套中突兀地冒出来。比起外面的光亮，里面漆黑一片。他的身后站着他的老马。那是一匹和他一样苍老的枣红色老马。

阿依旦朝布鲁尔做了个探询式的一望。他点了点头，声调低了下来，"努尔旦大叔，进来啊！"

"嘿嘿，我没听错吧？嘿，"老努尔旦摸索着朝里头走，嘴里不停歇地叨叨，"嘿，布鲁尔，我早就听到你的声音了。嘿，嘿，别想骗过我，我耳朵绝不会比你差。布鲁尔，不信的话，你就试试看，如果你能骗过我，我就不是我了，那就是别的什么傻瓜老头了。哼！你这个布鲁尔，还想骗我说你不在……"你听听，他讲话的欲望多么强烈。

"怎么了？"布鲁尔看到他进来，起身问，"需要我做什么？"

布鲁尔的话勾起了老努尔旦的忧虑，他立即呈现出一副束手无策的样子："啊，你一定要抽时间看看我的老马……"

"当然可以，"布鲁尔答道，"它怎么了？"

说起这个话题，老努尔旦的语速慢了下来，"哦，我的老马，"他走到桌边，转身指着门外的老马，"我可怜的老马，它没法走路了……我也弄不透是哪里的毛病，我猜想是蹄子出了问题。"布鲁尔瞄了一眼老努尔旦侧着的脸，他的眼里涌出一些亮闪闪的东西。

"嗯，我看了才会知道。"布鲁尔往外走，老努尔旦跟了出去。他俯下身子，伸出手，捧起老马的右前腿。"今早它突然就瘸了，还把头垂得低低的，一副没精打采的样子。"老努尔旦所有的动作似乎也放慢了，小心翼翼，带着内疚和心疼的意味。"前几天走路是不太顺，不过还是可以走的呀……"

布鲁尔同情地看着被伤感情绪笼罩着的老努尔旦，还有他捧着马腿的那双骨节粗大、皲裂如皮革般粗糙的手掌，用压低的语调、柔和的声音说道："噢，知道了，努尔旦大叔。但是，我得先看看。"他上下打量了老马一番，又走近，俯身查看马腿和马蹄。接着，蹲下来开始由上至下摸它那条腿。他摸过每一节骨头，还小心地弯动它的肩、膝、踝、蹄等各处关节。在马跟前做这些动作是相当危险的，因为它们很容易甩蹄子表示抗议。可是，眼前这匹老马，你把整个脑袋伸过去，都不必担心。它很温和，充其量只会把鼻子里的热气喷到你的耳朵上——事实上，它现在正在这么做。布鲁尔的脸颊在它的鼻子喷射范围之内，所以它用温热的鼻子蹭起了他的耳朵。

"嘿嘿！别闹！嘿嘿！"布鲁尔躲闪着，腾出手背擦脸，"你……你弄到我的痒痒肉了！"

"它啊，"老努尔旦听了，脸上紧绷的肌肉放松下来，"它就是这么招人喜欢。"

布鲁尔又继续检查腿和马蹄。"可能是扭伤，也可能是蹄中长瘤，如果是这些病，您得去找兽医治疗……不过嘛，看起来也没这些问题嘛！"布鲁尔抬起目光，"我想它没什么毛病。"

"不，不，"老努尔旦不安起来，"可能外表看起来是很好，只是我想请你多注意看它的蹄子，看看能不能发现什么。"

"可是……我没看出它有什么不对劲儿啊？"布鲁尔仔细地盯着马蹄。它并没有异样——棕黑色的马蹄，红褐色的马毛。"唉，努尔旦大叔，它到底有什么症状？"

老努尔旦再次显得不安："你注意看它走路的样子！来，孩子。"说完，他放下马腿，朝后走去，老马也跟着他。

"我还是不懂您的意思？"

"仔细看！"他又带着老马表演了一次，"就看……嗯……刚才那条腿，落下去的时候像是地面烫脚。"

布鲁尔蹲下来观察它的步态，目光落在那条腿的蹄子上：
"有了！等等，就让它站在那儿。"他快速跑进屋里，出来时
手里拿着一根手臂长短的小撬棍。

"对，对，对……"老努尔旦脸上泛起微红，"我就是怀
疑马掌里头出了问题嘛。"他很关注老马的每一个细微变化。
可以看得出，在这寂寞的游牧岁月中，他们建立的感情有多
牢固。

"来，抓住这条腿，我好给它检查。"布鲁尔捏着病腿，
注意到这条腿接近马蹄的地方热乎乎地发烫。"仔细看，这条
腿比别的腿稍微粗大一些。"他蹲下来，用铁棍轻轻敲击磨斜
了的铁掌。马儿立即畏缩了，腿在空中抽抖了几下，老努尔
旦嘴里也跟着"咝——咝——咝——咝——"地倒吸几口
凉气。

布鲁尔撬开马蹄铁的内侧，低头仔细观察。他发现一根
铁钉不知怎么穿透马掌的角质层，斜插进肉里了。他用撬棍
撬了一下那个钉子，立即有一股腐肉的臭味飘了出来。

"来，看。"布鲁尔指着铁钉，让老努尔旦看，"都插进肉
里了，一定很疼，已经化脓了。"

"是啊，太严重了！"老努尔旦看看铁钉，再看看布鲁尔
的眼睛，"这该怎么办啊？"他边说边轻轻抚摸老马的前腿，
眼睛里的亮光更多了。

"有一个法子。"布鲁尔转身走进店铺，取出一把大号铁
钳，活动了一下胳膊。然后蹲下来对老努尔旦说，"来，把马
腿抬起来，我给它来一个小手术。"

"动……动……动手术？"老努尔旦干咽了几下，垂着沉重的眼睑，盯着他手中的铁钳看了好一阵子，结巴着问。

"没错。必须拔了那根钉子，它才会好起来！"布鲁尔一下一下捏着铁钳，动作不慌不忙，"所以您不必担心，只要多注意它就行。"

"我知道……我知道……可是它可能会疼得受不住……"老努尔旦抬起头哀伤地看着布鲁尔，下巴也在微微颤抖。

"没事儿，没事儿，啊，只要一分钟，立马解决！"布鲁尔安慰着，弯下腰，示意老努尔旦把马的病腿夹在两膝间，把马蹄往后往上轻轻抬起。

布鲁尔的手只是在马掌前晃了几下，钳子上就多了一个黑黑的生了锈的铁钉。

这个过程，老努尔旦一直咬着牙，嘴里反复咕哝："天哪，这会儿真热啊！真热！"布鲁尔抬头看他时，知道他没说错。因为他的额头凝出了滚圆的汗珠。他紧张地扶着老马的腿，眼睛红红的。直到知道铁钉拔出来就没事儿之后，才呼出一口长气，并抹去额头上的汗。

他俯下身子，盯着被布鲁尔随手丢在草地上的黑色铁钉看了又看。他觉得那个小小的铁钉怎么会那么可恶，是它让自己的老马一跳一跳走不成路。每挪动一步，马背上都会渗出一层汗水。他把手放在老马的脸上摸了摸，拍了拍，脸挨着马的脸蹭了蹭。这位平时将唠叨发挥得炉火纯青的老头儿，就这样沉默着，一句多余的话都没了。

"你带它去兽医那儿打一针破伤风针，再买几瓶碘酒。每天把它的脚掌泡在碘酒里十分钟，一个星期后就没事儿了。"布鲁尔把手中的工具撂到草地上，站起身子看着老努尔旦的眼睛说，"再过一段时间，就可以来钉一只新的马蹄铁了。放心吧，我给它好好收拾一下，钉一副漂亮的马蹄铁。让它跑起来舒舒服服，一点儿问题都没有。"

"老天有眼啊！"老努尔旦乐得猛点头，"布鲁尔，要不是你，我都以为它这辈子算是到此为止了呢。啊，就那么着，做成老得嚼也嚼不动的熏马肉、马肠子……"他摊开双手，嘴角朝下撇了撇，"要不就成了走路一高一低的老瘸子。就像这样……"他抬着腿，肩膀一高一低地原地踏了两步。

他想努力说个笑话，让场面不要那么严肃。可是，在他的眼睛移到老马身上时，却又一点儿也笑不出来了。他看着马的病腿，带着伤感又怜爱的表情，好一阵子没说话。在他身后，远处山体上，因为下雨生出的浓雾，不知何时缩小成一道闪闪发光的银带，在耀眼的太阳下，转眼又消失了。

就好像知道主人为它担忧了似的，老马转过头来，心怀感激地、痴痴地望着它的主人。还用嘴推老努尔旦头上的帽子，蹭他的脸，然后把头担在他的肩膀上。

它和它的主人一样老了，全身只剩褶皱的皮紧紧包着骨架，红褐色的毛发里已掺杂了不少白毛。尤其脸部白毛更多。同时，它身体里的坚韧也酷似它的主人。

任何人，只要曾经指甲里受过感染，就一定会体会到这时老马因为钉子造成的蹄内腐烂而受到的苦楚。更何况，给马收拾蹄子这差事，最容易惹得马甩出蹄子踢人。但它不同。

它像是能够看穿主人心思，眼睛半闭着，一动不动，咬牙苦熬着配合——它不会给它的老主人惹出任何麻烦。

老努尔旦轻轻抚摸它的前额垂发，又拍拍它靠着病腿的侧腹："你看看，你看看，这不是好好的嘛。天又没有塌下来，你这把老骨头一时半会也散不了。放心，咱们的好日子还长着呢！"他喃喃地说着，又转向布鲁尔，点了点头，转身往回走。他的脚步比来时轻快了些。老马侧头看看他，缩着前腿，一歪一斜地跟在他身后。

他们一同望着老努尔旦和那匹老马慢吞吞地爬上山坡。

"努尔旦大叔从来不这样。奇怪了，今天他怎么没啰唆？"阿依旦转身问。虽然这不太像是个问题。

"没什么，今天他不想说嘛。"布鲁尔摊开双手，耸耸肩，眯着眼，看着慢慢走远的老努尔旦和他的老马。他和他的老马都迈着摇晃的、有些滑稽的步伐，一瘸一拐，消失在灌木丛后面。

我的玛依拉藏进草丛里了

　　老努尔旦老了，却越老越像个小孩儿，而玛依拉正是把他当小孩子看待。"我的老婆子，今天能不能喝小麦粥，我不要再吃包尔萨克了，告诉你，我不是这么好打发的。"老努尔旦吃饭时，总会找出点事儿，引起玛依拉对他的关注。

　　"得了，昨天才喝的小麦粥。为了给你换口味，太阳还在睡觉着呢，我就爬起来给你烤馕、熬奶茶。喂，老家伙，我就这么着伺候你，你还喊叫的呢！"他的妻子玛依拉要么这样回答他，要么就是根本不理他。"如果你总是在吃饭的时候挑刺儿，我可要离家出走了，你信不信？"她威胁他。老努尔旦才不怕这一招呢，他还会继续找出一些话题。边吃饭，边唠叨。

　　他心里知道，玛依拉不会离开他。但让他担忧的是，他们其中一人离开这个世界之后，那么剩下的一人该如何度过剩下的每一天，每一个夜晚。真的是，难以想象，没有玛依拉在他身边听他的唠叨，他做什么事儿都打不起精神啊！

　　白天，老努尔旦在山坡上盯着家里的羊群，时不时还跑回家看看玛依拉在不在。晚上，睡梦中他会突然醒来，摸摸身边的那个人。在他确定玛依拉就在身边陪伴他时，心里就会暖融融的。他说这个世界上，再也没有比每天搂着老婆子睡觉更享受的事儿了。玛依拉看他这个样子，总会笑着安慰他："放心吧，牛都没我这么结实。"

当玛依拉在草地上清扫地毯时，他便会坐在草地上，歪着头，咧着嘴，呆呆地望着眼前那个虽然高瘦，看起来却很结实，满脸雀斑的老太婆。她的灰白的头发梳成麻花辫子，像个小媳妇一般盘在脑后。啧啧，天哪，怎么就那么好看呢。"嘿，老家伙，你怎么这样没有礼貌地盯着草原上最美丽的女人？"玛依拉看到他那个痴痴地仰视她的傻模样时，总会这样开玩笑、打趣。

"只有我才有资格看草原上最美丽的女人啊，因为我是草原上最帅的男人嘛。"老努尔旦马上接话，让玛依拉没话可说。他们就这样相互依恋着，生活在自己的世界里。他们就是彼此的整个世界。

一天清晨，玛依拉没有醒来，那是突发的心源性心脏病。

心脏病突发？她疼痛发作时我怎么会没有丝毫察觉？奇怪啊，我时常起夜的人，怎么会睡得那么沉？突发？听起来，像是突然的爆炸，光柱无法挽回地向四面八方迸射！天哪，我的玛依拉啊，你为什么没有伸展胳膊推我？为什么没有用脚踢我？为什么没有呻吟？要多久？你用了多久才闭上眼睛，结束了自己的疼痛？这些想法，在他的脑海里进进出出，悬浮不定，弄得他心疼不已。他皱着眉，坚持着，重复着这些没有答案的问题。

犹如遭到当头棒击，他重重地瘫坐在土堆旁，看着人们将她埋进土里。"我的玛依拉啊，你怎么偏偏抢到我的前头啊……"他喃喃自语，他担心的事情终于发生了——他的玛依拉真真实实地永远离开了他。"怎么办？怎么办啊？我该如何度过余下的日子？"唉，他对玛依拉的依恋，就像肺离不开空气。

孩子们要接老努尔旦过去一起住，他固执地摇头，说决不离开透着玛依拉气息的家。决不离开半步！因为，在他心里，她的旧披肩和棉布裙子，还有她身上的羊脂味儿跟家里的气息早已融为一体。他还说，他想独自面对一些事情。

老努尔旦回到家里，从房前走到房后，然后拉开生锈了的纱门。他幻想着玛依拉从屋里走出来，穿过窄小的门廊，平静而微笑着迎接他。可是，到处空寂一片——烟囱里没有炊烟，房间里冷冰冰的。他的心里焦虑不安。到吃晚饭的时间了，他也不觉得饿。他推开孩子们端来的饭菜，习惯性地翻起柜子上的搪瓷盆子，看盆子下面扣着的一盘抓饭。旁边的篮子里，还有几块玛依拉在的时候烤的馕。

他坐在那里，眼睛盯着已经发馊的抓饭和干巴巴的馕，一动不动。他好像看到玛依拉做饭时的模样——头上包着一块灰色的旧头巾，边忙着手头的活儿，边指挥他提水、拿柴火、倒灰。"天哪，吃你一顿饭，把我安排得头都大了，还不让我多说话。都多少年了，我一直忍着，我真的是够够的了！"老努尔旦说着责怪的话，手上的活计一样没少干。

他小心翼翼捏起一块干馕，放到鼻子底下闻，那上面的味道让他想起玛依拉身上暖暖的羊脂味儿。他用手指敲了敲，干馕发出一种空洞的声音。玛依拉走的前一天清晨，早早起床和面。她说她在面里加了牛奶和鸡蛋，还放了羊尾巴油。她说，这样烤出的馕才不会硬，让他吃着香脆，有营养。她总是这样为老努尔旦的一日三餐做精心的盘算。她还说，只有这样才能把他的嘴堵住，让他整天别总絮絮叨叨，惹人烦。想着这些，老努尔旦没了胃口。他把干馕轻轻放回篮子里，站起身，把盛着馕的篮子放回柜子。

那天夜里他很早就上了床。他躲在被子里，双手、双脚，还有被窝里，都冷冰冰的，难以忍受。他缩成一团，让自己沉浸在对玛依拉的思念中。他回忆妻子满是褶皱的脸颊散发出温馨的气息，他追忆妻子每一次的注视都饱含温柔和体贴……他的这种绵延不绝的冥想，被后院畜棚里嘈杂的羊叫声打断了。他叹了口气，翻滚到冰冷的床中央。他的手摩挲到玛依拉曾经睡着的右侧，他仔细想着这是为什么，让他始终感到温暖的老婆子再也回不来了……他的手摸到枕边的照片——那是去年冬天去小女儿家住了两天，在阿勒泰城里雪景广场拍摄的。有十几二十张吧。他和玛依拉并排站在三只羊的冰雕前，站在插着胡萝卜鼻子的雪人前，站在冰桥上，走在挂满红灯笼的过廊里……他们很少照相，每次照相都是在"请往这边看！"或者是"就这样，好好，保持别动！"的提示下，僵住不动。照相机"咔嚓"一响，留下他们笔直站着，脸上是僵硬笑容的照片。

他捏着那些照片，躺在床上，翻来覆去，难以入睡。迷糊中，他好像听到一些奇怪的声音。已经好一会儿了。也许是一匹饿久了的狼在羊栏边徘徊，他想。他站起身，琢磨着以他现在这个状况，还能不能把狼弄死。他年轻时用棍子打死过一匹狼。那时候，他力气大得一棍子能敲碎狼的脑袋。

他蹑手蹑脚地走到门口，拿起顶门的棍子，推门朝外张望。羊栏周边空荡荡的，只有月亮和树的光影。他竖起耳朵听着。门前小径的尽头是一座小山丘，山丘那边隐隐传来"哒哒哒、哒哒"的声音，伴随着哒哒的声音还有断断续续的咳嗽声。恍惚中，老努尔旦想起了什么。突然间，他来了精神。他冲出去，沿着小径朝山丘走去。渐渐地，他越走越快，竟拖着沉重的双腿达到冲刺的速度。

他来到山丘的最高处，然后在树丛边缘的漆黑阴影中止步。风很大，吹得树的影子颤颤巍巍。一只红色的狐狸，伸着脑袋，朝浓密的骆驼刺灌木丛方向张望。他出神地望着眼前这一幕，身体逐渐松弛下来。他走过去，只想看看它在观察什么。他没有别的想法。与此同时，狐狸发现了他。大概是误会了他的意图。在它转身看他的一瞬间，灌木丛中钻出另一只狐狸。这只狐狸身上的毛发稍微深一些。它们迅速碰了碰鼻子，同时转身跃起身来，在空中画了两个漂亮的红色半圆，隐入深深的灌木丛中。他怔住了，他注视着它们尾巴消失的地方，叹了口气。

老努尔旦的双腿将他带回毡房。他晕乎乎地钻进被窝，把毯子拉上去蒙着头，试图睡一觉。他的确睡了大概十来分钟。他梦见自己站在松树下，一阵风吹过山谷。风势很猛，突如其来。吹得炉膛里的干牛粪轰隆隆燃烧起来。它们把炉壁变成红色，又蔓延至旁边的一堆枯树叶上。他抬头望去，松林最高处的树梢那儿一片红光——整个松林燃起来了！他有点不安，但他只是往后站了站。邻居们跑过来，他们瞪着眼睛，提着水桶，大声呼喊："救火啊——救火——"

他感觉到了火。他被火烤得热起来，他推开毛毯，在黑暗中坐起来，摇着头，大口大口地喘息。他的脑袋嗡嗡作响，热烘烘地像是一个火炉。他感觉自己被抓紧、放开，再抓紧、放开。窒息。似乎过了一个世纪，他听到鸟儿在毡房外的树枝上啁啾，他的思维被慢慢激活。他终于把自己从梦境中拖出来，开始厘清真实和虚幻，发现自己只是做了一个关于火的噩梦。他非常迫切地想跟玛依拉说说自己的梦。他想求证：梦到火，是不是要有好事儿发生。有那么一瞬间，他还相信玛依拉在家里的某个地方。"喂，玛依拉。"他对着空气中自己想象出来的人询问，"玛依拉……哎，老婆子，梦到火，什么意思呀？"黑暗中，他用手指对着前方指指点点，回答自己的问题："这个嘛，很有可能是咱们的日子会越过越红火。"他的声音嘶哑，带着睡意。

但这一瞬间很快就过去了。

他试图爬起来，迷乱的眼睛冒着火星。他用双臂撑起自己，他看看周围，起身挪到窗口。一轮蓝色的月亮悬在空中，透过看上去一动不动的云层洒下光辉。他挠挠头顶，回味他的梦境。他想起来玛依拉在身边时，总会在他梦醒起夜时说："喂，你简直就是羊圈里的小羊羔嘛，连晚上也上蹿下跳的。"

"呃，我睡不着，出去走走还不行嘛。"老努尔旦为自己辩解。"好吧，好吧，既然睡不着，那么就去羊圈看看那些小羊羔吧，看看它们是不是和你一样不听我的话。"玛依拉缩在被子里，指挥老努尔旦查看棚圈。"你就是不能看着我手头闲一会儿，简直不像话！跟着你，这一辈子我真的受够了！"老努尔旦气呼呼地说着，却挪动脚步朝羊圈走去，认真查看羊群。

第二天清晨，昏昏沉沉，一夜未休息好的老努尔旦试着爬起来。他坐在地毡上，发现玛依拉不在门边墙上挂着的小圆镜前。她的梳子还在那儿，还有她的黑底子蓝花的头巾。还有那条不知道用了多少个年头，掉色的灰色头巾，她都舍不得扔。他眨眨眼，想象着她愉快地哼着小曲儿，前后甩着头，伸开手指梳过头发的样子。哦，她也不在油漆剥落了一半的碗柜前，叮叮当当地往外取碗。当然了，她也没在门边，撩起门帘，探头进来，冲他喊叫："喂——老家伙，起床啦！"

看着碗柜，他回想起玛依拉嫁给他的那一年。她说："过日子要有一个攒劲儿的碗柜才行。"接着，她充满期待地描述，"把碗筷放进去，不落灰，干干净净的，多好啊！"

他立即动手。有一个月的时间吧，他整天忙着量啊，锯啊，然后是敲敲打打。装上碗柜门的那天，他把玛依拉带到镇里的集市上，让她挑自己喜欢的颜色。她挑了钻蓝色的油漆，那颜色就像天空，还像泛着涟漪的喀纳斯湖面。

那年古尔邦节，邻居和亲戚到家里，评论说这是见过手工最精致的碗柜。"唉，玛依拉要求高着呢，太难伺候咯。我用心做的，花了一个多月时间。人家可没说满意还是不满意。"他嘴里这么说着，心里头高兴得快要起飞了。"看得出来，玛依拉很满意。"他们说，"快看啊，玛依拉在偷着乐呢。"

他在昏暗中点点头。他回味着玛依拉的微笑，却在她最喜欢的碗柜前找不到她的身影。他的后背掠过一丝寒意。他努力让自己什么也不想，却想起来好几天没见到他的玛依拉了。或者是在牛棚门口？这是每天清晨她最有可能去的地方——她要忙着挤牛奶呀。他扶着门框，朝着牛棚张望。牛棚的栅栏边，除了两头奶牛习惯性地等在那儿之外，什么都没有。他摇了摇头，仿佛一切都让他无法理解。

到底怎么回事儿啊？通常，玛依拉不用唤它们。每天早晨和傍晚，它们会准时出现在牛棚门边，等着挤奶。而玛依拉呢，她会提着奶桶和小木凳，头上包着的头巾后面那两个角儿，就像燕子的小翅膀，一走一扑棱，踩着被清晨的露水打湿的草地，朝奶牛走去。

他再次对着空气中他自己想象出来的人询问并解答这到底是怎么回事儿。

"咦，玛依拉去哪儿了？"他冲着羊圈那头指指点点。

"不知道呀！"他摊开手。

"嗯？奇怪了。"他撑了撑头，皱起眉。

"是啊，我也没找到她哩。"他若有所思地摇摇头。

"唉，母牛还等着呢。"

"对啊！"

他停下来，眯起眼，花了一点儿时间琢磨这个没有答案的问题。片刻之后，他的眼睛睁得大大的，似乎突然从梦境中清醒过来。

"我的老天爷，"他惊叫着，"你们还真能咋呼！"他这才发觉家里的羊都挤到栅栏边，瞪着他，冲他闹哄哄地叫唤。他走过去，把栅栏打开。羊群咩咩叫着，一阵风似的冲出去，奔向朝阳的山坡和自由的空气，扬起一片灰尘和草屑。它们在草地上晒太阳、吃草，追逐着玩闹。玛依拉像过去许多那样，面带微笑，站在草丛中，拿着随手折下的树枝，嘴里发出"噢啾——噢啾——"的声音，赶着羊群。

"啊，玛依拉，我的玛依拉啊！"老努尔旦用一只手托着脑门，快步朝她走去，"我知道你会回来的，你说过的，你会回来的……"他的声音起初很高，最后慢慢低了下去。走近时，他发现草丛中什么都没有。他低下头，揉揉干涩的眼睛，不知道是自己糊涂了，还是这两天咽不下去食物的缘故。他想哭，可是没有眼泪。

孩子们送来饭菜，他厌烦地挥挥手——他想一个人待着，让他们别总来烦他。

和前些天一样，他依然吃不下食物，睡不着觉。晚饭时，孩子们试图和他聊聊天，但没有能够多谈一会儿的话题。老努尔旦不停地询问玛依拉去哪里了？孩子们尽力配合他，但他们更关心妈妈离开之后，他的身体状况。而他——老努尔旦的表现不像是能够接受玛依拉离去的样子。他不耐烦地推开门，固执地赶走打算晚上陪伴他的孩子们。

玛依拉离开的第五天，天还没亮呢，老努尔旦已经爬了

起来。他摸摸索索穿上平时做客时才会穿的坎肩。虽说式样
有些陈旧，挂在他的瘦骨架上显得晃荡，不过整个人看起来
倒像是添了点儿精神。他站在毡房外，望向远处的山体，它
们一如既往地矗立在黑暗里。隐约中，他听到了玛依拉的说
笑声。他看到她和邻居的妇女们在月光下的草地上擀毡子。
"嘿，老家伙，有了这块毡子，你绝对不会再喊叫着冷啦。"
她看到老努尔旦走过来，停下手中的活儿，抬头看他。"哈，
我的玛依拉，我就知道你会回来嘛……"他笑了出来。这是
一种奇怪的笑声，悲伤地笑。他的脸上挂着这种笑容，快步
走向前，去抓妻子的手，可是抓到手的却是一把青草。

　　他在草地上转悠了几圈，月光和摇动的树枝形成了玛依
拉的身影，她就站在那里朝老努尔旦挥手。他高兴地跑过来，
伤心地走过去。接着又充满希望，继而又失望悲伤。直到太
阳从山边升起。

　　阳光把草尖镀上一层耀眼的光芒时，老努尔旦扶着膝盖
爬上了一道小山坡。"别小瞧我，我可不是老不中用的，"他
的嘴里嘟嘟囔囔，"老婆子——我很快就会找到你啦——"

　　"努尔旦爷爷，您起得可真够早的啊！"乌兰骑马过来，
礼貌地招呼老努尔旦。"你，别走，"他摇摇晃晃跑过去，严
肃地拦在马前，"我的玛依拉，她藏到草丛里了……我怎么也
找不到她，你能不能帮帮忙？"他一脸严肃，正儿八经地说
话。目光却径直穿过他，朝他身后看去，好像他身后还有一
个人，被他挡住了。"这……您这是……"乌兰愣在那儿。
"我的玛依拉，她就藏在那儿，让我找啊找啊……找不

到……"老努尔旦指指眼睛看过去的草丛，大声说。

"啊？玛依拉奶奶……"乌兰深深地吸了一口气，他扭头迅速朝身后望了一眼，又回过头来认真看了一眼老努尔旦的样子。他看到他的嘴角朝下拉成了一条悲伤的弧线。他不知该说什么了。他拽拽马缰，跑开了。可怜的努尔旦爷爷，他这是怎么了？我得赶紧叫来他的孩子们。他想。

努尔旦看到乌兰不肯帮忙，摇摇头，嘴里咕哝着，继续在草丛里搜寻。"我看到了！你在这里！"他突然跳起来，扑向一处草丛，边扒拉边喊，"快出来！快出来！我抓到你啦！"就这样，他边找边走，来到山脚下。

这时，远处有人呼喊他的名字——他的孩子们赶来了。

"我现在明白了，没有人能帮我找到你。任何人都不能。我必须自己来完成这件大事儿。"老努尔旦拍拍胸脯，仿佛年轻时一样，满怀信心地朝前面的山上爬去。"你应该在这里，"他自言自语，"我想起来了，你经常在这里。"一阵风吹来，他抬起头，果然看到玛依拉坐在远处的岩石上，歪着头，微笑着看他，好像在问："老家伙，以后还敢惹我生气吗？""玛依拉——我的玛依拉——以后我再也不挑刺儿了，再也不啰啰唆唆惹你烦了。我不能没有你啊。"他抬起苍老的脸，睁大浑浊的眼睛，看着心爱的玛依拉，用带着哭腔的声音扯足嗓门大喊，"不要走啊——"他努力迈开两条纠缠在一起的腿，尽可能快地朝玛依拉跑去。

又是一阵风吹来。风势很猛，突如其来——不知是一股什么邪风，令老努尔旦的两条腿直打哆嗦。他干缩到一起的瘦小身体，像是陈旧的钟摆，摇摇晃晃地有些走不动了。这时，他觉得整个山坡在他脑中旋转。他想呕吐，眼睛肿胀，心脏在胸口快速而不规则地怦怦猛跳起来，就像一台即将耗尽汽油的引擎。他虽然一脑袋糨糊，但是心中却突然坚定了信念，似乎感觉到了一个美好的前景正在眼前展开。恍惚中，他看到，他真的看到了他的玛依拉就在他触手可及的前方。他深深地吸了一口气，激动地喊道："等——等——我！你不能留下我一个人在这里呀——"他焦虑而悲伤的声音响彻整个阿尔泰山谷。

"好啊。"玛依拉微笑着冲他点头，向他伸出手，"嘿！老家伙，还是让你找到了呀。"她温柔地看着他，"走吧，我们回家吧！"她轻声说。

"嗯，嗯，"他低声回应，频频点头，"呃，我的玛依拉，见到你，真是让我高兴啊！"他深深地向前弯下那瘦削的身子，认真观察那张脸。模糊，但很温暖。

"嘘——"玛依拉把手指放在嘴前，冲他吹了一下，"来，老家伙，把手给我，让我牵着你的手。"

老努尔旦走向那只手。

突然，一切悲伤消失了。他全身轻松，没有烦恼，没有哀伤——他抓住了那只手。他看着心爱的玛依拉，幸福地笑了。

中午时分，孩子们在山坡上找到了老努尔旦。他神色安详，很高兴与玛依拉再次相见。

他的嘴角漾着一丝欣慰的微笑。

母牛吃了塑料袋

　　布鲁尔走出店铺时，看到加尔恒皱着眉，站在草地上，身边是一头焦灼不安的母牛——它正拧着脖子，不断回头蹭自己的腹部。

　　"啊，加尔恒，"布鲁尔问，"你的牛怎么了？"

　　"布鲁尔，我家的牛吃了塑料袋，"加尔恒看到布鲁尔出来，眉头立马舒展开，眼睛里闪着希望的亮光，"你说，怎么办？"

　　"什么？你在说什么？"布鲁尔一下子没反应过来，愣住了。

　　加尔恒深吸一口气，一字一顿说："牛，我的意思是我的牛吃了塑料袋，怎么办？"

　　这回，布鲁尔总算有了及时的反应，他笑了："啊……吃了塑料袋，那怎么弄？"

　　"是这样，今早我参加村里的赛马比赛，还拿了亚军……这一上午过得可真是愉快啊！"加尔恒回想起那些快乐时光时，脸上散发着光芒。可是突然间，他的脸颊抖动了一下，眉头立即塌了下来。"可是，我疏忽了我的牛，忘记给它多添些草料，我想它是快中午时饿得着不住了，顶开库房门偷吃了馕……还把装馕的一个超级大的塑料袋一并吞进肚子……你一定得拿出一个好办法来。"加尔恒像是没有听到他说话似的，用期待的眼神望着布鲁尔。

"我不会给牛看病，你该带它去兽医站看看嘛。"布鲁尔说。

"那你干吗给努尔旦大叔的马看病，而不给我的牛看病呢?"

布鲁尔不得不想了一小会儿，才记起来前一阵给老努尔旦家老马收拾过蹄子那件事儿："那是马蹄出了问题，是我必须做的工作。"布鲁尔侧过身子，朝里面摆了一下头，示意他看店铺里架子上的马蹄铁。他靠这个赚钱。

"马和牛有什么不同?"加尔恒才不管那些。

自从布鲁尔为老努尔旦的老马取出蹄子里的铁钉，并把马的蹄子收拾得舒舒服服之后，他的名气大增。人们只要提起布鲁尔的名字，都会伸出大拇指频频点头。

"我的宝贝马儿，它的蹄子出了大问题，差点完蛋。这事儿把我愁得，没想到布鲁尔轻轻松松解决了这个问题!"正因为布鲁尔治好了老马的蹄子，而老努尔旦又是这一带最善于表达自己情感的大喇叭。所以，草原上很快传开一句话：牲畜的毛病交给布鲁尔，一点儿问题没有!

可不是嘛，牛和马一样啊，它们都属于牲畜。加尔恒就是在老努尔旦的建议下，带着吃了塑料袋的母牛，找上门来的。你瞧，他一脸想当然的表情。好像把病牛往这里一送，就万无一失了一样。

"它吃了塑料袋已经三个多小时了。"加尔恒回头看看烦躁不安的母牛，竖起三个指头在布鲁尔眼前晃了晃，"我现在把它交给你，你一定要拿出办法。"这么说着，他的脸开始因为担心布鲁尔拒绝他而涨得通红。

"这样吧，我帮你联系村里的兽医，他们一定会有办法。"布鲁尔朝店铺里走去。

"别……一个小时前，我找过他们。他们在草场那头给牛羊打针呢。几百头啊，上蹿下跳的……恐怕到明天早晨都不一定能弄完。"加尔恒站在布鲁尔身后，身子前倾，手一下下摸着额头，擦掉那里的汗，"我找你，是想请你解决问题的，求你……别转移话题好不好，布鲁尔。"

一阵可怕的沉默。布鲁尔的嘴巴一下子干掉了，一时说不出话来。最后，他总算开口了："哦，这样啊？那我该为它做些什么呢？"这事儿还真让他犯了愁。他知道，牛吃了塑料袋会很麻烦。有时还必须切开牛的胃，才能取出阻塞在那里的塑料袋，有些甚至还会危及牛的性命。一时间，他们之间的空气随着这份担忧而变得沉闷起来。

"我知道，你有办法。"加尔恒咕哝着，好像是被人掐着脖子说话似的，"它是头好乳牛，我真的不愿意把它送到屠宰场去。"

"我也不愿意，"布鲁尔勉强挤出一丝能让他心安的微笑，"我连想到这一点都觉得难过。"

"突然想起以前家里发生过的一件事儿……"布鲁尔的妻

子阿依旦在柜台后面看着他们。刚才他们在门外的时候，她在认真听他俩的谈话，"小时候，家里一头牛吃了塑料袋。那时的牧场，一时找不来兽医，我爸不得不自创一种法子，那就是拔一些粗纤维的青草，用结实的细绳捆绑到一起，让牛吃下去。在牛反刍的时候，轻轻拽拉留在牛嘴边的绳子，塑料袋缠在那团草上，就被带出来了。"为了让事情听起来更具真实性，阿依旦还补充说，"当时，我就在旁边看着我爸这么做的。"

"嗯，听你说过，"布鲁尔沉思着，表示反对，"那些土办法，哪能有个准，万一……"

"我认为试一下应该没什么坏处。"

"这是冒险！不太可能。"

"当然有可能。"阿依旦肯定地说，"我们必须往好的方向想。你瞧，现在的情况是：第一，母牛已经吃了塑料袋，这个事实改变不了吧？第二，兽医又不可能到场。第三嘛，如果我们再不管的话，耽误了时间，很可能会出大事儿。唉，这么好的母牛，又要挤奶，又要下牛娃子。加尔恒要靠这头母牛养家糊口……如果出现意外，损失可就大了。"

"对，对，对，你必须拿出办法。我知道你本事大。我现在着急得很。努尔旦大叔都告诉我了，你可以的。"加尔恒站在旁边拼命点头，语无伦次。

"好吧，好吧，"布鲁尔迟疑了一下才点点头，像是下了很大的决心。"阿依旦，你去找一截结实的绳子。我和加尔恒出去拔一些粗纤维的草。"这么说着，他俩走出店铺。

万幸的是，母牛很快吃掉那些捆绑在一起的青草。接着，他们把绳子挂在母牛左边的牙缝间，防止它嚼断绳子。做完这些，他们抱着腿，靠着墙根坐着，观察母牛的反应。

　　墙边的白桦树阴影，像筛子一样过滤着阳光。他们盯着母牛，焦急等待。

　　大概一个小时之后，布鲁尔站起来，拍拍屁股后面的土。

　　"它看上去很烦躁，"加尔恒问，"现在动手合适吗？我觉得它不会安生。"

　　"它在磨牙……"布鲁尔说着，刚刚伸手摸到那根垂吊在牛嘴边的绳子，母牛突然一个转身，向坡下跑去，他俩尽力挥动手臂拦截，但它看也不看就从他们旁边擦过。

　　"噢——啾——"加尔恒叫着。

　　"噢——啾——"布鲁尔也附和着，两手还拍着自己的大腿造声势。

　　听到熟悉的招呼声，母牛停下来，用怀疑的眼光瞧他们。这就好了，这样听话一定很快搞定，布鲁尔几乎是跑着过去。刚刚伸手拽住绳子，母牛就比闪电还快地飞出一脚，正好踢在布鲁尔的膝盖骨上。"哎哟——哎哟哟哟……"他咧着个嘴，原地转了几圈，用一条腿跳着喊疼。

　　"你不能这样直接拽，那样它会受到惊吓。"加尔恒埋怨着，站起身，走到母牛旁边，做第二次尝试。这一次他先是抚摸母牛的头，再轻挠它的背，然后悄悄伸手过去拽。母牛又是闪电般突然一踢。不同的是，这次它有了经验，蹄子踢得又高又准，直击加尔恒的下身！

加尔恒以优美的姿势飞上两米高的空中，又落下去。"嗷！哇！"他先是惨叫了两声，然后弯着腰，蜷成一团，双手捂住裆部，嘴里发出持续性的哀号。当布鲁尔和阿依旦被吓得目瞪口呆时，他已经挣扎着爬起来，挪到门边一处有干草的地方，僵直着倒了下去，口里的哀号则变成微弱的呻吟声。

布鲁尔惊魂未定，心想别弄出大事儿。他们走过去看时，加尔恒脑袋无力地垂挂着。"喂，你还好吗？"布鲁尔俯下身子，焦急地问。加尔恒只是满脸愁容，并没有回答。

布鲁尔又试了一遍："啊，没事儿吧？"

加尔恒先是没有反应，接着他闭着眼睛摇了摇头。

布鲁尔赶忙招呼妻子扶起加尔恒，确定他真的没事儿之后，把他扶进店铺，让他躺在墙边的长条椅上。

布鲁尔再次出去的时候，母牛正靠在院墙边，前后上下地蹭肚子。布鲁尔小心翼翼从墙与牛之间挤进去："这么小的地方，我看你还能怎么踢！"他想在牛脖子的那点儿空隙处蹲下，就可以不受挤压地着手工作了。不料，这个决定没有给他带来任何下手的机会，却差点让他变成肉饼。他一蹲下时，母牛就倒退一步，回转身子，它那巨大的口鼻间所呼出来的气就像风箱一样呼在他脸上。这时，布鲁尔才意识到自己的处境有多么危险。在他与母牛带着威胁之意的眼神对视的瞬间，已经被牛顶到墙角，他能做的，只有缩成一团，低着头蹲在墙边，手伸到头顶胡乱划拉，阻挡母牛的撞击。

慌乱中，他感觉一只手碰到了一截晃荡的绳子。再次划拉时，他没有忘记紧紧抓住那截绳子。接着，他在墙边做了一个难以置信的翻滚动作，安全逃离母牛的袭击。

就这样，他双腿纠缠着跌跌撞撞地冲进店铺，滚躺在地，气喘吁吁。他坐起来时，头上冒着汗珠，裤子蹭破了，膝盖也擦烂了，伤口上还沾着泥土。还有，他的脑袋里"嗡嗡——嗡嗡——"叫着，好像有一只小鸟在里头。这让他对此次的"热心帮忙"完全失去信心。

一直在旁边大呼小叫的阿依旦，瞪大了眼睛，像是发现了什么，突然跳起来，抢过他手中紧紧攥着的绳子，高高提起，指着绳子的另一端："快看，快看啊，这里缠着一团塑料！"她欢呼着，兜了一个圈子，差点跳起舞来。

"天哪！我想它不可能出来了！"起先，布鲁尔还呆愣着努力追想刚才发生的事儿，当他注意到那团塑料时，张口结舌了老半天，才哇哇地冒出了这么一句。

他站起来，两脚打着哆嗦，而且还本能地时不时地用手抱头——一定是在与母牛对视时，把他给吓住了。他"呃"了一声，在干咽了几下之后，开始自言自语："什……什……什么……哦，这……这……这……也太好了吧……"他的嘴张得好大，浑身每个细胞仍抖个不停——他的心跳声简直在一里外都能听得见。

站稳当之后，他拖着脚慢慢走过去，然后用颤抖的手指撕扯起与草纠缠在一起的塑料团。"阿……阿依旦……刚才……有那么一瞬间……我以为末日到了……差点做它的蹄下鬼了！"他简直不敢相信自己的眼睛，"乖乖，这事儿的转变……实在是……刺激性也太大了吧。"他被兴奋冲昏了头脑，好像还是坐到地上比较好。

经过三个多小时与母牛的斗智斗勇，布鲁尔做到了，他歪打正着地从牛的胃里拽出一团塑料袋。这让他长舒一口气——他万万没想到的是，竟然还真的让自己办到了。

刚刚缓过神的加尔恒从椅子那头探过脑袋。他的两眼瞪得又圆又大，似乎除了惊讶之外，还对他所看到的深表怀疑。他犹豫了一会儿，才慢慢坐起来，挪到布鲁尔身边。

"哇啊，可恶的塑料袋！好极了，就是它！"加尔恒拉过一个翻倒的桶子坐在上面，脸上慢慢绽开笑意，"嘿，布鲁尔，还真让你弄成了！"

"我想大概是的，加尔恒。"布鲁尔尽量使自己的声音显得平常，可是他的心中已经歇斯底里般地狂欢起来了。刚才他那么做，只是在没有办法的情况下随便试试，压根就没有期望这事儿能让他办成。坦白说，纯属意外。

当加尔恒万分感谢着牵着母牛离开时，布鲁尔夫妇异常兴奋。虽然是误打误撞，毕竟还是帮了加尔恒的大忙。

晚上，布鲁尔脱了衣服，身上、腿上十来处是被母牛踢出来的淤青。他就这样酸痛着躺在床上，和阿依旦热烈议论白天发生的事儿，直到后半夜才睡。

第二天清晨，他俩还沉沉地睡着，却传来"咚咚咚"的敲门声。阿依旦爬起来，打开房门，看到扎特里拜大叔站在门外，他的脸上是想当然的表情，他的身后是一头高大的骆驼："嘿，布鲁尔在吗？我的骆驼它口腔溃疡，加尔恒告诉我……"

夫　妻

　　变天了，漫天飘着雪花，即便是上午，看着也像是傍晚。阿依旦家的气氛就像这天气。

　　"喂，昨天晚上，在邻居家做客……"阿依旦把手中的花毡颠来倒去，缝着羊角图案，好像在对丈夫随口一说，"后来，你都做了些什么？布鲁尔。"

　　"啊？什么？我做什么了？"布鲁尔盘腿坐在桌边，和着收音机里的"黑走马"舞曲的节奏左右摇晃着身躯，一面摇晃还一面打着响指。很惬意的样子。

　　他喜欢跳"黑走马"，他说那是搅动空气的心灵伸展。只要听到"黑走马"舞曲，他必定要跳一跳，就像着了魔一般。跳"黑走马"时，他模仿并提炼了黑色走马的走、跑、跳、跃。怎么跳，要站在哪个位置跳，想都不用想。自由自在，收放自如。像草原上奔跑着的马一样，怎么着都行。在全身一张一弛的律动中，展现粗犷、剽悍和豪放。他还说跳"黑走马"是一种绝妙的放松，可以让他感觉到自信。有一次，他说了真心话。他说哈萨克族人对于生活总是随遇而安，顺应于草原上的风雪和狂风暴雨。只有"黑走马"，才是战胜身体，战胜双脚双手，甚至战胜自我的最纯粹的隐喻。"尤其是男人，"他说，"不会跳'黑走马'的哈萨克族男人，不合格。只算半个男人。"

不过，他有些过于痴迷跳"黑走马"了。很多哈萨克族男人都这样。

"想想看，难道忘记了？"阿依旦拉着针线，好像还是随意问问。

"嗯？你说什么呀？"布鲁尔端起茶碗，喝了一口奶茶，看了阿依旦一眼，身子随着音乐还在摇来晃去。

"再想想，这么快就忘啦？我可不相信。"阿依旦抬头看了一眼丈夫，手上还在忙。

"噢——吃手抓羊肉，喝马奶酒。"布鲁尔好像想起什么的样子。

"还有呢？"阿依旦接着问。

"嗯？哦，一碗接着一碗地喝奶茶呗！"布鲁尔仔细看了一眼阿依旦的脸，"问这些有什么用……啊？"

"除了这些，还有呢？"阿依旦紧跟不放。

"还有……还有……咦——"布鲁尔喝一口奶茶，抬起头，皱起眉，拍拍额头，使劲儿想。

"需要给你提个醒吗？"阿依旦把手中的活儿放到膝盖上，抬起目光看向布鲁尔，口气有些硬了。

"嗯？"布鲁尔用疑惑的眼神望着妻子。

"吃了饭以后的事儿，你就好好想想吧！"阿依旦狠狠瞪了一眼布鲁尔，"嘿！你还挺健忘的嘛！"

"吃完饭?"布鲁尔把胳膊肘架在桌子边,用手抱着头,"究竟发生了什么大事儿,让你这么揪着不放,没完没了地问!"

"布鲁尔,吃完饭,你都做了些什么,你以为我没看见?"阿依旦口气更硬了,把人呛得。

"噢——吃完饭,大家一起跳'黑走马',哈哈,真有意思……"布鲁尔想起来啦,他兴奋地拍起大腿。

"对,跳'黑走马'时发生了什么? 快,说说吧!"阿依旦瞪着丈夫,口气严厉得让人紧张。

布鲁尔意识到了空气中的异样:"大家都在跳'黑走马'呗,后来你不是也跳得高兴得很吗?"他认真地看了一眼妻子的脸色。

"我在问你,你做的事儿自己心里头清楚着呢!"阿依旦在自己膝盖上做了一个捶打的手势,大声喊道。像是要吵架。

"又怎么啦? 又想找事儿吗?"他翻一眼妻子,低头盯着眼前的茶碗。

"你和邻居家女主人跳'黑走马'时,靠得可真是近得很呀,啊? 我有说错吗? 布鲁尔!"阿依旦终于忍不住啦,不停顿地说出憋在心里头的话。

"嗯?"布鲁尔的两条眉毛向着眉心逐渐紧锁,慢慢明白了她说这话的意思。

就在昨天,大家吃过手抓肉之后,几个年轻人把桌子收掉,腾出地方来跳舞。有人抱起冬不拉,开始弹奏"黑走马"舞曲。女主人站起来,走向毡房中间,开始翩翩起舞。她的胳膊舒展开，举到头顶，打起响指。她的胸脯在闪着钻蓝色亮片的紧身衣下起伏不止，她的面孔因为喜悦而泛起红粉色。她开始挨个儿邀请大家："来吧！跳支舞吧！来吧！大家跳起来吧！跳吧！跳吧！"

布鲁尔早就按捺不住了，首先跳出来，跟着节拍走起了舞步。结婚前，他在镇上某个民族舞比赛中赢过名次，这种炫耀舞技的场合，哪能少得了他呢。他和女主人背靠背，眯缝着眼睛，抖起肩膀，仿佛一台摆脱控制的机器，随着音乐的起伏、节奏的变快，疯狂地舞动起来。他们转了一圈，又转了一圈。他浅灰色衬衣后背很快被汗浸湿了，变成了深灰色。额头和脸颊两旁汗津津的，在灯光下闪着亮光。"真好啊……真好……"他跳着，还不停赞美女主人，"你……跳舞轻得……像片羽毛。"他的热情感染了大家，包括老人和小孩儿，包括对自己的舞技没有把握、羞涩的人们。大伙儿都兴奋起来，把他俩围在中间，跟着节奏拍着巴掌，用脚打起拍子，整个毡房仿佛都在随之震动。在那一刻，他咧着嘴笑得啊，觉得自己是草原上最具魅力的男人。

但是，眼下可没有时间回味那些高光时刻。他能感觉到阿依旦打定主意要闹点事儿出来。他只能耐着性子应对。凭他这几年的经验，他知道，离结束还需几个回合。

好吧，接着说。此刻的阿依旦战意正浓。"我说的哪句话里有错？啊，你倒是说啊！"她紧追不放。

"好啦，好啦，"布鲁尔冲她摆了下手，"你不明白。"

"是你不明白，"阿依旦的声音更大了，手舞足蹈，"我是你的老婆子——你看你，当着那么多人的面，丢下我……你真是够呛！你……"

"喂，别弄得歇斯底里的。"他打断她的话，"你是疯了，还是怎么着的？又犯什么神经病了吧？"他叹了口气，"该死的！"

"我要说的还没说完——"她拖着长音喊叫着，哭了出来，"你扔下我和别的女人跳舞——还贴得那么近——"

"好吧，好吧，我早就看出来你要找事儿了。"布鲁尔的声音也大了起来，"亏你想得出来……"不过，他一脸不屑。他在努力克制，不让自己发火。

阿依旦的脸颊抖动着，扭曲着变了形。她大声抽泣着，眼泪流得脸颊上、下巴上到处都是。"看看，现在还在回味和她在一起跳舞的感受吧——瞧吧，瞧吧，一大早钻出被窝就开始跳'黑走马'！"她拉起膝盖上的花毡子，用力往地上一推，瞪大眼睛，爆发出一阵喊叫。那样子看上去实在吓人。

布鲁尔撇撇嘴，斜着眼，反感地瞄着妻子："够了，够了，我看你是闲得发慌！夏天活儿多的时候，你也没找过什么事儿。"他站起身来，把两只手的指头相互挤压，弄得嘎嘣作响。

阿依旦扑过来，抓住丈夫的坎肩，使劲儿晃："你自己做的事儿，还推卸责任，你……你……我每天有干不完的活儿。你说，我哪里闲？"她的手抓得紧紧的，脸气得煞白。

"真讨厌！"他先是轻推了她一把，但是她没松手，他的坎肩在她的拳头里被捏成一团。"如果你想开吵的话，现在，马上，你就可以滚了！否则我非揍你一顿不可！"他又重重地推了一下她，还冲她挥了挥拳头。

"你还冲我发火？还……还……绊倒我，冲我挥拳头？"她跌坐在地上，拍着腿喊叫着。

"我不想发火。我只不过是讨厌你那个样子。"他吼道，"就是这样。"此刻，布鲁尔就想躲她远远的。他穿起羊皮大衣，抓起皮帽，踢开门，脚步间流露出怒气，大步走了出去。关门时用力过大，"砰"的一声，震得窗子嗡嗡响。

阿依旦扑到窗前，气呼呼地看着他离开。

外面的雪不停地下，风一阵紧似一阵。布鲁尔把绒衣的拉链一直拉到脖子根。他把外面的大衣裹紧了点儿，低着头，避开偶尔出现的行人。他在雪地里兜着圈子，吸烟，一根接着一根。

中午时间，布鲁尔看看突然放晴的天空。"哦，真好呀！"他深深地吸了一口气，空气新鲜而清冷。他站在雪地里，眯起眼，抬头望了太阳一眼，感受到它微弱的温暖。一只老鹰在他的视线里划过。他记得它，放牧时总能看见它。此刻，一对巨大的翅膀正托着它，在天空划过一道漂亮的弧线。

不知什么时候风也停了，树一动不动，远处农舍烟囱里的炊烟，在蓝天的衬托下缕缕升上天空。一些彩色翅膀的小鸟，从头顶的树枝上喷出去似的飞腾，惊得积雪从树枝上滑落，发着沙沙的声响，在他身边形成一阵小的降雪。他靠在树干上，揪掉几根高高的干草尖儿，禁不住笑了。笑他自己和妻子计较那些个小事儿——那严肃较真的样子，岂不是太滑稽了吗？

　　乡野的空旷与寂寥，让他期待与妻子和解。他渴望回家。

　　该吃午饭了，他想。经过村头的小商店，他想起阿依旦准备早餐时，说过方块糖吃完了。他把烟丢在地上，用脚踩灭了，走进商店，买了一包，塞进怀里。

　　拉开家门，他感到炉火的温暖迎面扑来。他靠在门框上，把门关上。他脱掉身上的羊皮大衣，抖掉上面的积雪，然后把大衣挂到门厅里的木钉上。他径直走过小小的门厅，顿了顿。等到她迎过来时，他摸出方糖，放在门边的柜子上。"给你，"他碰一碰她的手背，盯着她的脸说道，"你说过的。"阿依旦瞄了一眼，脸上泛起红晕。他笑了。

　　"方块糖啊，"她半嗔半怒地低声说，"拿糖收买我，就好像——""让你甜到心里头。"他接口道。

　　"真烦！"她握着拳头，打他一下，"少来这套！"她说着，接过他从头上取下的皮帽，用毛巾认真清理上面的积雪，小心翼翼摆在柜子上。

　　"嘿嘿，我就要烦你一辈子！"他附和着，抓起她的手。手很温暖。他用手指攥住她的手腕，把脸凑过去……

　　"哦，布鲁尔。"她轻声呻吟着，让他拥抱自己。

　　他们就这么笑着，闹着，驾轻就熟地彼此调情。

　　等布鲁尔盘腿坐到桌边时，阿依旦已经端上了冒着热气的抓饭。他们没再说话，用手在盘子里抓着，把大块些的肉推到靠近对方的盘子边。把米粒和胡萝卜划拉到一起，压瓷实了，捏起来，送进嘴里。

过了一会儿，阿依旦去了炉子边，把坐在炉圈上的茶壶提下来，路过碗柜时顺手在一摞碗上取下两个。"来吧，"她说，"吃抓饭，不喝茶可不行。"

"那是一定的，"布鲁尔抹了一下嘴，"嗯，嗯，这就全乎了。"

她把碗摆开，一点点倒满。他们之间瞬间模糊了。他坐在桌边，傻傻地望向她。"嘿，你看上去还真是漂亮啊！"他压低声音说。

"不想理你，"阿依旦害羞地笑了，"有吃有喝的，也堵不住你的嘴！"哎哟！奇怪啊！他们之间就像什么事儿都没发生过一样，还真有意思哟！

这是在冬牧场。

三个月之后，积雪融化，气温回升，严冬已步入尾声，温暖的阳光即将降临在这片山间谷地。他们转场前往春牧场。

布鲁尔和阿依旦骑着马，赶着牛羊，骆驼驮着所有家当。他们经过九天九夜的辛苦迁徙，终于到达春牧场。瞧瞧，他们疲惫不堪。阿依旦头发散乱，眼睛下方两坨黑色疲惫的阴影，鼻子和脸蛋被旷野上极强的紫外线烤成紫红色，干燥又皲裂，脱了一层又一层皮。而布鲁尔每晚坚守在毡房门口，至少有一个礼拜没有脱下靴子睡觉。他困得难受时，会靠在门前的火堆边上打个盹儿，但他绝不会撂下阿依旦和羊群的安危不管，盖着棉被呼呼大睡。他身兼男主人、重苦力、安全保卫及牧羊人等各种职务于一身，并且干得勤勤恳恳。你看看，他头发乱草般地堆在头顶，全身上下早已变成一个泥巴人。

卸完东西，搭建毡房时，他们稍稍聊了一会儿，大多是与牛、羊、骆驼等牲畜有关的话题。毡房搭建好了，布鲁尔开始收拾牲畜棚圈，阿依旦捡了一些干柴，升起炉子。

"布鲁尔——出发前，砖茶放哪儿了？"

一路上，剩余的碎茶已经喝完，出发前新买的砖茶怎么也找不到了。阿依旦翻遍羊皮口袋的角角落落。

"砖茶？"布鲁尔环顾了一圈地上摊着的东西，"什么砖茶？"

"别装了，你在杂货店买的！"

其实，有一阵子，他根本想不起来什么砖茶，他抹了一把汗，花了一点儿时间回想。之后，他说："砖茶啊，交给你了呀！"

"嗯？天哪！那天我忙着收拾东西，让你买回来放进羊皮口袋里，你难道忘了？"阿依旦听了，气不打一处来，"这话在你去杂货店之前，我至少给你说了三遍。你呢，接连着答应了三遍，难道你的耳朵聋了？"

"聋了？究竟是谁的耳朵聋了，你要弄清楚。我只负责把砖茶买回来，其他事儿我可管不着。"布鲁尔没好气地说。

他那态度让阿依旦心烦。她说："哎，你这话什么意思呀，不都是家里的事儿吗？还分谁管谁不管的？你一个长胡子的大个子男人，犯得着这么小心眼儿吗？"

"行了，行了，阿依旦，"布鲁尔边说还边举起手中的钳子比画，"我这忙得紧呢，你自己好好找找。别闹了，好吧！"

"你怎么能这么说话，"阿依旦气得脸都白了，她板着个脸说道，"闹？闹你个鬼！我只不过说了个大实话而已。告诉你，这世上真事假不了！假事更是真不了！明明你接连着答应了三遍，说是放进羊皮口袋了，这话还在我耳边清清楚楚的呢！会有假？哼！"

起先，布鲁尔是承认买了砖茶并交给了阿依旦。可是在她进一步追问，并跟他较了真之后，他又翻脸说："什么说了三遍、答应了三遍的，都是扯鬼话，没准儿就是你自己乱放，弄丢的。"

阿依旦的记性好着呢。她坚信，确实给他交代过，让他把砖茶买回来时，一定要放进羊皮口袋里。她认为最重要的是她说了三遍，而他的的确确答应了三遍：好，好，好，放心吧！她渴望全世界的人都来为她做证，事实绝对是如此——他确实是听完她的交代，接连答应了三遍。她的耳朵如果连这都听不清楚，还能有什么用呢？

好吧，不管怎样，有一件事儿她可以肯定：今晚，明早，还有可能近几天，家里都没有奶茶喝。奶茶是哈萨克族牧民日常生活中不可缺少的饮料，每天非得喝上几碗，才能打起精神干活儿。哈萨克族人常说："无茶则病！"还说："宁可一日无食，不可一日无茶！"可见，砖茶对于阿依旦，对于这个家庭是多么的重要。

"为什么答应得好好的，你却不把砖茶放进羊皮口袋？为什么？为什么啊？""你为什么把砖茶随手一放，还不肯承认自己答应过的事儿？""现在，已经不是砖茶的事情了，我就是要你承认我确实说了三遍！你不但听到了，而且还答应了三遍！必须承认！"阿依旦跟在忙碌着的布鲁尔身后。她开始叫喊，挥舞着胳膊，在他背后又拍又打。"都是你干的好事儿。我现在只想要你说个实话。你必须承认！"

布鲁尔目瞪口呆。"你这算是哪门子事儿？我不想也不会和你纠缠这些。"

"答应了三遍，你今天必须承认。"她说。

他把钳子丢在草地上。

"必须承认。"她重复道。

他坐下来，靠在毡房外的扇毡上。两只胳膊抱着膝盖，把头俯在胳膊上，遮住眼睛。

"必须承认！"她还在重复。

他长长地吐了一口气。

"必须承认！"她咬着牙，走过去拉他的胳膊，"为什么不承认。"

"走开！你他妈的说这些有什么用？"布鲁尔躲开她，抬头瞪了她一眼，"你为什么不去对面山坡上的毡房里借一块？"

这个主意更叫她憋气。又不是没有，自己买的砖茶乱放，非要在这种疲惫的状态下，让她再跑上两三公里，去别人家毡房借一小块砖茶。她不停地发着脾气，一定要让他承认自己确实是听她说了三遍，而且还答应了三遍。很明显，现在的问题已经不是奶茶的问题，而是嘴巴和耳朵，甚至可以说是脑袋的问题了。

布鲁尔扶着膝盖站起来，盯着她看了好一会儿。"喂！阿依旦，你闹够了没有？"他的声音缓和了一些。不过他又提出了新的疑问，"榔头和钳子找不到的时候，你不是轻轻松松跑去别的毡房借来了吗？"

而阿依旦依然坚持"说了三遍"，必须让他承认他听到了，并"答应了三遍"。说这些话的时候，阿依旦的手指开始揉太阳穴。

"哦，好了，好了，如果你不愿意去借的话，我可以马上骑马过去。小小的事情，何必这样呢？"布鲁尔说着，放下手中的活儿，走到毡房门边。提起洗手壶时，他回头望了她一眼，一脸耐心到头了的怪相。

"真是见鬼了！"听了这话，阿依旦的脸由白转红，继而满脸通红。她叫喊着，继续提醒他，是他忘了把砖茶放进羊皮口袋里。当时她忙碌着整理东西，腾不出手来，所以给他强调了三遍："买回来的砖茶，一定要放进羊皮口袋！"而他也确确实实答应了三遍："好！好！好！"她的意思是自己没有别的要求，只要他承认自己清清楚楚地听到了三遍，并且答应了她三遍。这样的话，就什么事儿都没了。他们还会像刚才那样说说笑笑地聊着，继续忙手边的事儿。她的样子是那样的认真、严肃，那样的绝望。她抿住嘴，双手紧抱双臂，全身控制不住地颤抖起来，开始委屈地哭泣。"天哪，我诚心诚意跟着你过日子，你却这样对待我。"很显然，她闹腾得快虚脱了。

而他觉得奇怪，不就是一块砖茶嘛，犯得着这样痛哭流涕吗？

"好了，好了，我这就去给你借一块砖茶，让你高高兴兴烧一壶茶。"布鲁尔骑上马，朝对面山坡奔去，"什么大不了的事儿，一块砖茶而已。"他想起阿依旦自己也经常乱放东西，找不到时，谁会去计较那些个小事儿。为什么？为什么？他心想：我不就是买铁丝时，顺带着捎了一块砖茶嘛。哪里会想到，惹得她这么不高兴！

布鲁尔去了对面山坡的毡房里，坐了很久，喝了几碗奶茶。

返回时，他的胳膊肘夹着一块砖茶。他感觉自己好像带回了他和妻子的美好生活。他看到阿依旦坐在草地上安静地收拾东西。她把一件件生活用具归好类，摆放到它们该去的地方。天色已经暗下来，夕阳拖着一道道长长的尾巴，霞光洒遍草原，映照着她的脸暖洋洋的。汤揪片子的香味儿，顺着风飘进鼻孔。她已经洗过脸，梳洗了头发，换了身干净衣服。她听到动静，站起来，手遮在眼睛上方，朝他来的方向张望。

布鲁尔挥了一下马鞭，加速前进。

"刚做好的汤揪片子，洗洗手，吃饭。"阿依旦看着他，温柔地笑了笑。

"给你砖茶。"他举起手上的东西，朝她扬了扬。

"哦，我这就去烧茶。"她接过砖茶，转身朝炉边走去。

布鲁尔跳下马，走过去，把手塞进她松散的头发里揉了揉，过了一会儿又慢慢滑到下面，拍了下她的臀部，便开始

轻轻揉捏她酸痛的肩膀："这几天，可把你累坏了。"阿依旦
用小刀削下几小块碎茶，放进水壶里，嘴里轻声应着："哦，
哦。没什么，没什么。"

瞧瞧，这两个年轻人，他们彼此爱得死去活来。不过嘛，
过上三两个月，他俩就要这么着闹腾一次，毫不客气地折磨
对方。而且上一分钟好好的，下一分钟说翻脸就翻脸。

真是让人莫名其妙！

一堆熊粪便

　　两个人，在草地上一前一后走着。走在后面的那个人在草丛中绊了一下，向前冲了几步，摇摇晃晃站稳了，又接着走。她叉开腿，弓着腰，磕磕绊绊走路。看，她的肩膀冲向前面，而脑袋冲得更前。难以相信吧，她就是平时优雅端庄的阿依旦，走在她前面的是比她高出一头的丈夫布鲁尔。

　　七月的阳光，把布鲁尔微微卷曲的头发烤得发烫，估计再来点小风，便会冒出火星。现在，他俩走在没有任何遮挡的草原上。他们正在赶去路边搭乘班车，去城里婶婶家做客——婶婶的女儿考上重点大学，宴请亲朋庆祝。

　　布鲁尔抬起胳膊，擦掉脸上流下的汗。"嘿！怎么回事儿？"他催促她，"能走快点儿吗？"

　　一个小时内，他这样说了不下十遍。

　　这里草地和多刺灌木之间，遍地隐藏着花岗岩，就连在山谷的夏牧场里，花岗岩也随处可见。

　　他俩爬上一道山坡，绵延不尽的浓绿草原浮现在眼前。在绿色的尽头，山清晰地映衬着蓝天。阿依旦喜欢树木、花草和云彩，很容易被风景左右情绪。可是现在，她哪里还顾得上这些——她没有因为眼前的美好而感到任何愉悦。瞧，她眉头紧蹙，嘴角抽动，脸上是咬牙苦熬的痛苦表情。还有，她双腿纠缠着，好像腿脚受了伤，或者是腰的某个部位很不舒服。

"喂——今天怎么回事儿？"布鲁尔的外貌和性格也跟这些坚不可摧的灰花色石头一样，瘦削、坚硬。你看他大步地走在前头，还时不时低头看手腕上的表，"我说阿依旦，如果赶不上12点的班车，我们只能在大太阳下等到下午，坐4点的车了。"班车一天只在那儿停两次。

"好，呵。"阿依旦答应着，好像亏欠了布鲁尔一般。她不时咬牙冲刺几步，以免落后。

其实，她并不想这样。

今天一大早，她便开始不慌不忙翻箱子，挑选衣服。最后，她扭着身子，把自己挤进新买的直筒裙里，外罩胸前绣有羊角图案的齐膝坎肩。布鲁尔则站在毡房门帘外，抱着手臂，耐心等待。嘴里的香烟早已带着长长一段烟灰。让他一直想不透的是，她就那么几件衣服，为什么每次都是老半天之后，才找到对的那件。

终于，阿依旦结束了穿衣打扮，走出毡房。"你弄得我很紧张，"她在他面前转了一圈，"嘿，别老那么站着，快告诉我，看上去怎么样，嗯？布鲁尔？"她是个小个子女人，圆而挺立的乳房，细腰、细胳膊、细腿，大屁股。

他掐掉烟，眉毛一高一低地上下打量。"啧啧，你的裙子绑在腿上，你还能拉开腿吗？"看到阿依旦紧裹在腿上的、臀部有点收紧的长裙时，他摇摇头，表示不赞同。他觉得她的衣服穿得太正规，像是要去城里参加模特表演或者是选美大赛。

"没事儿，没事儿，我认为这样还不错。"阿依旦扭动身体，走了几步，证明自己很好。

"啊！我的老天爷，瞧瞧你的鞋子吧！"布鲁尔自上而下看去时，发现她脚上还穿上了一双闪闪发光的新皮鞋。鞋跟很高，像是踩着两根摇晃着的木头棍子。鞋头很尖，像个牛舌头。"喂，你这个样子不绊倒才怪呢。"他一边的眉毛更高了，说出的话硬邦邦的，一点儿都不客气。

"哦，不会的，不会的，我没觉得有什么不舒服。"阿依旦朝前走了几步，低头欣赏脚上的新鞋。这会儿，她完全沉浸在自己的打扮中，不去理会布鲁尔怎么说。

"呃，我的意思是，你这样走到坐车的地方，恐怕要到下午了。"

"这个嘛，虽然高，但是很舒服，"阿依旦朝后抬起一条腿，把头努力往后扭，左边瞧瞧，再扭到右面看看，"还有，穿衣服打扮的事情，你又不懂。"说完，她把抬起的腿落下，并起脚，蹦了一下，还把嘴唇翘起来，朝布鲁尔晃了晃头。她想让他看涂了口红的嘴。他无奈地摇了摇头。

是啊，临出发前，阿依旦脚上的新皮鞋，的确舒适得让她心花怒放。尤其，那从脚底油然而生的自信，让她兴奋的，恨不得立即飞进城里，向亲戚朋友们展示她的新鞋。还有，新买的直筒裙，把她的身材衬托得凹凸有致，完美无瑕。这些啊，都将在此次宴会中，向大家展示。阿依旦心想，她们大概早就想知道身材绝好的她，这次会怎么装扮自己——简单时尚，一如既往——但她注意到，就在刚才，自己的脚……腿……呃……开始有些……咝……脚趾大概是磨破了皮，脚后跟……咝……可能在渗血。还有……还有……两条腿像是被绳子捆绑在了起来，步步艰难……咝……

十几分钟过后，她开始这么想。

更让她无法忍受的是，脚上这双完美的新皮鞋，正随着她脚步的移动，上下左右磨着那些脱了皮、渗着血的伤口。她疼得想哭……咝……她咬着牙，倒吸着凉气，强忍着。咝……很快会过去的……很快会的……咝……她安慰自己。

不过，又过了十几分钟，她的想法发生了变化。

唉！这辈子最难以忍受的事儿，差不多就是这段不到五公里的路了。"嗯，我想，我……"阿依旦停下脚步，四处寻找。哦，现在她迫切需要一块大石头，坐在上面，脱下鞋，好好休息一会儿。

无论如何，走在前面的布鲁尔都无法理解她现在的心情。听，他又在催促，声音里还掺杂着些许的不耐烦："喂，阿依旦，我就不明白，你难道不能走快一点儿吗?"——男人啊，一辈子都无法理解女人穿高跟鞋、紧身裙的痛苦。

阿依旦抽搐着脸。"哦，可以，"她说，"当然，我，咝……"

"那就快些呀! 还磨磨叽叽干吗?"

她踮着脚尖迈开小碎步，咬着牙，忍着痛，踉踉跄跄地挪动了几步，再次站下来。"咝咝……"她吸溜着嘴，"我想，我现在真该……"

"怎么了？"布鲁尔边走边说，"如果是这样，你该早些告诉我不想参加姊姊家的宴请！"其实，他并不是存心这么说话，只是他无意之中又瞥了手表一眼。他手腕上的表像是连上了电或者是某种利器，一抬起来，就会让跟在身后的阿依旦紧张到嘴唇发麻，心脏悸动。

"哦，你是知道的……"阿依旦提起裙子，弓着腰，歪歪斜斜大跨几步，跟上去碰碰他的胳膊肘，"我高兴还来不及呢。大家一起热闹着……一直放着音乐，院子里拉着五颜六色的灯……吃手抓肉，各种点心……之后，我们一起跳舞……嘿！在姊姊家我可不见外，每次都是我第一个站起来，大声说：'我们一起跳吧！'……喂——布鲁尔——你能不能……咝……"她疼得停了下来，冲着布鲁尔的后背招手。他已经拉下她好长一段距离了。

"如果不想去，大可不必这样，"布鲁尔高声接话，"你昨晚可以告诉我。"他似乎没有听到她的解释，或者根本是不想听。

"好，好，"阿依旦左右扭动身体，只能继续前行，"对，对。不过，能慢点吗？"

布鲁尔慢下来，脚步间流露出怒气。一边走，一边又习惯性地抬起胳膊瞥一眼手表。他心里头烦着呢，放下胳膊时他才想起自己根本没注意到表盘上的指针，而后他又抬起胳膊瞥了两眼："嗯？还有半个多小时，班车就要到了……"

"我知道……我知道……"阿依旦的声音带着哭腔,"但你犯不着一遍又一遍不停地看表,不停地催。你在前面走就是了,我在后面……哞……"不管前面走得多么艰难,现在这个时候,她唯一关心的事儿,就是如何结束剩下的路程。

为了减少脚部承受的重量,她随着身子的摆动,把重心从一条腿移到另一条腿上,再由另一条腿移回来。这样反复交替着,好像稍稍缓解了些脚部的疼痛——这十几分钟内,她是这么办到的。她脸上、手上汗津津的,从额头到下巴之间泛着油亮亮的红光。对她来说,煎熬的时间那么漫长。那种钻心的疼痛,不亚于把她活活肢解。她感觉,时间像是过了好几个小时。

"喂,还有不到一半的路程。你再这样磨蹭着,可真的要误事儿了!"布鲁尔又在催促,脸板得跟石头一样。

在草场末端,地面开始渐渐地下坡,变得干燥和有更多石头,到处是多刺的灌木丛。草丛里的小道在这里拐了一个弯,脚下的道路轻微起伏,先下坡再上坡,接着又突然下一个长长的满是砾石的陡坡。布鲁尔安静了几分钟。这个坡还真是不好走,使得他只能顾及脚下而无法开口。阿依旦强忍疼痛,几乎是蹲坐着,提起发抖的双脚,摇摇欲倒地向前挪动。一条肥肥的蜥蜴从她眼前蜿蜒滑行,周围安静的,显得草丛中某些看不见的昆虫叫声那么大,几乎盖过她拖绊的脚步声和衣服间摩擦发出的窸窣声响。

这时的太阳正对着她,山坡上热烘烘的。热气扑到她脸上,烤得她头昏脑涨,鼻腔里也充满尘埃被烤焦的辛辣气味。天哪,从她的鼻尖到全身上下,统统都泡到了汗里头。不过,麻烦还不仅仅于此。这段陡坡上到处是棕灰色的灌木丛。阿依旦身上的裙子是那种像是皱纹一样的弹性面料。现在看来，这裙子还真不是一个好的选择——那些灌木上的小刺密密地钩住它，阿依旦没完没了地摘着小刺，试图脱身。与此同时，灌木顶端干了的荚果还发出像是嘲讽一般的嘎嘎声。她累得浑身发抖，好不容易松开这儿，那儿又挂上了。在一个小小的平台处，一不小心，她踩塌隐藏在草丛里的一堆石块，她右边的脚先是朝外扭了一下，接着身子歪斜着朝前踉跄冲了几步。她挣扎着，努力让腿脚站立起来。但她并没有做到——她那紧裹在长裙里的，凹凸有致的圆屁股高高翘起，脸朝地，趴倒在了草地上。

摔下来的时候，那只扭着的脚被压在另一条腿的膝盖下面。她感觉自己的脚趾像被割裂一般，钻心地痛。她咧着嘴，咝咝地倒吸凉气。露出的门牙上，沾满出门前精心涂在嘴唇上的口红。她的脸也不知是摔倒时蹭在了灌木上，还是太阳晒的或者是狼狈的心情引发的，总之突然间就烧得通红，像一块红布。还有，她看见，她真的看见，眼睛的正前方闪了几下黄色的小星星。

噢！刚才发生的一切，对她来说简直是一场灾难！那以后的许多年，在炎热的天气走在这片山坡上，听着草丛里不知名昆虫发出的噪音，都会让阿依旦联系起脚后跟和脚趾的疼痛，还有脸上一阵阵的发热以及热晕了头的感觉，当然，还有对丈夫布鲁尔的不满。

"啊！你到底要怎样？"布鲁尔站稳脚步，转过身，咆哮着，狠狠地瞪向阿依旦。她爬着，翻转身子坐起来，眼睛发红，眼泪在眼眶里打转，可怜巴巴地抱住自己的脚。

"哎哟……没有……咝……不是……"她想老老实实承认是鞋子和裙子的问题，嘴里却嘟嘟囔囔说着什么身体不舒服，实在走不动了，除非让她死，也不会站起来之类的话。继而假装捂着肚子，垮了似的趴伏在草地上。

她知道接下来布鲁尔将要大发雷霆，她能感受到他体内蹿起的像是路面上升腾的热气般的熊熊怒火，她做好了迎接一切埋怨、质问的准备，还有无休止地催促……反正就是这么着了呗，心想：无论你怎么发火，我就是不起来。我不但坐在这里，我还要躺在这里，直到我认为舒服了为止。管它什么赶车，管它什么做客，去他妈的……想怎么骂都行，只要别让我站起来……她掠了掠散乱的头发，准备好面对他。而四周却突然一片寂静，显得怪怪的，给人一种不祥的预感。

阿依旦抬头看时，发现布鲁尔并没有望向自己——他收缩面颊，嘴巴张成一个紧张的O形，眉毛仰起，鼻翼翕动，眼睛瞪向离他不远处的一堆巨大的动物粪便上。很明显，那是一堆刚刚排泄出来的新鲜粪便。阳光下，粪便上方悠闲自得地冒着弯弯曲曲的热气。噢，天哪，那股味儿啊。

"嗯？那是……什么动物的……"布鲁尔走向粪便，俯下身子仔细观察。他的舌头像是僵硬着，不会移动了。好不容易他才挤出一句沙哑得近似耳语的声音，"唔……好像……对，对，这是熊的粪便！有一年冬季，我在山里见到过！对！"接着，他快速起身，警觉地朝山坡下张望——在他的视线所及范围——大概五六百米远的地方，有一个黑棕色的模糊背影。由于熊的下半身若隐若现在绿色的草丛中，所以看起来仿佛在绿色水面上滑行一般。从它钢精锅锅盖般硕大的头和宽厚的肩膀来看，那是一头可以一掌扇死人的成年熊。

熊能够迅速锁定目标，并出击。像他俩这样，双手空空，没有任何武器抵挡的。如果被熊发现，我跟你讲，可以说是没救了。

当布鲁尔回头朝着阿依旦张望之际，她已经利落且笔挺地站了起来，嘴里也不再吸溜了。很显然，她看到了布鲁尔看到的那一幕。在她脸上，布鲁尔看到了人们常说的"吓呆了的表情"——她大张着嘴，双手伸进嘴里，捏着牙齿，眼珠子瞪得差点掉出来。接着，她的表情又从呆然的状态中惊醒过来，呈现出惊恐而又混杂着冲刺前预备的神情。

"快跑！"布鲁尔指向山坡的另一侧，压低声音，惊恐地喊出一声。话音未落，阿依旦早已弓着腰，同时脑袋前伸，头上黄发垂落，冒着白气，用类似鸵鸟的姿势，叉开腿，一上一下跳着，跃过一堆堆灌木丛，窜出一段不短的距离。

布鲁尔身体强壮，在这一带草原数一数二，没的说。即便如此，他还是被瘦小的，紧身长裙裹在身上的，高跟鞋不断磨着脚指头和烂脚后跟的，疲惫不堪的阿依旦远远甩在身后。他迈开长腿，使劲儿追都没能赶上。

瞬间，阿依旦跑完剩下的一半路程，来到不时有汽车和摩托经过的公路边，满脸通红地叉着腰，喘着气，等在那儿。布鲁尔上气不接下气地赶到时，发现她在这段路程上用了不到十分钟时间。

手工壁毯

自从阿依旦的手工壁毯卖出高价之后，一切都在发生变化。对她而言，自己的智慧、劳动和努力得到认可，她激动得心都飞到天上去啦。

不过，当她坐在毡房里，等待别人上门购买她的手工壁毯时，丈夫布鲁尔可没少费口舌。"嘿，我想，你必须走出去给别人介绍和展示你的手工壁毯。让别人知道，这样才会有人喜欢上，才会购买。"布鲁尔时常鼓励她，"我希望你自信一些，走出去，推销自己，只有这样才是你的出路。"而阿依旦从来不肯承认是因为自卑才不去路边的集市，向城里人和来草原观光的游客推销自己的手工壁毯的。

她总能找出各种千奇百怪的理由，拒绝去集市。

"不，不，布鲁尔，我才不去那种鬼地方呢！"她摇头摇得很夸张，"那种地方才不适合我呢。"

"什么？"布鲁尔觉得她话说得有些奇怪，"为什么不适合你？"

"我的嗓子疼！我的耳朵疼！"她干咽了一下，食指放进耳朵里转了转，朝着眼前安静的牧场努努嘴，"你瞧，你知道的，去一次就够够的了。"

"啊？那……"

"那儿太拥挤，人又多，吵吵闹闹。听，不能这么着小声说话。"阿依旦柔声细语说道，"布鲁尔，你听，我无法像现在这么说话。我必须大喊大叫，才能让对方听到我说了些什么。同样，别人也都得在我耳朵边大声嚷嚷……啧啧，真让人受不了哪！"她撇了撇嘴。

"你啊，好吧，亏你想得出来……"他笑着说，"那你该多听听'黑走马'的曲子喽。"他说着，朝着她耳朵吹口气。

"去你的，你的意思是说'黑走马'和集市的声音一样吵闹吗？"她笑了起来，"也许我该钻进灌木丛里，多听听奇奇怪怪的虫子叫。对了，还有蚊子。你知道的，听起来那些声音吵闹得可以和集市上的噪音比呢。"

他的声音变轻了，显得担忧："那你做的壁毯该怎么让别人知道呢？"他又问。这就是在他看来阿依旦表现得十分神秘和新奇的暗示：她选择躲起来，来证明比主动更明智和自重。她说她不喜欢主动选择的样子，拒绝机会和金钱。她决定待在家里。

"我宁愿不去。"

为什么这样消极地对待自己的工作，还显得得意扬扬？

布鲁尔还没准备好，如何否定她而又不伤害她脆弱的心。

我给你说，阿依旦只是表面上表现得有些孤傲。她总是说，好的东西，没必要拿到那种乌七八糟的地方，总会有人懂得欣赏，只是那些人还未来到而已。而布鲁尔几乎嚼烂了舌头，也没能劝动她到集市上去。后来，阿依旦内心的自信随着时间的流逝渐渐转变成自卑，表露在她的脸上和语言上。她开始面对一针一线辛苦绣制的壁毯唉声叹气："唉，现在的人啊，他们已经不懂得欣赏真正的哈萨克族民俗手工艺品啦！"

这样的状态，持续了很长一段时间。那些天，毡房里的空气几乎要凝固到一起，像铁块。

终于，在六月五日那天，布鲁尔从城里回来，手里捏着一个信封："嘿！我亲爱的阿依旦，你的想法非常正确——好的东西就算藏到草丛中、藏进石头缝，也会有人把它挖出来。瞧瞧，我在城里时，有人专门找到我，打听你绣制的壁毯，希望买下一张。"他的表情正儿八经的，让阿依旦意识到他并不是在开玩笑。他从信封里拿出一沓钱，蘸上口水，点了点，在她眼前晃晃："瞧吧，没骗你吧，这是两千块，那人说是先把钱付给我，明天我再把壁毯带去城里。"说着，布鲁尔把钱放到她手中，笑着说，"看看，阿依旦，这是你通过劳动换来的。现在怎样，你的心情激动吗？很得意吧？嗯？"

阿依旦看着那些钱，确实非常激动，不过，更多的是得意。"对嘛，我说得没错吧？"她点着头，"这段时间，我一直这么想，即使今天没人买，那么明天、后天一定会有人主动找上门来。这事儿，要沉住气，对吧。"她指着那些壁毯说，"我知道，我的壁毯是这个草原上手工最精细、图案设计最大方、颜色最鲜艳的。这些啊，我的心里比任何人都清楚着哩。"阿依旦说这话时，脸上流露出无限自豪。

"嗯，是的，我一直坚信你是对的！"布鲁尔对着她因为激动而微微发红的脸笑着，"阿依旦，继续坚持，不过我想既然城里人都知道了你的壁毯，为何不放下架子到路边的集市去转转呢？说不定还有很多来这里观光的游客需要呢。"说完，他观察她的脸——这次，她对这话完全没有表现出任何反感。

她开始整理自己绣制的一件件壁毯。那些刺绣，看起来真的非常出众。很难想象，以前她对它们曾经产生过怀疑。虽然只是心里想想，不过那些念头几乎把她压垮。毕竟每件壁毯都得花费十几天甚至几十天的心血才能制作出来。唉，总算有了出头之日！这么想着，阿依旦转身看看盘腿坐在地毯上喝茶的布鲁尔，捂着嘴偷偷笑了。接着，她又摸摸装钱的口袋，拿出那个信封，捏了捏，心里美滋滋的。

第二天，天还没亮，但晨光已经初露。布鲁尔把羊群赶去山坡上，又返回来，忙着将一张精致的壁毯送往城里的班车上时，阿依旦也悄悄收拾了几张壁毯搭在马背上，前往路边的集市。"看看，很多城里人都知道我的壁毯最棒，有人甚至找到我的毡房……"她盯着每个路过的游客，直视他们的眼睛，介绍自己的壁毯。游客听到她的介绍，开始关注她的壁毯。这时，她不但没有感到自卑或者害羞，反而绽开笑脸，向他们微笑，大方地回答他们的每一个问题——毕竟城里人都很喜欢自己的刺绣嘛，她想。她甚至忘记自己一向的孤傲和腼腆，心里除了坦荡就是自信。当她看到大家全都围观过来时，笑得更自信了。

阿依旦返回家时，太阳正在落下山去。"啊，不错嘛，发生了什么，快来说说。"布鲁尔也正好把羊群赶回来。他走过去，帮阿依旦把马背上的壁毯卸下来。

　　"没什么，什么都没发生。"阿依旦走到毡房边，表情很自然，她蹲到草地上用洗手壶里的水洗手。

　　"嘿，让我来猜猜，对，对，什么都没发生，一切都在改变。哈！一定有好消息——嗯，让我猜猜，想想啊，嘿，成交一张壁毯，对吧？"布鲁尔跟在阿依旦后面，一会儿拍拍脑袋，一会儿打着响指。

　　"是吗？很厉害嘛，你。"阿依旦转身看看围着自己转圈的布鲁尔。

　　"嘿！这么棒的壁毯，用我的大拇指就可以想象——是的，它完全可以做到。"布鲁尔把大拇指竖到阿依旦眼前，左右晃动，"城里人都知道嘛。不是吗？"

　　"没有，你猜错了。"阿依旦转身走进毡房，在靠近门边的碗柜里取出馕，切开，摆到盘子里。

　　"不管对，还是错，我认为只要你快乐就行。"布鲁尔跟进去，抱着两只胳膊，站在阿依旦面前，打量妻子的脸，"嗯……你没有笑，我看到你心里在偷偷发笑。对，没错，一定是这样的。"

　　"我怎么可能笑得出来呢？"她说，"我的手工不够优秀嘛。"

　　这是阿依旦的老把戏，布鲁尔喜欢这个二人游戏。她在得意的时候，总把自己贬得一文不值。而她这么做，就是想尽可能多地得到他的夸赞。

"少来这套!"他说,"除了你,任何人做不出那么绝的壁毯。"

"你怎么这么懂壁毯呢?"她说着,把身子挺了挺。

"这还用说吗?大家都知道啊!"他凑过去,看着她的眼睛,"这可不是我说的,美丽的人才能做出这么美的壁毯嘛。这个,必须是。"

"是吗?"阿依旦伸着脖子,对着碗柜旁倒挂在钉子上的镜子看了看,抚抚垂在脸边的头发,摸摸自己的脸,"哈——那是当然。"她终于忍不住笑出声来。

"那么,还等什么?赶紧告诉我今天的好消息吧!"布鲁尔看到阿依旦笑了,把手放在她胳膊下挠挠,"嘿,我说过的,偷偷藏着好消息不拿出来,会有你好果子吃。"

"哈,呃,别动,别动,"阿依旦夹着胳膊,弯着腰,笑了,"两张,是两张壁毯。"

布鲁尔兴奋地大叫:"真的啊!"他用双臂搂住她,给她一个美妙的拥抱。"阿依旦,当然,这是你应该得的,"他说,"真是好得没话说。"

"刚才我只是装装样子,故意让你担心——沉住气,我们要沉住气。哈哈。"

"继续,再加把劲儿呀!"布鲁尔对她说,"对,就这样。没错,你找到感觉了,阿依旦,我能感觉得出来,你很兴奋。你本来以为没人会懂得咱们的手工艺术。但是,现在你成功了,对不对?你现在要多加几块柴火煮肉了。你明白我的意思吗？马上，立刻，你就能弄出点儿名堂来了。"他在这么说话的时候，阿依旦只是看着他，抿着嘴笑。

第二天清晨。

"来啊！我们好好喝个茶，聊一聊，再去忙今天的事儿。"布鲁尔全身放松地盘腿坐在地毯上，招呼阿依旦。

阿依旦把壁毯拖出去，往马背上搭，脸上都出汗啦。可她干劲儿十足："嘿，布鲁尔，我必须赶紧到集市上，昨天有人说今天带人来看——我已经答应了。这是一个很好的机会。"

"哦！亲爱的，很不错嘛！"布鲁尔高兴地说，"那我可不敢耽误阿依旦老板的生意啊。"他站起来，帮她搬运，捆绑马背上的壁毯。

幸福愉快的日子一眨眼就过去了。很快到了十月，布鲁尔又去了一趟城里——为阿依旦购买一些针线和手工必需的工具。

他回来的时候，阿依旦在毡房前等他。他翻身下马，朝阿依旦走去。他的样子，似乎急于表达什么："喂！阿依旦，事实上，这段时间以来，城里人确实认为你的壁毯是最棒的！阿依旦，这是事实，的确是这样，没错。"还没走到她身边呢，他就迫不及待地说。

"是吗？那个信封也很熟悉啊。你知不知道我早就知道？哦，这话说起来怎么这么拗口……哈……"阿依旦微笑着，迎着布鲁尔的胸怀走过去。这真是一个宽阔温暖的怀抱，难道不是吗？她想。

小狗卓德

　　一场大雪之后，哈那提老人哮喘复发，女儿阿依旦把他送进城里，住院治疗。那天，老人和女儿在病房外的墙边，看到一只小黄狗。小狗靠在墙角，看起来最多两个月大。它低声呜咽，瑟瑟发抖，用充满希望的眼神望着路人。他们看到它的第一反应是不予理会。因为，老人呼吸困难，女儿正扶着他去做肺部透视检查。

　　回到病房，老人躺在床上，脑子里突然出现小狗在风雪中楚楚可怜的模样。他让女儿抱着小狗去人多的地方打听一下，看有没有人愿意收养小狗。

　　阿依旦抱起小狗，站在医院大门外的路边。风呼呼地吹着，小狗在她怀里缩成一团，又饿又冷。她问了好些个路过的人，没有一个人愿意带它回家。不过，倒是打听到了小狗的来历：它的妈妈是一只瘸腿流浪狗。刚入秋时，狗妈妈在干草堆里产下它和另一只小狗。可就在前不久，狗妈妈外出觅食时，因为行动不便被货车碾死。两只小狗没有等到妈妈，饿得发慌。它们闻到香味儿，找到附近一家奶茶馆，冲着过往的客人大叫，希望能弄到一点儿剩饭。没想到等来的是一顿铁铲。一只小狗被当场铲死，剩下这只小狗慌忙逃走。

天黑下来时，阿依旦只能暂时把小黄狗带回医院。给它吃饱喝足，装进纸箱，悄悄藏在病床下的角落里。

第二天，照料完父亲之后，阿依旦又抱起小狗去路边，询问有没有人愿意收养这只小狗。三天后的清晨，在她又要抱起小狗去寻找领养人时，身体稍微好转的老人伸手抱过了小狗，低声说道："来，小狗宝贝儿，让我抱抱，再走……"小狗靠进他怀里，缩成一个黄色小毛球。他又把小狗抱近了些，发现它毛发里的味道非常好闻。那一瞬间，他被打动了。

小狗望了他一眼，张开嘴，咧出一丝长缝，好像幸福的笑脸。

当老人把脸贴在小狗柔软的黄耳朵上时，它立即转头，把鼻子凑了过去，蹭了蹭，舔了一下他的脸。噢，那种感觉太棒了！还有，小狗往他怀里钻时的感觉，美妙得难以形容："哈，真好，多么温暖可爱的小家伙。"让老人没有想到的是，在无意识间，小狗突然将他的心偷走了。

那之后的一段时间，小狗一直陪伴着老人。老人暖暖的怀抱，成了它温馨的避难所。老人让女儿悄悄躲在门后查看，一旦发现护士过来，赶紧将小狗藏进床下的纸箱里。等护士走远之后，再把小狗抱出来。小狗也很懂事儿，好像是明白了些什么似的，每次把它放进纸箱，它总是蜷缩着身子，乖乖待在里面，不发出任何一点儿声响。抱出它时，它又表现得异常激动和兴奋，嘴角使劲儿朝上咧向耳朵，像是在开心地笑。

虽然偷偷摸摸干着医院不允许的事儿，但是照顾小狗过程中的每个细枝末节，都给老人的病中生活带来许多乐趣。阿依旦买来塑料小碗，冲开牛油炒面端到小狗面前，它闻到食物的香味儿，激动地嘴唇都在颤抖。它把头一下埋进碗里，吃完的时候一抬头，只见面糊涂了一脸。它试着甩头把面糊甩下来，失败之后就仰着头乖乖等着老人用纸巾给它擦干净。特别是糊住了的鼻孔，老人用小拇指的指甲小心翼翼地帮它抠干净。清理干净之后，它就会转头舔舔老人的手，然后小跑着"咕咚"一声，跳进床下的小纸箱里，肚皮朝上靠在那儿，好像在说：吃饱了，嘿，睡觉，睡觉。

一个多月后，老人的身体恢复得差不多了。女儿阿依旦的家早在住院前就已转场进入冬牧场，而老人认为女儿在冬牧场的家过于窄小，并且那里的生活单调无聊，不适合小狗生活。为了小狗，他没有去女儿家休养。他将小狗带回自己村里的家里。他认为，自己的屋子宽敞，门外的世界又那么的丰富多彩，小狗可以自由奔跑、玩耍。它一定会喜欢。

由于身体虚弱，老人十分疲倦。每天除了给自己和小狗弄吃的，大部分时间都蜷缩在床上。而小狗则依偎在他的身边，眯着眼呼呼大睡。像是他的保温毯。

小狗渐渐淘气起来，每天上蹿下跳，腿脚从来都不闲着，尤其喜欢的消遣方式是追球并把球叼回来的游戏。老人给小狗起名为"卓德"（意为"带来好运"）。

一旦发现老人闲下来，卓德就立马找到皮球，叼过来。然后故意在老人面前推来滚去，期待地盯着他，像是在请求：

喂，快拿起来，和我玩吧！直到他拿起球，使劲儿抢着胳膊，抛出很高很远，一场激烈的追球游戏这就开始了！卓德像是射出去的箭，眼睛盯着球，卖力地疯跑，然后高高跃起，在球落地之前把球咬住。每次叼上球返回时，卓德喉咙里还不忘发出胜利的低吼声。它啊，是在为自己摇旗呐喊呢。

为了逗卓德，老人会故意把手朝前挥舞着虚晃一下。卓德跑出去了，球却藏在他身后。过一会儿，卓德头上挂满疑问回来了，围着他绕圈子。他嘿嘿哈哈地笑着，把球藏来藏去，一人一狗就像运动员抢球一样，折腾个老半天。

每次，卓德玩得气喘吁吁时，老人都会抱起卓德，夸赞卓德是村里最优秀的运动员。而卓德呢，也表现出神气十足的模样。

随着春天的到来，老人身体渐渐好转。每天，他都会领着卓德在村子里的大街小巷四处转悠。即便是去村头厕所，卓德都会站在门外守候。他们几乎形影不离。

有了卓德的生活，老人感到非常充实，每天都生活在快乐之中。每个清晨，他一睁开眼，就看到卓德站在床头等待他起床。听着卓德看到他时嗓子里发出轻柔的"呜汪……呜汪……"声，他感到十分惬意。

在老人的照顾下，卓德转眼长大了。身上的毛发在阳光下闪着金光，威武极了。

卓德喜欢去村子边的草地玩耍，还迷上了对每一只飞过的鸟狂吠，好像那片草地是它的。老人带它去那儿散步时，它在他两侧来回奔跑，仿佛到处都有状况需要它对付。夏季，草地上随时会弹出蚂蚱，草尖和野花上翩翩飞舞着蝴蝶、蜻蜓。那里成了卓德的乐园。有一次，也不知道卓德怎么想到的，突然冲到最近的山坡上。可能有十几米高吧。它站在山坡上"汪汪"叫着，直到确定他看向它为止。然后，它后退几步，朝着山坡下一个冲刺，接着四肢舒展开一跃而起，在身体将要降落草地时，蜷缩着，在空中旋转身体，让后背朝下降落到草地上。它自己发明的这套动作太精彩啦！只见它像是滑雪一样在松软的草地上往下滑落，等到"嗞嗞啦啦"地用后肢控制着滑到他身边时，它还向上蜷起四肢，"哈哈哈"地张着大嘴，吐着舌头，斜着眼，用"怎么样？没想到吧？"的得意眼神望着他。

"哦哟——我的卓德真厉害啊！"老人把它翻转过来，帮它理顺后背蹭得东倒西歪的毛发，夸赞它。

卓德摇摆着尾巴，甩掉身上的草屑，突然又跳起来在空中来了一个360度的大旋转。落到草地上时，它抬起前爪，示意老人看它扑到的一只绿翅膀蚂蚱，还用眼神炫耀：瞧，这回又怎样？

"噢，噢，卓德最棒了！"老人高兴得用双手拍打膝盖，欢呼着夸奖它。

无数个日子里，老人带着一块花毡，斜靠在草地上，晒着太阳，分享卓德无忧无虑的快乐。看着卓德幸福的笑脸，老人也跟着快乐起来。

可是，那年冬季的一场大雪之后，温度降至零下30多度。老人又被随之而来的寒流打倒——他的哮喘再次发作。

女儿阿依旦匆忙赶来，将他送去城里，住院治疗。

走前，老人将卓德寄养到女儿家由女婿布鲁尔照看。卓德虽然极不乐意，但还是乖乖留了下来。可是，让人想不到的是，第二天，卓德悄悄离开，跑了二十多公里的山路，回到家里，蹲在院墙外守候老人归来。布鲁尔找到它，把它带回家，它还总是挠门抓窗子，想尽一切办法逃跑。没办法，布鲁尔只能把老人的家门打开，让卓德待在里面，每过两天送去食物和水。可是，布鲁尔再去时，总是看到卓德碗里的食物只吃了一点点儿或者是一点儿没动。看来，这事儿得由老人亲自出面，才能解决。

老人听说后，焦急万分。打了几天针，检查完身体之后，开了一些特效药，匆匆忙忙往家赶。可能是闻到了他身上的味儿，或者是听到了熟悉的脚步声，老远卓德就从院墙上跳出来，飞扑到他的怀里。它明显瘦了一大圈。它把头蹭在他脸上，嘴里发出混合着狂喜与焦虑不安情绪的低吠，像是在说：你啊，总算回来了！老人抱住它时，看到它流泪了……是真的，他看到大颗大颗的眼泪，从它眼角流下，瞬间鼻子湿透了。

也许是担心老人再次离开。降雪的时候，卓德总认为他的腿一迈出家门便不再回来了。于是，它在他身后跟得更紧了。有时，老人在它熟睡时，去小商店买些日用品。等他从商店出来时，发现卓德已经在门口的雪地里安静地等着了。即使是近在眼前，它也总是摆出冲刺的姿势，先摆动几下毛茸茸的大尾巴，接着四条腿在雪地里打着滑，迎着他狂奔过去，围着他嗅个不停……返家途中，卓德欢快地跑在前面，每走两步就停下步子，仰起脑袋，用痴迷的眼神望他。他看它可怜巴巴的样子，把它抱入怀里，用棉衣暖着它冰凉的爪子。它闭着双眼，一副享受的神情。到家后，在温暖的屋子里，他给它做喜爱的食物，为它弹奏冬不拉，和它一起蜷缩在床上，共同进入梦乡。

卓德就这样出奇地依恋着哈那提老人。每当他用手轻轻抚摸它的头时，它就做出一副幸福得将要倒下的晕厥状。在它的眼里，他是它的一切，是它的爷爷或者父亲，更或者是它的情人或血液。而老人只需看它一眼，即使是遇到再不如意的事儿，都会变得温暖而知足。

"假如有一天我不在了，你该怎么办？"老人搂着卓德时，曾无数次地这么问。他知道，他都快八十岁了，不可能永远活着，每一天的时间都像是借来的。

老人在身体好一些的时候，还会驾着马拉雪橇，带着卓德去冬牧场的女儿家做客。现在，马稍微跑得快些时，他会立即拉紧缰绳，让马减速。他不想出任何的意外，"无法想象，万一我有什么不测，我的宝贝儿卓德该怎么办？"所以，为了保护好自己，老人处处小心。

在雪地里行走时，老人从不会忘记带着自己的拐杖。以前他可没有这么小心："现在不一样了，为了我的宝贝儿卓德，也要保护好自己嘛！"可见卓德在老人心里有多么重要。

哈那提老人和他的宝贝儿卓德就这样幸福地生活了三年。

又一个冬季来临时，老人终究没有躲过讨厌的寒冷——

在一个令人伤心的夜晚，死于急性哮喘发作。

这之后，卓德不吃不喝，整天哀鸣。阿依旦和丈夫布鲁尔想尽一切办法，它都不肯张开嘴吃一点儿食物。把它送往动物医院时，它挣扎着不肯离开老人的家。请来医生，为它注射营养药水，它也是拼命反抗。就这样，半个月之后，卓德衰弱不堪了。它已经站不起来了，就像一块黄色的毛巾被，流淌开来，融化在老人的床上。

很明显，卓德绝食了，它在饥饿中慢慢消耗自己的生命，直到与哈那提老人再次相见的那一天。

一天夜里，这只拥有最美丽情感的小狗，死在了哈那提老人的床上……

邻居家女儿

　　清晨，达娜胳膊下夹着她的宝贝猫咪阿尔玛，假装路过的模样，从邻居家毡房前走过。她六岁了，瘦瘦小小的。阿尔玛这一阵子长得有些大了。不过，它很听话，温顺地待在她胳膊底下，尾巴晃荡着，从草尖上扫过来，扫过去。

　　邻居家毡房的门上挂着一块四角绣着玫红色玫瑰花和绿色枝叶的白布门帘，里面没有丝毫动静。

　　人在某个阶段，都会莫名其妙被某些人吸引——达娜也一样。

　　邻居家的女儿在城里一家歌厅打工，前些天她从城里回来，打算住一阵子。她总是高高昂起的头和她的长脖子令人印象深刻，好像脑袋上始终顶着一碗水似的。瞧她，做什么事儿都不慌不忙，给人一种懒洋洋的感觉，仿佛身边从未缺少追随者的架势。尤其是她身上五颜六色的衣服和嘴上涂着的橘红色发亮唇釉，还有耳朵上晃得让人睁不开眼的大耳环，都吸引了达娜的目光。

　　这两天，达娜时不时会去邻居家附近转转——她希望多看看那女孩的衣服，她喜欢被那些发亮的饰品晃着眼睛的感觉。她开始幻想长大后能够拥有这些。

等到达娜第五次从邻居门前路过时，优美的歌声从毡房里传出，门帘也被拉到一边掖进墙篱里。达娜探头往里面瞅时，看到她用洗面奶搓着脸，从毡房走出来，站在太阳底下，嘴里哼着一支小曲。

"咦?"看到达娜，她兴奋起来，眼睛发着亮光:"嘿——"她拖着长音打了声招呼，继续把两只手的食指按在脸蛋上画着圈圈，还刻意按摩鼻子的两侧。接着，又把手指滑向额头上容易长皱纹的地方，转着圈子按摩。啊，她的手上涂着浓烈得让人心颤的橘色指甲油。"这么'找'啊。"她终于可以说话了，声音软绵绵、甜滋滋的，像一把轻柔的软毛刷子轻刷达娜的脸。尤其是，她发出"找"这个音，而不是"早"，让人听着实在是舒服啊。

"嗯!"达娜怯生生地盯着她，眼睛跟着她的手转圈圈，心里想着，她的一举一动多美啊……她多么迷人啊……

她蹲下身来，用洗手壶来来回回洗手和脸。接着，把壶放回到毡房边，站起身，她把双手搭开着，伸出去，离她那身红色和紫色相间的紧身衣尽可能远些。她的下身穿着一条牛仔裤，上面大大小小的洞。她不停地朝后甩着她那长长的卷发，那头发透着光亮的部分发着紫红色的光。

阿尔玛并未把视线放到这位在达娜看来不同寻常的新朋友身上。它早已跳下来，朝后背着那对和野猫打架撕裂的耳朵，一溜烟跳过门槛，钻进毡房，在里面打着转转跑了一圈之后，又从里面跳了出来。

"哎呀！这是哪位啊?!"她转身看到阿尔玛，突然大叫起来。自从她去了城里之后，讲起话来曲里拐弯。好像这么说话，可以证明她是城里人似的。阿尔玛听出这话里严厉的语气，立刻把尾巴低垂着，小步跑回达娜身边。

"呃，我把我可爱的猫介绍给你……我想你会喜欢它……"

"这是你的猫呀？很不错嘛。"她看着猫，眼里又有了笑意。

达娜站在那儿，被她声音中抑扬顿挫的语调怔住了。她歪着头，眼睛磨磨蹭蹭地望向她，还用手指挑了一小缕垂在脸旁的褐色头发，在指尖上绕啊绕的。她发现，她每句话的最后一个字的音调都向上拐弯，再上扬着甩出去，和牧场上土里土气的语音一点儿都不一样。

"嗯？怎么啦？说话啊？有人粘住了你的嘴吗？"她笑着，凑过去观察达娜的嘴，好像她确实被人用胶水粘住了嘴似的。

"哎呀，没啊，没人粘我的嘴。"达娜紧张得手指颤抖，掌心冒汗，胸部和腹部都充满一种颤巍巍的感觉。她用一只胳膊用力夹住猫，腾出另一只手，用手背在嘴上蹭一蹭，吐着舌头羞涩地扮了个鬼脸。

"哈，你起得可真早啊！"女孩的眉毛朝上扬了扬，看一眼达娜，再看一眼她的猫，"嗯？可以告诉我你和它的名字吗?"

"达娜——"达娜低下头，脸贴着阿尔玛的脸说——她有些害羞。

"猫呢?"

"阿尔玛——"

"哈哈,来,阿尔玛。"她大笑着,把已经晾干的手伸过来,抓住阿尔玛的两只前爪,把它提溜起来,使它的两条后腿悬在空中,"达娜,你不觉得这个名字有点衰吗?啊哈,我在电视上看到过有家酒店叫这么个名字呢。"她带着挖苦的口气说道。

阿尔玛在她手上,有些不自在,耳朵塌到后面,脖子因为紧张伸得老长,僵硬着。眼睛睁得圆圆地盯着她,身上的毛全竖了起来,尾巴显得粗粗的。"天——哪——"她拖着长音,把阿尔玛提到眼前,左右晃晃。"哗——"她透过两颗门牙间的缝隙吹了声口哨儿,"你这只大胖猫,大衰猫,该减肥啦!"

达娜不明白"衰"是什么意思,只能附和着嘿嘿干笑。

女孩把阿尔玛递回达娜手中:"达娜,你家是在那儿,对吧?"说着,她指了指对面山坡上的毡房。

"嗯。"达娜点点头。

"那好,我们是邻居,那么我们就是好朋友啦,对吧?"她轻轻拍了拍达娜的脸蛋,把双手往后裤兜里插去。

"啊,对的,对的。"达娜听她这么说,激动地拼命点头。

"来,我的好朋友,你和这只衰猫在这里玩一会儿,我去打扮一下。"她站直身子,转身走进毡房。

啊,她的声音太温柔、太美妙了,那简直是电视上大明星的声音嘛。是的,她就是达娜眼中的明星,没人能和她相比。达娜在草地上逗着阿尔玛，心想。这使得她回到家开口给妈妈说话时，声音不由得变得和邻居女儿的声音一般软绵绵的了。"她说起话来就跟电视里的人一模一样，"达娜在给妈妈讲述时说，"我从未见过比她更好看的人了，也没有听过比她声音更好听的人。"她甚至想要立刻变成二十岁，像那个女孩那样，穿漂亮衣服、戴大耳环、化妆，到城里歌厅上班。她简直有些迫不及待啦。

以后，邻居家成了达娜每天必去的地方。

渐渐地，她们非常熟悉了。她给达娜展示了所有的衣服。她有一大堆光滑面料的紧身衣和小短裙，都是现在最流行的颜色——橘黄、果绿、天蓝、青紫、大红。她有一箱子头饰、首饰和发卡。她还有一件由上至下从粉红色渐变成玫红色的厚外套，带着一个华丽的蓬松毛领子。达娜打量它们的时候，与其说是羡慕，不如说是敬畏。

邻居家毡房里充满女孩的气息，不仅是到处散落的漂亮衣服，还有指甲油、海纳染发剂、粉盒、洗面奶之类的各种香味儿都占据了毡房的角角落落。她时常把刚洗的湿头发，分成一缕一缕，让达娜帮忙卷到带刺的塑料卷筒上，再把嘴里咬着的卡子别到上面，固定住头发。头上盘满红的绿的黄的卷筒之后，她就和达娜到毡房外，坐在太阳下，晒干头发。直到弄出满满一头大卷卷。她整天都在弄这弄那的，弄些和穿衣打扮有关的事儿。这些都让达娜感到既新鲜又好奇。

一个清晨，她主动来到达娜家。哇，她可从来不屑于上别人家拜访呀。

"靴子借一下。"她站在毡房门外，双手插到牛仔裤前紧绷绷的口袋里，身子斜着，把重心放在一条腿上，另一条腿斜着一晃一晃，冲达娜妈妈说。前些天，达娜告诉过她："妈妈在城里新定做了一双紫红色的高筒靴，主要用于去亲戚家做客时穿。

"什么？你说什么？"达娜妈妈愣了一下，没听明白。

"靴子！我明天去我表姐婚礼上，借一下紫红靴子。你那双新的，达娜说过的。"

"靴子，哦，哦，你是说借靴子啊？"

"对！对！我有五六双靴子，蓝的，黑的，白的，黄的，灰的，什么颜色的都有，就是没有紫红色的，我想和我的裙子搭配一下。"

"哦，好吧，好吧。"达娜妈妈虽然很不情愿，但还是把那双新靴子拿给她。

"明天还你！"她咯咯笑着，冲达娜妈妈打了个响指，提起靴子，转身离开。

从那以后，她就穿起了那双漂亮的紫红色靴子，走来走去，就像那是她自己的靴子一样，再也不提还靴子的事儿了。

"看来，我得自己去一趟了！"只要达娜妈妈想起自己的新靴子，就会激动，"她穿着不属于自己的靴子，就这么着也不还给我。"她总是这么发着牢骚，可一直没行动起来。因为她不好意思张口呀。

那段时间，以前不怎么爱唠叨的妈妈，说起靴子的事儿，话就多了起来。她显得疑惑而气愤。"唉，它多好看啊。我想了它两年，卖掉了一只肥肥的羊，才下了决心去定做的。五百多块呢。"她还说，"那女孩甚至都算不上是我们的朋友嘛。"或者，她还会感慨："天哪，她父母那么朴实啊，女儿怎么会一身的毛病。看不出来呀！"

达娜妈妈有一个古怪的消费习惯。去城里购物，她总是带着足够多的馕，提着一公斤重的大水壶，从不去饭馆吃饭。但是家里其他人需要花费，她想都不想就会掏出钱来。就拿达娜报名阿勒泰城里的暑期舞蹈班来说，三百块一期。她想都没有多想，拿出六百块给达娜报了一期初级班和一期晋级班。她就是这样，无论多贵的东西，不管手头多么紧张，对于家人她都是大方掏钱。可是，对她自己却刻薄地掐着手指算钱。这双新靴子，是她最近几年来，添置的唯一一件上档次的行头。

达娜的爸爸私下里经常对达娜说，你的妈妈可不是一个普通人，她是一个吝啬的好人，是一个伟大的妈妈。

"唉！怎么办呢？"整整一个月妈妈都在念叨这事儿，还下了几次决心，说是要去索要靴子，都被达娜阻止了："她那么漂亮，能看上您的靴子，应该高兴才对。"她觉得，能看上妈妈的靴子，应该感到荣幸才对。

"那也不能拿别人的东西呀！这根本不是借，这该是……"

"您不了解她！"达娜打断妈妈的话头。她的脸涨成发亮的粉红色，像在为自己辩解，"她多么美啊，她是不应该被任何人这么说的……我们还是朋友，我们常在一起聊天。"

"好了，好了，来点救命的奶茶吧，压压火儿。"爸爸终于忍不住了，拿妈妈开玩笑打趣，"别那么较真儿了好吗？不就是一双靴子嘛，至于吗？"

这话彻底激怒了妈妈，她气呼呼地说："你们了解她吗？她还找了别的女人的男人，破坏别人家庭。城里来的人，都这么说……"当她发觉达娜用疑惑的眼神瞪着她时，及时止住了话头，"啊……那个……擀毛毡时，有人随便说说的。"她突然意识到，有些话不该在达娜面前讲。她急忙转移话题，她说："当然啦，我并没有说她不美，不漂亮……就像达娜说的，她卷曲的头发，还有那些衣服，像个电影演员……"

不过，即使像达娜这样的小孩，一旦被点醒，也能觉出点什么。

一天，女孩教达娜化妆。她先让达娜闭着眼睛，把她的眉毛描得又弯又黑，再让她看着下面，在眼皮上涂上紫色亮粉。"接下来，该是嘴了，嘴很重要。"她拧出粉色口红。

这时，有人在毡房外，说是她城里的朋友。是个男的。

她放下已经拧出来的口红，看着门外，刹那间，她的眼中发出闪亮、热情的光芒。

"啧啧，这里还真是难找啊！"男人走进来，他的目光从她的脚向上打量，好像她是一块可以吃的蜂蜜点心……哦！达娜简直无法描述那种眼神……一种难以言说的东西黏糊糊地掺杂在某种期待中的眼神，这种期待是达娜能感知到却无法理解的。她好奇地观看着这出戏。

"怎么不回城里了，啊？"男人对女孩说话的时候，舌头还转着圈舔了舔厚厚的嘴唇。"啵——"他搓了搓手，冲着女孩，用嘴发出这个声音。

"回去？回去也没事儿可做啊……"女孩站起来，端详着墙上挂着的镜子，里面映照出她丰满红润的面颊。原生眉毛被她拔掉之后涂成了棕色，她用手指在那弧线上抚过。她噘着嘴，翘起臀，肩膀耸起又落下。她的样子像是精致的行为艺术。

"就你一人啊？"男人环顾四周，"嘿！不孤单吗？"

"我爸在山坡那儿放牧，我妈去亲戚家帮忙捣酥油了。都忙着呢。"说着话，抬抬下巴，朝坐在暗影里的达娜努努嘴，"那是邻居家小孩，在这玩呢。"

"哦哟，还有一个小不点儿啊！"男人这才看见达娜。

"呃，拿着，借给你，你自己来，"女孩把手里的口红放到桌子上，"嘴不重要。"

"借我？可你刚才还说嘴很重要呀……"

"真的不重要，去，做个讨喜的小姑娘。"

女孩亲热地把手放在达娜的肩膀上，以一个看起来抚摸其实是推搡的姿势拍了她一下，接着狠狠瞪了她一眼。那眼神，很明显是在告诉她：你，现在，必须马上离开这里！

达娜还没到家呢，才想起忘带那支口红了。她记得女孩说过，借给她。也就不到一刻钟吧，在推开邻居家门之前，她稍稍犹豫了片刻，但还是推开了房门。在室外强烈光线之下，男人和女孩慌忙脱离接触。达娜看到男人的裤子皮带敞开着，女孩两只手不安地摆弄着裙子下摆。

"口红！"达娜咕哝着，假装什么都没发觉的样子，目光在桌子上搜索。那只还没拧回去的口红，被挤压得，涂抹得到处都是。

达娜拿起残缺的口红，跑了。没敢多看女孩和那个男人。

某个周日的上午，达娜妈妈在毡房门前洗衣服，追着阿尔玛玩闹的达娜，突然想起那天急匆匆赶回去时，在门外听到的奇怪声响。

"妈，那两个人，发出噼里啪啦的声音。他们在干什么啊？奇怪了。"她给妈妈说起那天的事儿。

"还能干吗……"妈妈停顿了一下，片刻之后，她嘟嘟囔囔地说，"他们在打架……互扇耳光。"

那天傍晚，吃完晚饭，达娜抱着阿尔玛去邻居家。

躺在毡房前的草地上，一双美丽、忧郁的灰色大眼睛仰望此时已布满橘色晚霞的天边，仿佛在思念远方的情人。

阿勒泰广播电台在播《可可托海的牧羊人》。她听着，很认真。"这个男人的歌，让可可托海的牧羊人出大名啦。"她喃喃道。

达娜想和她聊天，想方设法将她的注意力吸引回来。她对这些音乐没什么兴趣，她也听不懂，但有时她会尽量装作感兴趣。"出大名？"她说，"就像你这样？在我们这儿大名鼎鼎吗？"

"是啊。"她小声说道。可她已经走神了，一阵干燥的风从远处的草地吹来，吹得她眼睛干涩涩的，来了睡意，"唉，像他那样，多好啊，口袋鼓鼓的。"

多么好闻啊！除了她，不会再有第二个人身上散发出这么好闻的香气了。达娜想。"这是什么香味儿？"她迎着风，吸着鼻子问，"可以告诉我吗？"

"嗯？沙枣花。"女孩侧着头在自己身上闻了闻，"这种香水味道很特别吧？"

"对，对，我从未闻到过这么好闻的香水味儿。"达娜抽吸着鼻子，用崇拜的眼光望着自己心中毫无瑕疵的女神。

"嗯……"接着，女孩重又仰望天空，保持沉默——要知道，她沉默时的样子太让人震惊了。从她的侧面看过去，她的鼻子又高又挺，睫毛又长又弯，哎呀，怎么会有这么好看的人呢？对了，她确实是真正的女神，毫无疑问。达娜想。

这会儿，女孩闭起双眼，把两只手放在身后，撑着草地，头仰向天空，让橘色光线静静洒满她精致的脸庞。恐怕，这个世界上再不会有这么完美的人啦！达娜看着，恨不得立刻变成女孩的模样。长大之后，我一定要成为这样的女孩。以后，必须努力做到，必须！达娜虔诚地看着，默默在黄昏瞬间变幻的光线下暗暗发誓。

"喂，达娜，过来聊聊。"女孩突然想起什么似的，坐起身，朝达娜勾勾手指。

"嗯？什么？"达娜的誓言被打断了，她殷勤地凑过去。

"你妈在家吗？"

"在呢。"达娜点点头，"刚才出来时，她在捻毛线。有事儿吗？"

"嘿，没什么……上个月……是这样……我从城里回来前，买了太多衣服，还有化妆品。现在，口袋里一个子儿都没啦。"她坐直身子，上上下下拍打全身的口袋，"你瞧，看见了吧，一扫而空啦。不过，刚才我在售货车上看到一支蓝色的眉笔，那正是我想要的……嗯哼！现在，我妈不让我随便花钱，不给。"她耸肩摊手，撇着嘴说。

"嗯？"达娜没弄明白她的意思。

"我的意思是，能向你妈借点吗？"女孩冲达娜眨眨眼。

"啊？那……需要多少？"达娜盯着她用化妆品覆盖的、没有一丝瑕疵的脸。

"嗯……这样吧，先借一百块，以后需要时再说！"她摆出习以为常的模样，很随意地朝达娜打了个响指，摊开左手。

"好吧……明天给你带来。"达娜抱起阿尔玛，朝自家毡房跑去。

夜里，达娜躺在床上。她开始慢慢意识到，女孩并不看重她对她的崇拜和友谊。她从没把她当回事儿。她会谈起包包、衣服和化妆品，然后看看她说："噢，算了。"她属于别的世界。某个达娜不是真正喜欢的世界。

之后，很久，达娜没有去邻居家毡房。不知道为什么，她也想不透。她知道，这与一百块钱没任何关系。

青　春

　　快到中午时，天气热得让人无法忍受，乌兰把打草机停在一片开阔的草地上，拉起手刹。他跳下机子，外面的微风吹进衣服，带来一阵凉意，让他好受多了。他轻轻拉开粘在腿上的裤子，抚平后面的折痕，深深吸了一口气。他觉得疲惫，想坐下来，静静地靠在凉爽干燥的桦树干上，放松一下心情，想想心事儿。或者什么也不想，就这么休息一会儿。

　　最近他睡得不好，总是重复做同一个梦。云层很低。努力走出泛着紫灰色云团的太阳，释放出它所有热情。一只老鹰，毫无声息地在不停变幻的云层下盘旋。他与一位姑娘，或者是一个女人，在毡房前空旷的草地上。她在挑拣一堆羊毛里的草籽，而他正在给一匹枣红色马系上肚带，套上马鞍。她在对他说了些什么？对，她说："早点儿回来，乌兰。"她的口气，像是在对自己的丈夫说话。

　　"好，放心吧。"他说着，回头望她一眼。他想知道那是谁。是妈妈吗？显然不是。那是一位年轻女子的声音。可他看不清她的面容。他只看到她手中的羊毛飞了起来。这场景有些不对劲儿啊？但他又确切说不出到底是为什么。他听到了轰隆声，像是天空中一个巨人在捶打远处山体。接着，从那儿卷出一股强劲的阴风。大地开始摇晃。

"快！快啊！快抓住我！"她叫道。

他放开手上的东西，飞跑过去，抓住她的手。因为惊吓，那只手已经冰冷。

等到稳定下来时，他感觉到了寒冷，他四下张望——大雪在盛夏的当，一瞬间落下。他看到毡房上、灌木丛、马背、她的头发上，全都披着积雪。季节变换得不可思议，古怪啊。但是这时，更古怪的事情发生了：她头上的积雪开始融化，她的脸也随之融化，肩膀、胳膊、他抓着的手、身体、腿，都化成了水。他就站在那儿，看着她最后一丝摇曳的裙裾流淌、消失在脚下的泥土里。

有时候，这个梦他一夜做两次。昨天夜里，他从梦中惊醒，摸黑抓起毡房门边的茶壶，对着壶嘴，灌下两大口凉茶。茶味儿很苦。再次躺下时，他的胃抽搐着疼痛。

他在草地上摊手摊脚地坐下，舒舒服服地靠在树干上。睡意袭来时，他听到轻微的沙沙声。他认为这是在梦里。他闭着眼睛，幸福地幻想那是心中思念的人，从草原深处走来的脚步声。十九岁的年龄，这么幻想，是可以理解的。毕竟从畜牧学校毕业以后的这段时间，回到牧场的生活静如一潭死水。他想要的，哪怕是在梦中出现，也可以呀。

这种幻想，已经伴随他两年多。从十七岁便已经开始了。有时候，甚至现在，他都能清晰地记得，那天下午，他挤进人群，与她的目光碰触到一起的那一秒，心跳开始加快。必须强调的，而且这也没什么稀奇的，她是个陌生的女孩，他以前从未见到过。那是一场热闹的草原婚礼，她是那位伴娘。她穿着红色的衣裙，头戴花纹形状的绣花与镶嵌闪光装饰片的尖顶帽，顶上装饰着猫头鹰羽毛和头纱，两侧悬挂的串珠垂吊在脸前。

那之后的两年，七百多个日日夜夜，他像是着了魔似的，不停地想着一些连自己也说不清楚的事儿。他静静地站在那儿，看着前方，心中默念他想象出的她的名字，回味着他的眼睛擦过她的眼睛时的"意外"，以慢镜头的方式，特写、定格着她的脸，幻想这场景突然绽放出势不可挡的火花。他记不起她的脸部细节，但那张脸的神情就在那儿清晰出现，一张略带思索和疑惑的脸。她的身体随之出现，在他的想象中充满活力又疯狂，一种引诱着他想要伸手触摸的魅力。当然，只能是在独自一人时，他才会给自己这样的心情一个容身之所。

在最热的那天，河水涨得很满，河边的石缝中都挤满黄色、紫色的小花。他牵着马去河边饮水。他突然有一种感觉，河边有一个不同寻常的人。但那时他已经来不及改变步伐，让自己躲藏起来。

真的有人在岸边。

他只能继续走过去。如果转身离开，他就会非常尴尬。那会比直接面对更加糟糕。

那个人是谁？

正是她。

她站在浅而呈蓝色的河水里，鹅卵石覆盖住多沙的河底。她的身上洒满阳光，她面前的盆子里浮着白色和蓝色的衣服，盆边是一个闪着亮光的铁皮水桶。从河岸边松林间穿过的风，在这会儿也变得风情万种了。松果摇曳着在轻声细语，树枝上松针的轻颤也仿佛在有节奏地低声吟唱。每次她移动时，鹅卵石都在她脚下像陶器一般叮当作响。她站起身，把衣物提起来，捋顺之后，再蹲下来揉搓。他想好好享受这凉爽的河流气息呢，却被她身体的一弯一直弄得像是全身着了火。

　　他早就暗自观察过，她在河滩灌木上晾晒洗过的又湿又重的衣物，干了以后再收回去。不论是绣着红黄蓝羊角图案的白色桌布还是厚重的羊皮外套，都散发着清新且令人欣喜的味道。

　　她把盆里的衣服拧干，放进水桶。转过身时，她的表情由惊讶转为愉快。她笑着朝他点点头。他身体僵硬，精神紧张，深吸一口气，汗湿的手抓紧马的缰绳。他注意到她提起水桶的那只手臂上的衣服滑落在一边，露出像是白色肥皂雕刻般的细长脖子。直到现在，他都能在脑海中重现她领口上的羊角图案，还有确切的颜色。他还记得她是怎样举起另一只手，轻轻地，拉了一下滑落肩膀的衣领。甚至可以说，直到现在，这些对他来说也绝非琐事儿。她在远处消失，只剩下晃动的灌木。他叹了口气。

　　他坐在岸边，盯着她消失的方向，呆呆地。他对她如此渴望，简直要哭出来。唉！他只能怅然若失地站起来，拾起马的缰绳，顶着阳光，穿过草丛中满是砾石的小路，不知该去往哪个方向。

让他心情沮丧的是，对她的那种如烟似雾的渴望的恶魔化——那只能是一种隐晦的精神寄托吧。你看看，他生性羞涩畏怯，那些时常冒泡的朴素的羞耻感，只是他内心肆意绽放的美梦而已。在爸爸妈妈身边的他表现得像是一个懵懂少年，他们认为他脑子里不会出现此类事物。要是他们猜到他对女人的欲望是如何频繁地在脑海中现身，他们定会深感不安吧。

他在山坡上看到了父亲，还有闹哄哄的羊群。为什么父亲头顶上被头油和汗水浸成了深色的帆布帽子，脸上和脖子上粗糙的红色皮肤，还有周围眯着眼嚼草的羊群及马匹的臊腥味儿，会引领着他重返现实，让他脸上浪漫虚幻的伤感即刻蛰居起来，消失不见，换作一副真实生活的笑闹面孔呢？他想。

他控制不住自己，甚至可以说是不由自主。他在每天的那个时候都会去河边，哪怕马不想喝水。每天他都确信她会来，每天他都准备迎接她的到来。当他穿过灌木丛，踏上通往河边的小路时，简直是一种折磨。总觉得她可能早就在那儿，正低着头，在水里淘洗着衣服呢。有几次他确信看见了她的身影，之后才发现那只是一丛挂满小红果的灌木。他突然明白为何有人声称看到过幻影。还有几次，他面朝着河面，坐在扁圆的大石块上，像是听到了后面的脚步声。那声音响了很久，还是没有等到她。他没忍住，回头张望，发现那是风。

那段日子里，她占据了他的全部。在他看来，别的事情无论愉悦还是艰难，都犹如别人的生活，他都不会在意。事实上，从那以后，他从未感觉到哪种激情像那时一样疯狂、无助、沉默、煎熬和难以言语。

　　他想继续做梦，但还是禁不住睁开双眼。阳光晃得他的眼睛生疼，他眨了两三下，看到了一双棕色靴子。很明显，那是一位女子的脚，脚边是她的影子。他抬了下眼，看不清她的脸。他左右摆头，调整视线。光线被树荫挡住了。哦，看清了，那是一位小巧的女人，苍白瘦削，轮廓纤细，小手、细腿，还有浓密的棕色头发。她的脸不属于漂亮的那种类型，但那是一张让人心醉的脸。像是那位伴娘的脸……对呀，就是她。她的身后跟着一匹马，手上拿着一根马鞭。显然，她骑马路过这里。或许是累了，或许口渴了。噢，他的心跳到了嗓子眼……

　　他看清了她的眼：她的眼睛是淡淡的明亮的浅棕色，细长的形状，美得让人凝视多久都不会厌倦。他原本还以为她的眼睛是浅灰色的呢。还有啊，她的体型真好看呀，真是太棒了。她的脸上有一种难以言喻的东西，神秘？悠长？还是梦幻？

　　看到乌兰醒了，她微微咧开嘴，对他笑了笑："你好。"她说话时，瘦瘦的脸颊上旋出酒窝。

　　任何人都会这么打招呼，没什么比这更平常更普通的了。但她说出来，就带着一种魔力。她漫不经心的神态，美丽而不过度的脸庞，给人以满足而心潮澎湃的感觉。当她说出

"你好"时，他立即觉得自己真的很好。好像这份"好"是她带来的。他的所有感觉都是朦胧的，可他却不知道为何会双手颤抖。瞧瞧，一定是心在颤抖吧！

乌兰揉了揉眼睛，活动一下发麻的腿脚，站起身，腼腆羞涩地笑着："是……走累了吧？"他的嘴巴突然变得干涩，舌头也打上了结，嗓子里更像是塞进了一团东西——他啊，一直是那类等在一边的角色。

她点点头，沉默着，用温和的眼神上下打量他。

"口渴了吗？"他拍掉裤腿上的尘土，整理一下衣服，克制着自己，故作镇定地推开毡房低矮的蓝色木门，"来……进毡房里头，躲躲太阳。我给你倒碗茶。"他希望妈妈在家里，又希望她不在。他不善于招待客人。他走到毡房门对着的炉边，摸了一把坐在炉圈上的茶壶，提起来掂了掂："哦，我妈不在，还好，茶还温着呢。"他想起来，今天亲戚家擀毡子，妈妈过去帮忙了。

他走进毡房，转身看她时，她把马鞭插进马鞍和马背之间的空隙里，低头跨进门槛。在陌生的环境中她显得有些局促。她倚在门框上，眼神跳跃着环顾四周。她扫了一圈墙篱，扫了一眼挂在墙上的羊皮袋子，扫了一眼地毡上的手绣图案。她打量的这些，都是这座毡房里手工制作的生活用品。她从这些观察中，可以粗略估计出毡房女主人对生活热爱和耐心的程度。

他呆望着她，不知道接下来说什么好。突然他意识到自己还穿着打草时的破旧衣服，头发也凌乱着，沾满草屑和尘土："真不好意思，我这个头发……"他试探地抓了抓自己的头发，然后愚蠢地拿过旁边墙上挂着的一顶帆布帽子。他把头发往后捋，塞进帽子里头，还把帽檐压得很低。那是两边卷起的帽子，像电视里西部牛仔的那个式样，有趣得很。"扑哧……"她没忍住，笑出声来。他本来打算在身后的碗柜里拿碗呢，听到她的笑声，按住帽子的顶部，抬头望了一眼毡房上的天窗，然后又把帽子摘下来，挂回墙上。他心想：她……一定在嘲笑我在没太阳的房子里戴着帽子。他的脸红了，很不自然地抬头看她一眼。他看到她白得发亮的牙齿。

也不知道是被什么东西扯了一下心脏，他慌忙移开视线，说道："坐吧，喝碗奶茶。"他取出两个带着草莓图案的陶瓷碗，放到毡房中间的长条桌上，盘腿坐在桌边的地毯上。"希望茶不是太浓。"他说。见她站在那儿，纹丝不动，他又站起来，朝她招手，又说了句，"坐啊，别总站着，坐下休息会儿。"他把茶壶里的奶茶往碗里倒，从眼角的余光悄悄瞥她。她走过来，坐下，脊背挺得直直的，很自然也很优美。她随手拿起地毯上的一本书。

他掀起桌子中间盖着食物的蓝格子棉布，露出包尔萨克、馓子，还有一小碟酥油，一盘剁成小块的酸奶酪。"吃点儿，"他有些局促地招呼她，"来吧，喝点儿，吃点儿。"忙完这些，重新坐下时，他发现她垂下目光在翻看那本书。他的脸一下红了。

那是他在城里的书店看到的。他没打算买书，他只想在书店看完那本书。他想省两个钱。但是，在书的一处，有一段描写男女主角相遇，接吻和亲热的文字——那些字跳跃着吸引着他，他读得越来越快。他的体温开始上升，指尖都热了。

"喜欢看书吗？"她问。

他说他在学校时就喜欢看书。他说他从畜牧学校毕业只有一年，当初在学校时，老师们还总说他是一个贪婪的读者呢。

她点了点头。"近几年，我可没怎么看书。"她说。过了一会儿，又补充道，"也没时间。家里的事儿忙着呢。"

"最近一次看的是什么书"他努力寻找话题，设法将她的注意力从书上吸引过来。

"最近一次看的书啊，让我想想。"她在想，但他看得出来，她的确是很久没看书了。"噢，是我姐姐家女儿的一本插画书。一个孩子，男孩，遇到一位美丽公主的故事。"她快速翻着手中的书，好像对自己说的那本书并没多大兴趣。

"然后呢？"

"然后？"她重复道，"然后有一天这个男孩突然意识到她只是自己的梦中人。一个不存在的人。明白吗？一旦他醒来，什么都不存在。就像一阵风。"

"然后他永远没醒。"

"不。记不清了。"她冲他笑笑，"这只是给姐姐女儿讲的故事书中的一本。"她说，一边将手中的书合起来放到桌子上，手心朝下，平放在桌子边缘。她的手指很长，指甲是天然的粉色。

他再次迅速地去抓了抓头发。"哎呀，这天气热的。"他立即转移话题，接着说，"这天气热得真够糟糕的了。"

"是啊，是够糟的，"她说话很慢，一个字一个字吐得清清楚楚，显然不是一个爱闲聊碎嘴的女人，"噢，再不来点儿雨，草就枯了。"

"啊，对！"他伸手把书拿过去，卷了起来，用它敲着头的侧面。他顿了顿，又说，"不过，今年是个晒干草的好年头。"

"哦，高温一个月，我们家里的干草已经收够了。"她说，"接下来，就等雨了。"

"哈，土拨鼠热得都待在洞外了，还有秃鹰在空中荡来荡去。"他展开卷起来的书，把它展得平平的，"看着像是要下雨了。"他迅速把书塞进桌子下的缝隙里。

她笑了。"下过雨的空气好啊，"她说，"每一口都是甜的。"

沉默了片刻，他拿起手边的收音机，摆弄几下，竖在两人之间，好像那是一块缓解尴尬的屏风。他小心地选择措辞。

"你喜欢彩虹吗？雨后挂在山边的彩虹。"

"当然，我们山里就靠彩虹增加颜色。"她的下巴缓缓抬起，朝毡房门方向指了指，"你的颜色，我的颜色，我们大家的颜色。"

他脸红了，把目光转向窗外。阳光太耀眼，他被刺得几乎什么也看不见。仿佛有人拿着镜子把强光照进他的眼里。他正在这么想着，听到她喝干碗里的茶，然后把碗轻放到桌面上。

他端起茶碗，喝了口茶，感觉到有些凉了。他站起身，提起壶，走到毡房外，把它坐到炉圈上。炉膛里还有早上的暗火，他蹲下身子，把一根木棍深深插进火里，捅掉炉灰。他捡了几块碎木，放在余火上。炉膛里暗了一小会儿，很快就噼啪作响地蹿出火焰。木头燃烧的气味真好闻啊。这种气味带来的热空气扑到他身上，刚落下的汗又发出来。他的腋窝被汗浸湿了。很快，壶中冒出白气，咕嘟起来，壶盖扑扑直跳。

他又为她和自己倒了第二碗奶茶："喝茶，喝茶……"他的眼睛并不怎么敢看她，只是重复这两个字。而她只是呆呆地，盯着碗中热茶上泛起的气泡，不知在想些什么。

他把奶茶递给她，她接了过来，凑近脸，轻轻吹开热气。他坐到桌子另一边，慢慢转动着碗让茶凉下来，心里盘算着自己还应该说些什么，做些什么。喝着茶，他的后背不再那么僵硬，心情也逐渐安定下来。他开始说话了，以此推迟即将到来的分离。

他告诉她有一次参加阿肯弹唱会，草原上所有男人都去了，旁边的松树林里拴满了马匹。那是草原盛会，更是男人们展示自己马匹的最佳机会。下午时刻，大家骑马离开时，他的马发疯了，红着眼，嘶嘶吼着上下跳跃，一定要冲到所有马前头。那真是一匹上好的赛马啊，任何时候都想当一匹头马。他说，但那不是赛道啊，尤其让人担忧的是，那前面不远处有一条五米宽的大渠。他说，他骑在马背上，怎么使劲儿拉也拽不住它。后面的人群炸开了："完了，完了，这回，扎特里拜家的小儿子要完蛋了。"他们都在议论。他想，是啊，是要完蛋了。水渠六七米深，栽进去，小命恐怕保不住了。没想到，他的宝贝马从五米宽的大渠上飞了过去。后面的人都惊呆了。他说，他的马就是他的骄傲。他也弄不明白，为什么跟她聊起这些，也许是想绕着弯子炫耀自己吧。听他说了那么多，她告诉他有一年夏季擀毛毡时，大家都在使劲儿用圆木压羊毛呢，她却鬼使神差地突然把手伸到圆木下头，等她尖叫着把手拽出来时，四个指甲压出了淤血。他们的谈话一直围绕着自己，仿佛都想绕过对方的家庭或者身边的人。但他还想透过她的只言片语，偷偷往别处琢磨一下，看看那里头有些什么，却又不想让这个意图表现得太明显。

他没话找话地聊了一阵子，但很快就不再说话了。因为不知道说什么啊。

"那么，你想吃点什么？"过了一会儿，他打破沉默。

"待会吧，也许吧。"

"尝尝新炸的包尔萨克吧！"他把盘子推给她，"新鲜的，比干巴的馓子好吃。"他说。

"不了，谢谢，只是渴。"她说，"我的食量真跟一只猫的差不多。"

他自己咬了一口包尔萨克，告诉她猫虽然吃得少，但少食多餐。

"我知道，"她点点头，向他展露一个很小的笑容，"就和羊吃草一样。"那个笑容虽小，但是出奇地灿烂。

有时候，某些浅浅的微笑，也会让人觉得特别温暖。

"给你，"他端起盛奶酪的盘子，向前倾了倾身体，"含一块酸奶酪，解渴。"他羞涩地冲她回报了一个微笑。

"噢，酸酸的味儿。"她拿了一块，放进嘴里。

他被这个词迷住了。

"酸酸的味儿。"他重复着这句话，再次把手举到头顶抓了抓头发，把几绺竖在头顶的头发抓下来，遮盖住自己露出的额头。"我的头发乱乱的，"他说，"刚洗过的那阵子很蓬松。"

"哦，看得出来。看得出你的头发很不错。"

在她的注视下，他竟然有些脸红心跳。在他端起碗，慢腾腾地抿着奶茶，掩饰自己内心的颤动时，她又开口说话了："这里，就你一人吗？别的人去了哪里？"她的声音淡淡的，很轻，像是从梦境中传出来的。

对于这种聊天式的问题，给予简单的应答就可以了。比如：父亲在山坡上放牧，母亲去亲戚家帮忙擀毡子。这么说就很好。她听说他一人在家，一定会感到尴尬，喝完奶茶，或者再抿一口茶，手心朝下捂一下碗口（哈萨克族礼节，茶喝够了、喝饱了的意思），说一声"可以了，谢谢。"走出毡房，继续她的路程。他也可以如同与普通来访者一样，为她打开木头矮门，挥手告别。

"这里……就我一人……但是……"对于她的问题，他不该这么吞吞吐吐，可是说出口的却是这些。他被自己哆哆嗦嗦的声音吓住了。有片刻工夫，他们径自喝茶，彼此沉默。

他多么希望她多留一会儿。就像现在这样，面对面坐着的感觉真好啊。

墙上的钟嘀答嘀答地走着。片刻，他抬起头，与她的眼神相遇。她的白色袷袢精致大方，胸前绣有天蓝色花和绿色枝叶的图案，滑出袖口的手臂像羊脂一般白而细腻。还有，她的眼神温暖而大方。有那么一瞬间，他忘记了她只是路过。他真的不希望她离开。他享受这种感觉，希望留在这时光里。

不知过了多久，也许是十分钟，也许只有一秒。外面刮过一阵风，"噗——噗——"马儿喷着响鼻，甩着蹄子敲打地面，好像是在提醒女主人，该上路了。

他愣了一下。起初，他若无其事地把身子朝门的方向挪动了一些，好像自己的脊背完全可以阻隔从毡房外可能再次传来的任何信息。但是，几乎紧接着，他意识到自己的行为多少有些幼稚。他笑了笑，慌忙中伸手摸了下茶壶——茶又凉了。这种时候，时间过得可真是快得惊人啊。他想。他提起茶壶去外面的炉边热茶。等待的时候，他把目光转向远处。阳光太耀眼了，他被刺得几乎什么都看不见。他努力地望着远处，山坡的这头和那头——他不希望爸爸妈妈在这个时候回来。

当他转身时，看到她站在毡房门边的草地上。"要走吗？"他说。他太渴望她再多留一会儿了。他的嗓子一时堵住了似的，他不知道自己有没有发出声音来。应该有声音。因为她说："呃，是。"

"不，别走，好吗？"他说。

"什么？"

"别走。"

"我？"她有些疑惑，"为什么？"

"你……"他把放在壶盖上的手拿开，双手僵硬地垂在身体两侧，极不自然地站在那儿，眼神流露出渴望。他望向她，手指颤抖，掌心冒汗。腹部和胸部都充满一种蠢蠢欲动的感觉。

起先，他迟疑地回身张望了一眼她的马。然后，好像着魔了一般，几分果敢降落其身——他走向她，在她还未张口告别之前，突然将她拥进怀里。天哪，他的意志力已经消退，羞怯也不知隐去哪儿了。再往后，他把手移到她的肩膀上，揉捏着，接着他的手指拂过她赤裸着的后颈部还有浅咖色的绒毛。哦，她的脖子长长的，就像白天鹅。

老天哪，他一直幻想那儿。他的五脏六腑都沸腾起来。

他的触摸起初轻得像微风吹过。他闻到了她头发上的沙枣花味儿，还有身体上柔和而温暖的奶茶味儿。这些气味，让他的心紧了一下。他觉出彼此之间形成了某种真切的、巧妙的关联——这是一件有趣的事儿。奇怪的心灵感应啊。终于，他低下头，把她朝自己拉近了些。他寻找到她的唇，开始毫不顾忌地亲吻下去。他的舌尖滑进她的口腔，就像是在沙漠里渴了很久，喝到了水。而她就是绿洲，就是水。不知道哪儿来的勇气，他就这么做了。没有犹豫，没有预谋，也没有过分仓促，更没有通常的暧昧不清。为什么？他想不透，也没时间去思考。而她没有任何反抗，好像应该彼此亲吻一样。他从她身体的每个线条、一举一动中都觉察不到她有丝毫不乐意或者不自然。她用手指抚摸那只紧搂住自己的手臂，他感觉到了。他想到了小母马的鼻息。他知道她是好女人，一个正经女人，而自己也不坏。可是，他们就这么做了。天哪，他吻她的样子，像是在她嘴里仔细翻找他想要的某个东西。是什么？不知道。

接着，他的五指分开，抚摸着她的脸。仿佛他是个盲人，想要以此记住她的模样。"我一直，一直，一直……想你。白天，黑夜。"他用前额抵住她的额头，一边轻轻地把她的头发从眼前撩开，"想了……很久，很久……"

她没有回应。

"你在这里，"他边说，边握住她的手，伸进自己的上衣里，放在胸口上，"你在这里，最里面的地方。"

她能感觉到他的心脏在发烫的皮肤下怦怦跳动。

她的身体有了反应。

他放在她脖颈上的手重了些，接着越来越重，用力滑过她的皮肤。他的呼吸随之沉重，像是溺水者把头伸出水面，急切而短促。哦，他感到自己结实而坚硬起来。他从她的后颈开始，沿着脊柱，向下滑去。他触到了她柔软饱满的臀部。那里被俘虏，然后继续，逐渐地，沉默而坚定。

一阵子之后，他们相互对视，看着对方的眼睛。相互抚摸彼此的头发和脸庞，还有身体……他到了一种必须继续下去的，半梦半醒、迷迷糊糊的状态。而她的身体同样在呢喃着叹息着回应他、指引他……

他的身体紧贴住她的身体，挤压住，左右摩擦。接着，他们陷入长时间的迷茫……

不知过了多长时间。当他在幸福的漩涡中回过神来，睁开双眼，四周一片黑暗，安静得可怕。他惊恐地跳起来，在黑暗中，伸手寻找刚才那个给他幸福的女人。他摸遍了毡房里的角角落落，没有发现那个温暖的人。

刚才的呢喃还在他的耳边缭绕，她嘴里特有的薄荷草气息还留在他鼻端。他的指尖发烫，还有，还有就是下身的温湿。可是，除了这些，身边没有任何人来过的痕迹。

他一边还在想着这一点，一边慌乱地摸到门边，推了一下毡房的矮门。门太重了。他又推了一下，门纹丝不动。

透过门缝儿，他能看到外面蓝色的光线沉沉地笼罩在草原之上。他停下来想了想。想起来了，他取下门闩上的木棍。不过，门合页的确是需要上油了。他把门推开时，嘎吱作响。

他摸索着在月光下寻找。这个夜晚清新宜人，周围的空气里弥漫着黑加仑灌木丛的浓郁气味儿。他想呼喊，他想发出"怎么回事儿？你在哪里？"之类的诘问，可是他的嘴巴就像被堵住了似的，连一个字也吐不出来。再后来，只能是长久的沉默。他的脑中一片空白。嗯？某个地方像是有马的嘚嘚蹄声。他辨别出一匹马从远处走来，他满怀期待，但马并没有停下。他感觉到一种微妙的声息进入耳朵，那是一阵风吹过他周围的草地。他抬头望向天空。头顶上，几颗星星在眨巴眼睛。他失落地抚摸自己冰凉的身体。他打了一个寒战，感觉冷到心里头。

一种陌生的恐慌在他周围蔓延开来，他感觉到无论如何努力都无法让呼吸进入肺里，仿佛胸口压着一件重物。他的四肢瞬间麻木和僵硬。窒息？冷冻？他能感觉到内心涌动的愿望，它像头顶摇曳的树叶一般，多少带给他不同的感触。你看看，他内心最深处还思索着该做些什么，以改变目前的状况呢。对了，他心里头还不至于糊涂到迷失自己。他努力抬起手臂，不行，不行。他试着挪动腿脚，唉！还是办不到。他转动脑袋，好像卡在什么东西之间。难啊，真难。他动了动左手上的食指，感觉就像凭意念撬动指尖，噢，噢，成了，成了。冷静。沉住气。吸气。呼气。

也不知道慌乱持续了多长时间，他的身体终于放松下来，慢慢调整好了呼吸……他蹲在地上，抱着自己肩膀默默哭泣。

"乌兰，我的孩子，你生病了吗？"耳边有人轻轻呼唤，"你不舒服吗？乌兰。"

他睁开双眼。他感到饥饿。他发现自己缩成一团，被子散落在身边的地毡上，鼻子不由自主地抽泣。

新马甲和红皮鞋

达娜提着那件破旧的羊皮马甲从古丽努尔奶奶的毡房离开时，看到小伙伴玛丽娜手里拎着一个白色的塑料壶从毡房后面的山坡跑下来，她是来给古丽努尔奶奶送骆驼奶的。

当玛丽娜从达娜身边跑过时，达娜被她脚上的新皮鞋吸引住了。达娜不敢相信地揉了揉眼睛，蹲下来，睁大眼睛仔细看。天哪，那是她见过的最漂亮的一双鞋——鲜艳的红色，鞋头有一个闪亮的大蝴蝶结。

"昨天爸爸在村里阿依旦家的壁毯商店买的，"玛丽娜抬抬脚，"阿依旦阿姨才进的货，还有白色和黑色的。"她低头左右欣赏了一下，美滋滋地说："不过啊，我还是最喜欢这双红色的。"

"啊，啊……真是好看啊！"达娜坐在草地上，脱下自己的旧鞋子，要求玛丽娜脱下一只穿着试试。"你知道多少钱吗？"达娜转着圈子，欣赏脚上漂亮的红皮鞋，抬头问玛丽娜。

"八十元。"玛丽娜穿回鞋子，得意扬扬地走向站在毡房前微笑着看着她俩的古丽努尔奶奶。

古丽努尔奶奶是一位孤寡老人，靠养老金生活。另外，村里还会经常派人给她修理毡房、送米、送面，而她的这些邻居们则尽自己所能帮助她。刚才，妈妈叫达娜给老人送来骆驼奶时，老人取出一件羊皮马甲让她帮忙去村里的皮匠铺修补。那件马甲的口袋上方裂了一道长长的口子。实际上这已是达娜第五次替古丽努尔奶奶去修补马甲了。那件马甲看起来实在是太破了。不过古丽努尔奶奶说不穿马甲自己的胃很容易受凉。

　　古丽努尔奶奶抽下毡房墙篱上掖着的一个黄色塑料袋，把马甲装好。又摸索半天，从上衣口袋里掏出一叠零钱。数了又数，从中抽出一张面额十元的钞票，对达娜说："对不起，孩子，这个月我就剩这点钱了。你经常来帮助我，本来打算给你一点儿零花钱的。"达娜理解地点点头，她知道古丽努尔奶奶的处境。很多年前，古丽努尔奶奶的丈夫和孩子因为疾病相继去世。城里的亲戚们想接她一起住，可她总说离不开自己喜爱的毡房，而达娜实在看不出她的毡房有什么好的地方。妈妈说她这个年龄无法理解一个老人的心思和感受，也许毡房里的奶茶香味儿、门前吹过的风、深绿色的草地、牛羊的叫声对她来说都是那样祥和和亲切吧。

　　达娜提着破马甲，留恋地回头看了一眼那双红色带蝴蝶结的漂亮皮鞋，往家里走去。她边走边想着那双精致的红皮鞋。到了山坡上，她想了想，快步朝自己家毡房跑去。她首先想到的是自己的存钱罐，她庆幸自己没有花掉那些零用钱。不过，这次的数目显然不是自己能够承担的。她捧着存钱罐里的一堆零钱——它们只有四十五元。我必须拥有那双红皮鞋，前不久妈妈答应过给我买双皮鞋的，无论如何我得说服妈妈，告诉她那双红皮鞋以及上面的蝴蝶结是多么适合自己。达娜边走边想。

她走向正在毡房前晾晒奶疙瘩的妈妈。没过一会儿，她果然得到了三十五元钱。

一个小时后，达娜到达村里。她先到玛丽娜说的阿依旦阿姨家的壁毯商店，找到货架上摆着的那双红皮鞋，毫不犹豫地甩出八十元钱，买了下来。但她并没有穿。她想回到家洗洗脚，换双新袜子再穿。那样，才对得起这双红皮鞋。

在皮匠铺里，达娜把那件羊皮马甲展开，指着那条口子给皮匠师傅看。皮匠师傅拿过去翻过来，边看边摇头，"这件马甲没有修补的意义了……我简直记不清这已是第几次修补了。"她转向达娜，指着马甲后背的另一处，"我敢说，不出几天这里还会裂开。"她又翻看了一阵，指指另一个口袋，"还有这里，不久也会裂开。"达娜站在那儿，茫然地看着皮匠师傅，发出一声叹息，拿回了马甲。

达娜把新皮鞋和旧马甲夹在胳膊肘下，跨出门框，坐在门口的台阶上。她用双膝托着下巴，心中盘算着，该如何将没法修补的旧马甲交回到古丽努尔奶奶手中。一阵风吹过，她仿佛看到古丽努尔奶奶弓着腰，穿着破洞的旧马甲在刺骨的寒风中蹒跚走过。风雪钻进她的胃里，古丽努尔奶奶捂着肚子，低着头，紧皱眉头。这让达娜想起古丽努尔奶奶重重地咳嗽时，整个胸部低陷下去的样子。她闭上眼睛，回忆一些细节——古丽努尔奶奶咳得闭起眼睛，使劲儿时耸起的肩膀几乎快要碰到了耳朵了。达娜还记得，当时她颤颤悠悠地靠过去，扶起古丽努尔奶奶的胳膊。过了很久，她才喘过气来。即便这样，她还没有忘记安慰担心地望着她的达娜，说自己只是呛进了一点儿凉气而已。想着想着，达娜抱紧了膝盖，仿佛自己也受了风寒。她一言不发地在那儿呆坐了很久。

她抖开马甲，迎着阳光仔细观察那件破得不成样子的旧马甲。她想：马甲对于古丽努尔奶奶来说，该是多么重要啊！它是必不可少的防寒衣物。

古丽努尔奶奶该有一件新马甲！她想。她还听妈妈说过，总是弓着腰走路并且身体瘦弱的老人，最容易肚子或者是胃疼了。

她回到皮匠铺，抬头望着对着门的墙上挂着的几件崭新的羊皮马甲。"那件马甲的价格是多少？"她指着一件看起来最柔软的羊皮马甲问。

"一百元，"皮匠师傅抬头看了看她，又说，"这已是最低价了。"

"唔，"达娜看看手中攥着的十元钱和胳膊肘下夹着的新皮鞋，默默做着心算。羊皮马甲需要一百元，八十加十等于九十。她算出自己手中能够拿出的总数。她从牙缝往里吸了一口气，鼓足勇气问道："那么，九十元可以吗？或者我回家再问妈妈要十元？"

"嗯？"皮匠师傅看看她，思考了一会儿，"可以的，你先拿走马甲，回头再给我带过来十元钱也行。"

达娜夹着皮鞋，返回阿依旦阿姨的壁毯商店，"我想要退掉这双皮鞋。"她向阿依旦阿姨说明了古丽努尔奶奶的情况，以及自己打算为老人买一件崭新的羊皮马甲的事儿。

　　"噢，那位皮匠师傅是我的表姐，我可以帮你解决那十元钱的问题。"阿依旦阿姨和蔼地说。她把那双让达娜痴迷的红皮鞋重新摆在货架上，递回给她八十元钱，带她来到皮匠铺。

　　达娜看着阿依旦阿姨在缝纫机后面小声地和皮匠师傅说了些什么。过了一会儿，皮匠师傅走了出来，她拿起一个头部带叉的铁棍把那件羊皮马甲挑了下来，又拿出两盒皮衣护理油和一把小刷子放进马甲的口袋里，用纸袋装好递给达娜。"九十元够了，不需要剩下的十元钱了。"她温和地说。

　　达娜离开时，胳膊肘上挂着纸袋。阿依旦阿姨和皮匠师傅站在门口，神情凝重地目送她走远。达娜感觉自己好像是一艘帆船，满载着大家的诚意，正驶向地平线。

　　太阳快落山的时候，达娜朝古丽努尔奶奶的毡房走去。她没有因为失去那双漂亮的红皮鞋而沮丧，她的心情反而更好了。她慢慢走着，思考着。她想着曾经遇到的善良的人们，"我也是其中一个啦。"她长舒一口气，为自己感到骄傲。"付出就有回报！"她想到自己的付出能够换来古丽努尔奶奶的微笑和健康，是再好不过的。

　　"古丽努尔奶奶，她们说您的马甲太破了。"她跑过去，对在毡房前散步的老人说。

　　古丽努尔奶奶转身看着她，背在身后的手里攥着一个报纸包，她的眼里闪烁着奇怪的光芒。"哦，那没关系，就放那里吧！我自己缝缝，或许还能穿上一段时间。"然后她那张布满皱纹的脸上咧出了得意的笑容，"来，来看看，达娜……"说着，她晃了晃手中的报纸包，"快来猜猜，我是用什么东西从玛丽娜那儿换到这个的？"达娜看到老人展开手中报纸的同时，恰好把自己手中的袋子向老人展开。

"新的皮鞋，新的好运！"

"让新的羊皮马甲来保护您。"

她看到报纸里那双红色带大蝴蝶结的漂亮皮鞋，而老人同时也看到了那件崭新的羊皮马甲。

成长礼

　　达娜五岁那年，努尔兰夫妇又要了第二个孩子。那是一个漂亮的女儿，起名艾丽努尔。艾丽努尔出生之后，达娜成了妈妈的忠实帮手。她给妹妹洗衣服、热牛奶，还在爸爸妈妈忙碌时给妹妹讲故事：小马的，灰鸭子的，还有折耳朵小兔的。

　　转眼间，艾丽努尔六岁了，努尔兰夫妇打算为她举办一个隆重的"戴耳环"仪式，庆祝她健康成长。艾丽努尔听说他们的打算之后，激动得小脸涨得通红，"妈妈，我能得到很多很多礼物，对吗?"她拍着小手兴奋地说。从那一天起，她开始掰着手指，盼望那个日子快快到来。因为她心里充满好奇，迫切想知道自己将收到怎样的礼物。

　　达娜那年上五年级。学校放暑假期间，妈妈都会把她送到城里的姨妈家。她要去那儿的暑期艺术培训班学习舞蹈。哇哦，她太适合做一名舞蹈演员啦。你瞧，她的腿长而直，脸蛋长得更是没的说。艾丽努尔虽然脸蛋和姐姐达娜一样漂亮，但是她的腿……唉，有些事情讲述起来，真是让人伤心。家里的每个人都回避提起此事儿，大家总是在发愁等艾丽努尔长大之后，该如何面对这个现实……好啦，好啦，先不说这些，让我们先来看看努尔兰和妻子将会为她举办一个怎样有意义的成长仪式吧。

首先，来说说善良的达娜是多么重视妹妹的"戴耳环"仪式吧——在平时生活中，达娜对妹妹的关爱总让努尔兰夫妇感到欣慰。在大家为这个仪式做准备时，达娜刚好放暑假，报名去了城里的舞蹈班。走之前，她悄悄告诉妈妈，她将用自己的双手挣第一笔钱，给妹妹买一件有意义的礼物。不过，她不肯告诉妈妈那钱如何挣。还有，计划要买的礼物也绝对向妈妈保密。

"这将是达娜的第一笔收入和第一份用自己双手换来的礼物。"妻子把达娜的打算悄悄告诉努尔兰，"这将是一件非同寻常的，有意义的事儿。"他们议论着达娜的神秘计划，越说越激动。最后，努尔兰得意地说："瞧，我们的达娜是一个多么懂事儿的孩子啊！"

"是啊，这真是一个很好的主意。"妻子说，"我也为艾丽努尔将要收到姐姐靠自己双手换来的礼物而高兴。"看着努尔兰的笑脸，妻子感到由衷欣慰。她完全知道他在想些什么。

在这个家庭里，丈夫总是承担太多。平时生活中，遇到任何困难，只要想起有他在身边，一切事情都会变得简单起来。可是，她和孩子们能够给予他的实在太少了。他整天除了放牧，还要打草、维修毡房和畜棚。如果仅仅是这些活计，还算好的。就怕牲畜生病，牛羊一旦出现病情，那可够他焦头烂额忙乎好一阵的。而努尔兰对于这一切都毫无怨言。妻子想，他完全是天生一副乐呵呵的样子。他那张被太阳晒成紫红色的方方正正的大脸上永远快活地堆着笑容，就算遇到再麻烦的事儿，也不肯晴转多云。他睿智大度、言辞幽默。即使说的事情并不总是那么轻松，说的方式却让人觉得轻松。

"嘿，我最感兴趣的是，咱们的达娜如何去挣这笔钱？"努尔兰问。

"她要求保密。"

"那你应该把姐姐的礼物，这件事儿告诉你的宝贝女儿艾丽努尔呀。"努尔兰说，"这样她就会兴奋地想着它了，对吧。"

"是啊！"妻子笑着点头，又赞叹说："难以想象，我的孩子会有这么了不起的想法，那些竟然出自她那刚刚十一岁的小脑瓜。看来，我们的孩子都长大了，我真为她们感到骄傲。"

此后的半个月时间里，努尔兰夫妇做着成长仪式前的各项准备工作，常常还会和艾丽努尔兴奋地议论那个神秘礼物。艾丽努尔有时会问："姐姐会给我带回来一个画着花纹的木玩偶吗？"因为，她在四岁时因为一个木头玩偶，和姐姐发生过争执。现在提起那事儿，达娜还会感到愧疚。"因为，那时我还小，不懂事儿嘛。"她总会这样解释自己的行为。

哈萨克族女孩的"戴耳环"仪式是告诉亲戚朋友们自己的孩子健康长大了。大家接到通知后，都会赶来祝贺。所以，这项习俗会办得非常隆重。有些家庭甚至设宴庆祝一天一夜，比婚礼还要热闹。仪式前的准备工作也很多，要给所有的亲戚朋友发请帖，还要宰杀牛羊，烤制蜂蜜饼干、巴哈力等各种点心。

努尔兰夫妇在一次进城采购时，给艾丽努尔买了一件带蕾丝花边的粉色连衣裙。他们认为那是商店里最漂亮，并且最适合艾丽努尔的礼物了。这件连衣裙上贴满耀眼的银色亮片儿，袖子是半截的泡泡袖。他们从商店出来时，站在阳光下，抖开它欣赏。在它的周围，闪烁着钻石一般耀眼的光芒。他们赞叹着手中的礼物，议论着艾丽努尔见到它时会是怎样的反应。还有，穿上它会如何的美丽。

"我们也要像达娜那样保密，等仪式的前一天拿出来，给艾丽努尔一个大大的惊喜。"妻子给努尔兰建议，"我真是希望她的一生都会一直这样快乐下去，可是……"她的情绪突然开始低落。

"哎呀，快看，让我想象一下，我们的艾丽努尔穿上这条裙子一定像个公主，你说呢？"努尔兰赶紧岔开话题。他总是不愿提起那件伤心事儿——他把它放在心里，默默承受，希望妻子高兴起来。他是一个真正的好男人。

在他们的准备下，很快迎来了那个美好的日子。

一大早，达娜和城里的姨妈赶回来。跳下车，她朝爸爸妈妈眨眨眼，神秘地举举手中的小纸袋。

妈妈向她点头，并抬抬下巴，示意艾丽努尔就在收拾一新的毡房里。

妈妈在围裙上擦干手上的水，走进毡房时，看到艾丽努尔正坐在地毯上整理自己的公主裙，宽大的裙子下摆完全盖住了她的双腿。看上去，她比公主还要漂亮。紧跟着，达娜拿着她的礼物来到妹妹身边。这时,努尔兰也跟进来了。大家都对这件礼物十分好奇。

达娜打开袋子,抖开自己的礼物——一双白色的长袜子。当艾丽努尔看到她的礼物时,脸色顿时煞白。"……袜子……长袜子?"她说着,情绪有些激动,"姐姐给我的礼物是……一双长袜子……"她的眼睛里涌出了伤心的泪水。达娜看着妹妹,愣了一会儿,像是突然明白什么似的,迅速把袜子团成一团,捏在手里,跑出毡房。

妈妈一时束手无策,也跟着达娜跑了出去。室外流动的空气使妈妈平静下来。她想起在艾丽努尔刚满一周岁时,一场伴随着拉肚子的高烧之后,刚学会走路的艾丽努尔突然双腿疼痛,导致无法站立。

她想到确诊那天,小小的艾丽努尔在她的怀里睡着了。她低头看着她,短短一年时间,她已经长了那么多,她的膝盖几乎放不下她。但是她的腿却越来越没有力量。她坐在医院走廊的长条椅上,弯着腰左右轻摇艾丽努尔,感觉自己全部的爱里都是忧虑和心碎。"天哪!"她把头埋进她柔软的头发里,低声哀叹,"用我的腿,来换你的腿,可以吗?"

他们开始说,真不敢相信这是事实。或者,这种事儿怎么偏偏发生在我们身上。有时他们还会说,要是怎样,会怎样?直到治疗一段时间之后,他们沉默了。沉默之余,是因震惊而眼睛血红的脸。再往后,就是对这件事儿的畏缩退避和闭口不谈。

但眼下没时间思索这些事情了。她看到达娜坐在毡房后的柴堆上流泪。她感觉自己的眼泪也流下来了。

"我没有想很多……"达娜哭着向妈妈倾诉，"……我在舞蹈班里帮老师提水……打扫卫生……还帮老师看管小班的孩子……不让她们跑出大门……走丢……"她用手背擦着流到嘴角的眼泪，喘息着，"……老师问我需要什么……我说我需要给妹妹送一件特别的礼物……最后老师带我去了商店……我挑了这双长袜子……我跳舞的时候……一直希望有一双这样的白袜子……我想妹妹一定也会喜欢……"说完，她看着妈妈，"我认为，这是一件非常好的礼物……我没有想要伤害艾丽努尔……"

努尔兰不知什么时候来到毡房外面。他在柴火堆旁边蹓来蹓去，数次坐下，又站起来。蹓到她们身边又蹓到毡房门口，蹓到羊栏边又蹓回来。盯着她们，又深深地叹气。毫不掩饰他正在对这件事儿的思考。他思量着，看着眼睛红红的妻子和泪水涟涟的达娜。

最后，他终于打断她们的对话，对她们说。"你们不认为这是一件好事儿吗？"

"啊？"达娜和妈妈同时愣住了。

他看着她们，眼神里有了坚定。仿佛已经正式迈上了一个舞台，而他完全能够控制住整个剧情的发展，并且有信心演好这出生活剧。

"达娜，你是为了这个……"

他停住了，指了指腿。

"……才这么伤心吗？"他把手放到达娜的肩膀上，轻轻地摇了摇。

"是……"达娜犹豫了片刻，费力地挤出一丝微笑，"可是，爸爸，我不是故意这么做的。"

"拿来，给我。"他沉默了一会儿说道，"达娜，我现在想要告诉你的是，你做得很好，这是一份了不起的礼物。"

妻子疑惑地看看努尔兰。"你……"她问，"你没事儿吧？"

"担忧和躲避只会要了我们的命。"他说，"现在，我们应该做的是让艾丽努尔面对这件礼物，这才是让她真正成长起来的，有意义的礼物。"努尔兰朝她们招招手，"来，跟我来！"

她们又回到毡房，艾丽努尔低着头坐在那里，看着自己的腿。大家看到她流到脸颊上的眼泪。

努尔兰轻轻走到她身边，把白袜子放到她面前。"艾——丽——努——尔——"他把她的名字拖长了，一个音节一个音节地说出来，口气非常严肃。"我想，我明白达娜姐姐的礼物，这是她想要说的，也是我想要告诉你的，同时也是要告诉我们全家与所有的亲戚朋友的：今天是你的成长仪式。我们从今天开始都要面对你的腿——那双天生萎缩的有缺陷的腿。只有面对这双腿，你才能真正成长为一个大人，走向今后的生活。"努尔兰说完，回头看看达娜，"你是这个意思，是吧？当然，包括我们大家，都要面对。是吗？"达娜明白了其中的道理，激动得满面通红。"啊，对，对，是的，是的。"她看着艾丽努尔妹妹，声调不高，但十分热切。

努尔兰搂住了妻子和两个宝贝女儿，擦干流下的眼泪。

岩　画

　　晚秋时节，一个雨后的下午。五点刚过，库齐肯和孩子们整理完一切——她们准备第二天出发，转场迁往冬牧场。从昨天收拾家当开始，她的嘴就是紧抿着的。她时不时放下手中的东西，站到高一些的土丘上，把手搭在额头前，向着远处张望。她这么做了许多次，好像有三四十次了吧。看起来，像是什么珍贵的东西遗漏在了那儿，或者有什么重要事情等着她去处理。这让孩子们感到不安。

　　这回张望之后，她松开身上的帆布花围裙，团了团，塞进一个羊皮口袋。"我该去那面走走看，"这话既是对孩子们也是对她自己说的。"我得去走一走。"

　　"一起去吧。"孩子们问，"有什么东西丢在那儿了吗?"

　　"不，我只想随便走走。"她摇了摇头。

　　"给您。"一个孩子跑过来，把一件棉衣披在她身上。"妈，快些回来。"这个季节，太阳落山之后，冷得刺骨。

　　她走过草地，来到山谷低地。稍做停顿，又走向前面的山坡。一些打蔫儿了，还没脚踝高的紫色和黄色的小野花；一棵被闪电击倒的，早已枯了的雪松树干；褐黄色的白桦树叶，在空中打着卷儿飘来飘去；浓密多刺的灌木丛上，羊群经过时留下的一缕缕羊毛迎风颤抖；几个半米来高的蚂蚁窝，密密麻麻的蚂蚁，匆忙在周边劳作。她看到了这些。

当她翻过山坡，来到山脚下时，听到远处山体后面的雷声。她停下来，眺望山边翻滚的云团，她发现自己停在一大片岩石前。它们大多发着铁灰色的光芒，另一些是干血般的红色。那上面有许多非自然的陈旧痕迹，她看着那些牛、羊、骆驼、鹿还有展翅翱翔的老鹰，这是先民原始动物崇拜的遗迹。她用手抚摸这些草原岩画，在她准备离开时，不远处岩石上的痕迹吸引了她的眼睛——那是被人用小的石块一点点敲击上去的数字和图案。这些痕迹新鲜而清晰，非常容易辨认——这是丈夫每天放牧的地方。

那么，这里记录了什么？

她俯下身子，认真查看岩石上的痕迹。最前面的岩石上刻着——六月十三日。哦，这个日子，他敲击的这个日子，她知道。可是笔迹对她来说却有些陌生——颤抖、扭曲，又很小心、无力。而以前他在纸上记录家里的每一笔收入，还有购物单上的字迹，全都挺直而大胆。不过，还是可以看得出来跟从前充满力量的笔迹间的模糊联系。嗯，是他的笔迹。

也只有她知道他敲击"六月十三日"时的心情。就在这个日子的清晨，他们从城里医院回来。医生说他的生命只有两个月。虽然，每个人都瞒着他，但他的眼睛告诉大家——他心里头明白着呢。他跟她什么都没说。

"一切都已经过去。"回到家，她耸耸肩，装出什么都不会发生的轻松模样，告诉他："现在你需要和正常人一样生活啦。"

"嗯，哦。"他答应着，他完全能够理解她的心情。他赶着羊群，去山坡上转悠。他需要阳光。他总是觉着冷。他在暖暖的草地上坐着，望着眼前的世界，怀着惶恐和孤独的心情，等待那个日子的来临——他已经感觉到了。事实上，任何走动对他来说，都是一件痛苦的事儿。疾病已经侵袭到他的内脏、骨骼和血液。稍微动一下，他就气喘不止。他肥大的衣服松松垮垮地罩住他苍白无力的躯体，他浓密蜷曲的、泛灰色的头发已经脱落得稀稀落落。那个妻子和孩子们依靠过的，象征着力量的肩膀，也不见了。

他的灵魂时常像个游魂，在他不知所措时出走。

我该留下点什么呢？给我热爱的草原和我最爱的家人们。他想。他左右看看，捡起脚边的石块，走到不远处的岩石边，一点点，慢慢地，艰难地，把这个日子敲击上去——六月十三日！

旁边是两匹马和两个人的模样。这个，她一看便懂。每天，她都会骑着马儿和他在草原转悠一会儿，陪他一起看草原，看日出日落，尽可能不让他感到孤独。

她骑着马，走在他旁边，夸张地笑，巧妙地引导话题。从天气不错，到亲戚家母牛生的小牛犊，最后绕到孩子们小时候的事儿。

草原上开满金黄色的金莲花，万物青草疯长，她哼唱起那首他追求她时常唱的《可爱的一朵玫瑰花》：

可爱的一朵玫瑰花，塞地玛丽亚，

可爱的一朵玫瑰花，塞地玛丽亚。

那天我在山上打猎骑着马，

正当你在山下歌唱婉转入云霞，

歌声使我迷了路，我从山坡滚下，

哎呀呀！你的歌声婉转入云霞……

　　这是一首欢快的哈萨克族情歌。她这么做，是想让他想点曾经快乐的事儿。她怀念以前的丈夫，奢望看到他的笑容和活力。真的啊！现在这个时候，他要是笑一下，那可真是她的幸福啊！

　　不管她多么努力，发出的声音都是那么的不自然。他们不看彼此，但他们的心是连通的。这种连通，就像草地上的小径一样平常。它存在于他们的灵魂深处。她知道他心里明白，他也一样。他们彼此都知道一切都和从前不一样了。可是在这种时候没人会说出口。就让日子这么过下去吧！他们都这样想，哪怕表面开心，也还不错。

　　是这样吧？是啊！

　　有时，他们骑在马上会突然默不作声，他们在轻微的晃动中眺望远处起伏的山体，在这个幸福一生的绿色草原上默默前行。这时，以前的生活仿佛年代久远的无声电影在眼前跳跃、闪现——儿童时代，青少年时期，还有他和她一起度过的幸福时光——他们感到生命如此短暂。仿佛一瞬间。

一个毡房进入她的视线，毡房前跑着一只狗。这是他们生活的毡房，狗是他们的老牧羊犬，它叫"将军"——它的确是一名将军，统帅羊群的将军。它跟着他放牧十五年，立下汗马功劳。现在老了，身体虚弱，跑不动了。他把它安顿在毡房休息，好好享受晚年。

她想起来，将军时不时叼回来一只被它杀死的土拨鼠或野兔，这让她感到困惑。她觉得对不起那些小动物。他向她解释，这是狗的天性，以及某些动物必须捕获其他动物的生物链。"将军要锻炼自己，我们不在的时候它才可以照顾自己。"他说，"同样，你也要锻炼自己，假如有一天我消失不见了，你能……""不会，"她打断他的话头，"你，一直在这里。"

曾经，就在不久以前，她幻想过，他不再接受消耗体能的化疗方案之后，奇迹会出现。很显然，并没有。

"你说得对……"她自言自语，"你瞧，我没有垮下去吧。"她对着面前根本没有人的空气说话。现在她一直以这种意识支撑着自己，才不至于在他离开后使她感到世界的最后一盏灯也熄灭了。她没有被悲伤压得全身无力，胃口和身体也还行。嗯，她大脑中的某个部分还能应对接下来的生活。

但是……但是……不可否认的是……她随身携带的，她所携带的全部中，出现了一种缺失。就像呼吸时空气的匮乏，就像血管中血液的匮乏。她料想这会成为她身上永远存在的困境。从前，她可是喜欢活跃气氛，让人们感受到甚至可以称作是快乐的希望。

他赶着牛羊走在回家的小径上，远远看见毡房小窗里透出的橘色灯光，还有烟囱里的炊烟，他知道自己的辛苦并不是毫无意义。他觉得心里暖洋洋的。尽管是在暴风雨的季节，在充满雾气的空气中，那依然是一个温暖的神话。是的，从山坡上走下来，首先进入他视线的就是它。它是白色的，显得纯洁朴素。清晨，草地上的草儿绿油油，衬托着黄色的花明亮亮的，在这些颜色中的白色更显得温馨。哦，老牧羊犬晃晃悠悠跑过来了。它的耳朵在风中摇曳，夕阳照耀着它闪亮的皮毛。那是他永远的朋友，永远的家人。它永远会拿出十二分的期待，等待他的归来。它黑溜溜的大眼睛里，流淌着真诚与虔诚。它抬起头，瞅着他，蹭着他的腿打转转，把温暖圈在他周围。

哦，一个小孩。一个圆圆的头，两根横线代表胳膊，两条竖线代表腿。尽管在石块的敲击下小孩显得那样笨拙，但是，一眼望去，她便知道那是他们的小儿子——那是他最喜欢的孩子。他一定在敲击中回忆这个孩子的从前，那个吃饭时总坐在他膝盖上的小人儿。他的头发像一簇簇打湿了的骆驼毛，柔软地粘在头上。脸白得透明，像白腻腻的肥皂雕刻出来的。小人儿仰头望着父亲的脸，他咖啡色的眸子同父亲的一样漂亮。但眼神更加深邃，深不见底。他看看父亲的脸，接着，跟随周围的声音左右一顾一看。那小脸，秀气而恬静。他的睫毛又长又黑，宛如用笔描出来的一般。当他垂下眼的时候，乌黑的睫毛在白而透亮的面颊上投下一层浓密的阴影。

往事已经模糊。早年的事儿就像演过的一场电影。后来，过了好久——中间的那段时间到哪里去了呢？他们穷的时间可真不短啊。那些年，他们努力挣钱，养家糊口。他们有四个未成年的孩子。草原上的青草茂密，他们有一山坡的羊。然后，他们本打算在第二年把羊卖掉。价格降了。他们还是希望下一年的价格好起来。然后又降了。他们整天为钱发愁，磕磕绊绊地坚持了一年又一年。直到最后，她在他头上拔掉几根白发的那一年，他们手头宽裕了起来。她清楚地记得某段艰难的生活，但无法将之拼成一幅完整的画面。

那些日子的确艰辛，但没有一天是虚度的。孩子们渐渐长大，有两个已经大学毕业。家里的牛羊多了起来，有好几百只羊，十几头牛，三匹马。他们不愁吃喝。劳累了一辈子，到享福的时候了。

但是，生活的节奏，并未按照你所期待的那样进行下去——那是秋季温暖的一天，但傍晚的风里已经有了一丝丝冬天的气息。他刚刚把羊群赶进羊栏，还未来得及脱去沾满草屑的外套，毫无征兆地，突然感到腹部一侧的疼痛。他摇晃了一下，跪了下来，然后倒在地上。她抓住他，把他扶到床上躺下。虽然疼痛很快消失，但还是让她隐隐感到不安。

剧痛再次发作，同样是在傍晚。那是八点左右，当时正刮着一场暴风雪。道路封闭，而且不可能把车从积雪中挖出来，于是不得不套上马车，将他送去城里的医院。不到三十公里的路程，却仿佛经历了一场冒险。

当他在病床上苏醒之后，库齐肯和他单独在病房的时候，她对他讲了实情。她说："你的阑尾在手术中被切除了，正如你所认为的那样。但那并不是重点，最重要的是，在你的腹腔内发现一个赘生物，一个鸡蛋那么大的肿瘤。"

"但是，别担心，"她接着说，"鸡蛋一并被切除了。"她说这话的语气很自然，没有任何慌张或者疑惑，甚至还有点玩笑的意味。

他本来可以问她更多关于她对这个肿瘤的看法，催促她去约见医生，打听检验的结果。但他并没有询问接下来会怎样。他认为很快就能出院，回去侍弄棚圈里的牛羊了。他是这么说的。

在此之前，"癌症"这个词从没有在他们的生活中出现过。他和她也从未聊起过此类话题。但是，当她听了医生的话之后，不去探究那是不是癌症，是不可能的。她想立即知道是恶性还是良性的。

一定是因为一天当中的每一个时刻，都不像在牧场那样，被劳作填满。她的睡眠开始出现问题。刚开始，她坐在床边，清醒着直到午夜，并奇怪自己为何如此清醒。后来，她清醒的时间渐渐延长，直至整夜无眠，眼睁睁看着黎明到来。她看着病房窗外的小鸟开始醒来，在树枝上啼唱。在这些最早的晨起曲之后，天空很快开始泛白。美好的一天开始了，她却越来越感到焦躁不安。她开始在头脑中数自家羊栏里的羊群。一只，两只，三只……她数着，让自己渐渐失去知觉。

她增加了白天的活动量，来来回回地走。先是在住院部门廊里，然后从一楼爬到十一楼，再从大院的东头到西头，直到把自己折磨得筋疲力尽。

后来，她明白了，她不愿意面对的，失眠的真正原因——她越是想要一巴掌把那个想法从头脑中打走，它越要回来——尤其是在夜深人静的时候。那个在她头脑中挥之不去的想法就是——他确诊了癌症——那个大家所熟知的绝症。

是的，他真正摊上麻烦了——恶魔，控制了他。

"唉！这世界上，最难克服的事儿……就是绝症了吧。"一天夜里，库齐肯躺在租来的陪护床上，那种忧虑像幽幽的湖水在她脑海深处闪烁。在她思绪不连贯而又感觉疲倦的时候，她叹息着，不由自主对着黑暗喃喃地说出了这句话。那声音断断续续，里面有什么在颤抖。她被自己发出的声音吓了一跳，以为身边的他已经睡着了，没想到他居然说话了，"更难的是明知道没希望，还要硬着头皮上。"她怔住了。她的内心一阵发冷，身子微微颤抖。病房里静悄悄的，空气像是凝固了一般——希望啊，它总是最后死去的东西。也许，这就是人生。就在你以为生活恢复正常时，生活会给你一副新的面孔，逼着让你来面对。

她知道，心无杂念地入睡已是不可能的。那段时间，她总是避开他的眼睛，不敢看他。她搜肠刮肚地寻找开心的事情讲给他听，迎合他。可是，目前开心的事儿那么少见，很多时候，她甚至找不到任何话对他说。有时，她会说，早晨好啊！这么说，看似非常自然，但其实一点儿都不自然。在家时，他们没有这么打招呼的习惯。因为一天当中他们始终在一起。现在她处处小心翼翼，假装情况会变好。可是，他肉眼可见地瘦下去。他瘦极了，皮包骨头。又苍白，又困惑。看上去一副不知所措的样子。

几只羊，那里还有几只羊。那是他的羊，他生命中的珍宝。在岩石上敲击出它们的模样之前，他一定温暖地望着它们。天、地、阳光、空气、白色的羊群。他看着它们从身边走过，看着它们低头吃草，听它们闹哄哄地发出各种各样的声音。这些，对于他来说就是享受。在蓝绿空间中，羊群显得如此醒目而灿烂。那时，他一定蓦然领略到生命的绚丽，一定痴迷地望着强大的蓝绿中那点点滴滴耀目的白色，在手起手落之间留在岩石上。

嗯？下面，那么下面又是什么？她无法辨认，眼前模糊一片，就像溺水的人透过湖水看人生——她流泪了。透过泪水，她努力往下看，越过许多来自他生命中的符号，她凝望着"小母牛"这三个字。那是二人世界里，他对她的昵称。他还会叫她"小野马"，有时又叫她"野山果儿"或者"小羊羔"。但是，他最喜欢叫她"小母牛"。那么，后面是什么？她往后看去，哦，后面还有"我一生的爱人"这几个字。这些字让她窒息，她跪倒在草地上，亲吻那些笨拙的、颤抖的图案和文字，抚摸它们。她伏在那些字上，吻了又吻。

她穿过岩石群，踩着倒伏在地的干萎草丛，躲进松林里。她内心的某个角落，总是渴望独处。独处的时候，她可以让往事浮现。说句实在话，平日里，她并没有多少时间用来想事情，更没有时间往深处想。她总想着躲起来，并不介意被别人遗忘。这是实话。

现在，她正处于一个安全而隐秘的世界，一个仅属于她自己的空间。她左右看看，担心有人。实际上，周围根本没有一个人。她抱着胳膊，在一块潮湿的石头上坐下。

她闭着眼睛，坐了很久，脑子很乱。她尝到了咸味，才发觉自己一直在流泪。这使她有了一种满足，一瞬间被唤醒并感受到了自己的呼吸。自从他走之后，她还是第一次放任泪水不停止地滑过冰冷的面庞——这段时间，太忙碌了，她甚至没有一点儿自己的时间用于独自思念。

她不敢回忆那天发生的一切，可那些却偏偏刻进她的脑子。

那天，他突然想吃烤馕。她赶紧烤了热腾腾的馕。他靠在被子垛上，动作迟缓地咀嚼，吃下大半个——他已经一周吃不进东西了。然后，他慢慢坐直身体，由她把一碗奶茶轻轻放到他迷迷糊糊到处乱摸的手里。

喝了奶茶，他突然有了点儿精神，他的嘴里开始絮絮叨叨说起话。他问刚刚吃的馕是今天的吗？然后他自己回答，是今天的馕啊，明天就是明天的了嘛，这个还值得拿出来说吗？他又说，那么，奶茶也是一样啊。他还提了好些个问题。他问棚圈门上的木头栓子是不是被牛挤得掉下来了？他问牧场上的草长多高啦？他问奶牛是不是跑到后山，找不到了？他还说替代他放牧的儿子早就没耐心了，对吧？他说他早把他看透透的了。他又问邻居布鲁尔给马钉了蹄铁了吗？那活儿就得年轻人干。当年我是小伙子时，也还可以，现在真的是不行了……

他平静极了。他说话的声音虽然非常轻，但仿佛从他体内一个深深的洞穴里发出，受喉咙或者舌头的阻碍而走了样。

"行了，行了，我看了，好着呢……都好着呢……"他用一种空洞的、没有聚焦的眼睛盯着前方。这是一双已经充了血的眼睛。乌黑的，被病痛折磨的痕迹，就像伤疤一样圈在这双眼睛的四周。那个被圈住的眼神，极度暗淡虚弱，像是黑暗中将要熄灭的一豆烛火。天哪，他时而清醒，时而糊涂。说出的话儿，时而飘忽，时而现实。

她还没回答他的问题呢，他伸出颤抖的手臂。手臂上青筋突出。它缓慢抬起又落下——他那是让她扶他躺下。

他躺在床上，喉咙里咕噜噜的，像是冒泡的水管。不过，似乎还在说些什么。她俯身趴到他身边，凑近了，凝神倾听。"好了，好了……没时间了……到时候了……就这样吧，就这样吧……好了……好了……"他的声音细若游丝，仿佛毛刷在桌面轻轻拂过。催眠一般，在她的脑海里闪过一片银光，睡意瞬间袭来。很快，她疲惫地睡着了——她有大半年没有好好睡觉了。

第二天清晨再看时，他仰面躺着，眼睛圆睁，脸颊凹陷下去，嘴张着，看上去就像是故事结尾的句号。"老头子……老头子……"她呼唤的声音，像一声声叹息。他却看上去是那样的可怕、沉默而又无动于衷。

医生赶来了，从被子下摸着找到他僵硬又苍白的手。手指搭在他的手腕上，又把另一只胳膊朝上伸了一下，露出手腕上的表。医生看着秒针慢慢走着——他在善良而耐心地尽他于事无补的义务。过了一会儿，医生松开他的手腕，摇了摇头，叹了口气，转身告诉她和孩子们："已经……走了。"

"走了"意味着"永远离开"。她懂。然而在听到这话的一霎，她看到的是他赶着羊群往山坡上渐渐走远的背影。她多么希望他像以往那样，回头，朝她挥手，对她绽开温暖的笑容。那个笑容里没有一丝困惑，仿佛相信他在她眼里一直是一个依靠和希望，而她在他眼里也是。但他没有回头，没有挥手，更没有微笑。他"走了"，"永远离开了"！

她常常在黑暗的夜里想，这会有什么区别？

但他走后，取而代之的空虚排山倒海般冲向她。

夜幕降临，天似亮非亮，似冥非冥。十月的风在这时候也有了人情味儿，你看它淡淡地哀伤起来，颤巍巍地从湿乎乎、黑沉沉的西伯利亚冷杉与落叶松间穿过，夹杂着潮冷的冬天气息。库齐肯深吸一口湿湿的松香味儿，感到什么东西在她体内消退，就像海浪从岸边退去，突然间，再形成新的浪潮——一些可怕的喊叫从她的喉咙里喷射出来。是他的名字。她喊叫了三遍，哦，也可能是五遍。她焦虑的喊叫声响彻松林，空旷的松林又把她的喊叫声送还给她。然后……然后……就结束了。

不知道过了多久，她慢慢站起身来。她走出松林。她安慰自己说，悲伤会自动离开，这只是时间的问题。她努力让自己想点高兴的事儿。她计划着，转场迁入冬牧场之后，卖掉大部分牛羊。孩子们该上学的上学，毕业了的可以去找喜欢的事儿做。家里虽然算不上多么富裕，但眼前的日子还是有把握的。

她自己呢，在飘雪的冬季，天不亮就起床。呼吸着健康而冰冷的空气，给棚圈的食槽里铺上新的干草，然后，坐在木头小凳上，头靠在奶牛温暖的体侧，看着它给予她们一家注入满皮桶的牛奶。她想让自己轻松一些，过这种没有灾难和恐慌的舒适生活。一种美好的生活。

可是，无论她如何幻想，悲伤的情绪又在她四周弥漫开来。他经受的苦难、他的离去，在她记忆的某个点、某个地方痛苦地回放起来了——他走时的场景重新袭上心头。

他曾经存在，而现在不存在了。完全不存在了，仿佛从未存在过。人们匆匆来去，仿佛合乎情理的安排可以战胜这个骇人的真相。她看着医生轻推他张开的嘴，让它闭合，然后抹下他的眼皮。她遵循惯例，在人们告诉她该签字的地方签字，安顿——用她们的话说——遗体。多好的词啊，"遗体"。就要被遗忘的身体？

唉！没有经历过，如何去理解离去的人心中的孤独和无助呢？她爱他。但是她无法想象，在漫长而短暂的两个月时间里，他是如何与死神交流，如何孤独地迎接死亡。而死神又是怎样的呢？它像蛆虫一样吞噬他的身体吗？它时不时抓住他的肩膀往黑暗中拖拽吗？它掐着他的咽喉让他无法呼吸吗？它丑陋无比吗？它面目狰狞吗？哦！无法想象！无法理解！无论怎样，任何人，在走之前，无论身边陪伴多少亲人，他都要孤独面对，无人陪伴。

他在与死神交流的日子里，在夏牧场岩石上留下这些。在他伟大、庄严、神秘莫测的最后日子里，他心中的景色就是这些，只有这些……

美　丽

　　库齐肯奶奶七十多岁时，一只小黑狗闯入她的生活。那是她在路边垃圾箱里发现的。库齐肯奶奶把一袋垃圾扔进垃圾箱时，一只耳朵耷拉着的脏狗跳了出来。回家的路上，它围着库齐肯奶奶转圈，不停地摇尾巴。库齐肯奶奶拿出中午吃剩的肉骨头招待它，还喂它温热的羊奶。当给它洗过澡之后，库齐肯奶奶几乎认不出它了——它毛发上的泥土漂洗掉之后，成了一只从耳朵到鼻头、后背腹部到爪子，还有爪下的小肉垫，全身上下都是黑色的漂亮小狗。

　　不知是心情愉悦还是吃饱肚子的缘故，小狗耷拉着的耳朵也支棱起来，再配上闪烁亮光的、像是另一世界的精灵般的棕色圆眼睛。哇，它的模样看起来真是完美极了。于是，库齐肯奶奶给它起名叫"美丽"。

　　晒干身上的毛发之后，美丽直奔柔软的地毯，一咕噜滚到库齐肯奶奶为它准备好的棉垫子上。先是把鼻子贴在垫子上，嗅了嗅上面的味道，接着把四肢前前后后摆了摆，直到摆出舒适的姿势为止，然后把头枕在摆好的爪子上，酣然入睡。

它，有家了。

美丽是只聪明的小母狗。库齐肯奶奶教它玩捉迷藏，她们一玩就是几个小时。美丽尤其喜欢在干草垛那儿玩。它会后退，一直后退到墙边，然后冲刺着向草垛奔去，降落到新鲜的干草深处。草垛里满是晾干的野花——黄色的雏菊、紫色的苜蓿花，还有不知名的小蓝花。当它从草堆里钻出来，身上挂满各色小干花儿，在穿过山谷的微风中摇曳。库齐肯奶奶被它的模样感染得兴奋起来，也加入进去。她忘我地张开手臂，跳跃起来，眼里闪着光，是小女孩般欢乐的表情。她抱起美丽，围裙飞舞。当她滚落在温暖的、散发着正在生长的草的气息中时，假牙差点从她大笑的嘴中滑落出去。

每天，库齐肯奶奶和它一起吃饭，一起睡觉，一起散步，一起凝望洒在草地上的阳光缓慢流淌。很多时候，库齐肯奶奶怀抱着它，用手指绕着小圈给它按摩耳朵后面，穿插着从额头到背部到尾尖再到柔软腹部的全身抚摸。美丽沉醉其中。它把头抵在库齐肯奶奶的胸前，缓缓摇动尾巴，爱慕地仰头回望。有时，它还会趴在库齐肯奶奶的膝上或卧在她的胳膊肘里睡觉，舒服地四肢垂下，像面条似的。它成了库齐肯奶奶的心肝宝贝。周围的人们都知道，若想看到库齐肯奶奶的微笑，只需走近，轻声询问："您的美丽好吗？"

两年后的某个傍晚，库齐肯奶奶感到头疼胸闷。吃了两片感冒片之后，打起了瞌睡。美丽和往常一样，跳到床上，伏在她身边，并把脸凑过去贴着她的脸。这一切与往常没有什么不同。可是这次，美丽的鼻尖刚触碰到她的脸颊，便突然像弹簧般蹦跳起来，用焦虑的目光盯着她，用它的最大音量狂吠。一副灾难即将来临的样子。"别闹……别闹……"库齐肯奶奶皱着眉，用手拍拍它的脑门。平时她这么做，不管它是在撒野还是在闹情绪，都会无条件服从，乖乖蜷缩起身体，躺回到她身边。可是这次不同，它的情绪越来越激动，十分钟后依然狂吠不休。并且，没有任何要停止的意思。库齐肯奶奶觉得不太对劲儿。美丽一定想要告诉她什么，她想。

　　与美丽相处的这两年里，外面下起小雨，它会冲她叫个不停，直到她把晾晒在外面的地毯收回毡房。去邻居家做客，回来晚了，它总会跑在前面，汪汪叫着提醒前面有石块或者水坑。在这些方面，她认为美丽是个天才。因为它没有受过任何帮助人类的训练。这些，都给她留下了深刻印象。

　　美丽的提醒，让库齐肯奶奶突然想起，这几天身体一直疲乏。尤其是今天吃晚饭时，头晕得厉害，呼吸也不像平时那么顺畅。这么想着，她起床，穿上外衣，把小木凳搬到毡房门外的左侧，扶着墙篱，小心翼翼站到上面，给孩子们打电话——只有那儿有信号。

　　到了城里医院，已是凌晨一点。"量血压！"值班医生大概问了情况之后，立即判断是血压出了问题。"130到200！"量完血压，医生告诉她再晚来一天或者半天，情况可能会很糟。

　　几年前，库齐肯奶奶的丈夫去世。孩子们相继出外求学、工作、结婚，有了自己的家庭和事业。现在，孩子们想要接她去城里享福，她却认为在牧场度过自己的晚年，才算是真正地享受生活。她知道，孩子们不会理解她。在她心里，城里生活的可怕之处，就在于那种陌生感，让她觉得很不踏实。她只能偶尔去住上三两天。但也只是在小区周围走走，看看，却不能真正融入其中。

"嘿，库齐肯，"曾经，小区里的一位老人劝她，"在城里住上多舒服呀，房间里有卫生间，方便洗澡，还总是有电。这样的房间最适合咱们老年人住了。"

"谁说我是老年人？"她反问别人，"我还认为自己年轻着呢！"

"哦……"她弄得别人不知该说什么，不过那个老人又想起一个最能说服她的理由："以后再不用去河边提水了，不好吗？"

"山泉水烧茶才好呢，没有什么水能比得上。你不这样认为吗？"

"也是呀……"那位热心的老人无话可说了。

一旦搭上了话，她也就不客气了，开始没完没了描述牧场的生活。而无论从哪个角度赞美，都得用上"真没法形容我多喜欢它！"作为结束语。她心里就是这么想的。这是真话。

"您得听听别人怎么说，"她的孩子总在她跟前说这样的话，"别人会认为我们不赡养老人，您得明白这里头的道理……"

"什么道理？自己高兴就好，没有必要明白什么乱七八糟的道理。不是吗？"她让孩子们各忙各的事儿去，别想这想那的，"每个人，活着是为了自己。"她告诉孩子们。不过这样，孩子们没时间也不可能始终陪伴在她身边。自从美丽走进库齐肯奶奶的生活，就填补了这个空缺，给她带来无限乐趣。

美丽总是依偎在库齐肯奶奶身边，耐心倾听她说的每一句话，用那双充满善意、温和的眼睛和库齐肯奶奶进行心灵交谈，告诉她：您是世界的中心，您的每一句话对我来说，都很重要。当它跑在她旁边时，脚爪接触地面的沙沙声、随风飘动的柔软的毛发、张着嘴不停的哈气声，都让她充实而幸福。

可是，与心爱的宠物共享的美好时光，总是一瞬即逝。

一天，库齐肯奶奶在邻居的帮助下，把美丽送进城里的动物医院。医生给它检查身体时，它安静地躺着，毫无敌意。

"它有什么症状吗？"

"两个月前，它感冒发烧，我每天把它搂在被子里，很快它就好了。它又开始跳上跳下，玩啊闹啊。可是，上周开始又突然不吃不喝。今天早上，我把羊奶滴进它嘴里时，它开始干呕，脸和下巴抖得厉害。呼吸困难……看起来很难受的样子……不过，上周她还跟着我跑来跑去，还打碎了一个装方块糖的水晶托盘……现在却成了这个样子……唉……"库齐肯奶奶搓着手，眼睛里的亮光越聚越多，嘴里不停念叨："它真是一只了不起的好狗，帮我拖来挤牛奶的皮桶，帮我叼来袜子和鞋子。除此之外，它还会去小商店帮我买东西。我不能没有它。我想请你给它打一针或者吃一些好药，让它很快舒服起来……可以吗？"库齐肯奶奶皱着眉，眼神焦虑。

检查过程中，美丽瘫软在桌子上，一动不动。只有在库齐肯奶奶抚摸它或者叫它的名字时，它的尾巴才会费劲儿地左右摆动两下，表示回应。也像是在安慰库齐肯奶奶：别担心，很快会好起来的。

医生给美丽做完检查之后，叹了口气。

"它的年龄？"

"哦，我从垃圾箱捡到它到现在八年多了……当时它看起来是一只小狗，不过现在它看起来依然是只小狗……它一直是我的小狗狗，我的小宝贝儿……我的小美丽……"

"嗯……"医生沉思了一下，掰开美丽的嘴看了看牙齿，"我想，它的年龄在十八岁左右。"

"十八岁啊？噢，那还是没有我孙子的年龄大嘛……那它的确还是一只小狗呀……哦，我的小狗狗，我的小美丽……"库齐肯奶奶低声念叨着，俯下身子轻轻抚摸美丽的额头，亲吻它干燥发烫的黑鼻头。美丽的耳朵艰难地抖动了一下，睁开眼睛看了看库齐肯奶奶，努力把嘴唇朝后拉出一个抱歉的笑容，眼睛里闪着一丝光亮。不过，很快那笑容不见了，亮光也随之消失。又是一副空洞无力的眼神。

"看起来……"医生看着库齐肯奶奶，欲言又止。

"哦，"库齐肯奶奶像是想起什么似的，在衣服里摸来摸去，最后摸出一个小小的绣花布袋。她掏出一卷钱，大概有一两千元的样子。她把钱弄平放到桌上，说："我把家里所有的钱都带来了，尽管用最好的药给它，让它快些好起来……如果不够，我还可以弄到更多的钱，都可以交给你。唉，难以想象，没有它在我身边转悠，我该怎么办……那样的话，我做什么事儿都打不起精神……"

医生摇了摇头，叹口气，转身从后面的柜子里取出两个药瓶，倒出一小堆药片，用纸包起来，"这样吧，您先带它回去。这是消化和止吐的药，喂给它吃，或许会让它舒服一些。"

"好，好，就这些?"

"是的，暂时还用不上别的什么药……这是我的电话，有什么事儿，可以直接联系我。"医生指了指纸包上的电话号码。

"哦，哦，那多少钱呢?"

"三块。"

库齐肯奶奶回家后的第二天晚上给医生打去电话，说吃过药后的美丽依然难受，情况看起来甚至更糟。

医生问了库齐肯奶奶家的地址，第二天一大早就赶去了。

"对不起啊，"医生查看完被子里不断抽搐的美丽，转身看着库齐肯奶奶，像是下了决心似的咽了一下口水，说道："您要有心理准备呀……前两天我该告诉您……"

"什么? 你在说什么?"库齐肯奶奶像是感觉到什么，嘴唇发抖，颤抖着抓住医生的胳膊追问。但随即她望向别处，给医生一些空间。

"它全身器官衰竭。是因为太老了……我想，每个动物……包括我们每个人，都会有这一天……"医生低下头看着地面，努力斟酌自己的措辞，"一般，到了这一步，我们会选择人性的做法……让它舒适地离去。"

"什么？你在说什么？什么叫人性……什么是舒适……啊？它只不过是有些呕吐，不是吗？"库齐肯奶奶嘴唇抖得更厉害了。她像是明白了医生的意思，却又不愿接受这个现实。人们总是这样。

"嗯……就是……嗯……您……您……听说过……安乐死吗？"医生迟疑着，声音渐渐弱了下来，最后终于说出那个可怕的词儿。接着，他立即补充道："我保证，不会有一点点儿的痛苦。"

"啊，天哪……"库齐肯奶奶全身抖动了一下，情绪立即消沉起来，脸上现出哀伤。她扶着床头，呆愣着，弓着背站立在那儿，不知所措。

屋子里安静了很久。最后，库齐肯奶奶扶着床，挪到美丽身边，俯下身子，搂着它，用手抚摸它的背部。美丽喜欢这样的抚摸。接着，她把手移到美丽的肚子上，轻轻揉搓它的肚皮。以前每天睡觉前，美丽都会躺在她的身边，朝上露出自己黑乎乎、软绵绵的肚皮，把身子扭来扭去，撒着娇让她揉，舒舒服服地朝各个方向舒展自己的爪子和腿。接着，库齐肯奶奶握住它的前爪，放到手心搓着，仿佛能够通过牵手传递她内心的信息。

"美丽，你知道我有多爱你吗？"库齐肯奶奶用头顶着美丽的额头，低声说，"虽然你调皮捣蛋，啃坏了我的家具，打坏了我的碗还有盘子。但是，你真的很棒。你是一个了不起的家伙，我爱你……我的小宝贝儿！"美丽的眼睛微微睁开，看了她一眼，那双棕色的眼睛里闪烁的并不完全是悲伤，倒更像是闺中密友般安慰的神情。这让库齐肯奶奶忍不住呜咽起来。她感到生活把她逼到了死角。

"……您还好吗？"医生扶着库齐肯奶奶问。

终于，库齐肯奶奶挣扎着转过身，拖着脚走到对面墙边。她举起双手，捂着自己的脸，头顶住墙。忽然，她感到胸口一阵绞痛，就像有人握着尖刀，一下下戳进她的心脏——她知道，自己的心碎了。

几分钟之后，她沙哑着嗓子，说话了："那就……这样吧！"

医生给美丽注射了药物，然后听了听它的心跳。美丽的心跳已经变得越来越缓慢了，但是还没有停止。"真是一只留恋主人的好狗。"医生又给它注射了一次药物。几分钟后，美丽在平静中离去了。似乎没有困难，也没有困惑。医生走过去，轻拍库齐肯奶奶的肩膀，告诉她："您的美丽……它已经走了。"

库齐肯奶奶背对着美丽，静静地站在墙边，肩膀一抽一抽。当她转过身来，面对医生的时候，眼睛红肿："美丽走了，对不对？"她的声音有些颤抖。

"嗯，对。"医生点点头。

她木然地站着，颤抖着嘴唇好像说了些什么，却没有发出声音。

"很抱歉，"医生摊开双手，一脸无奈的表情，"我……只能做到这些。"

"不……我想说的是，"她的声音微弱，"感谢你为我的美丽做的……感谢你为我们做的……谢谢……"

医生扶着她走向床边。"来，坐到这儿，"医生说，"需要我陪您一会儿吗？"

没有回答。医生朝她的脸看过去，只见她的眼睛里满含着泪水，下垂的下眼睑已经红肿。她发现医生看她，把头低下去，双手扶着膝盖，努力克制了一阵之后，闭起眼睛，眉头拧在了一起。终于，她没能忍住，大哭起来。她哭着，大口大口地吸气，眼泪鼻涕都出来了。她抬起头，望了一眼旁边的桌子，用颤抖着的手摸了一下口袋。医生赶紧掏出一包纸巾，递给她。她擦着眼泪，抑制住、控制住，努力让自己安定下来。"刚才——"在抽噎的一吸一顿之间，她使了一点儿劲儿，才把话说了出来，"刚才，它离开的时候……会不会感到痛苦？"她问了自己最想知道的问题。

"当然不会。"医生立即回答，"它还没有什么感觉就已经走了，就像睡着了一样。"

库齐肯奶奶感到一丝欣慰，她俯下身子，把手塞进美丽柔软的身体和床单之间的空隙里，搂住它，脸贴着它的脸，好不容易才止住自己的哭泣："那就好……那就好……我可怜的美丽，没有你，我简直不知道如何度过剩下的每一天，每一个夜晚……唉，我们在一起的欢乐时光再也不会有了，是吗？"她的声音听起来仍然悲伤，不过似乎接受了这一事实。

医生抱歉地望着眼前这一幕，"您放心……它就像是睡着了一样……"他像是洗手一样不停地搓手，重复着刚才的话。

库齐肯奶奶搂着美丽，静静地待了一会儿。当她抬起头来面对医生时，努力克制着让自己的表情看起来正常一些。她挪到靠近床头的地方，开始翻动床角的褥子："哦，我一定不能忘记给你付费，这么远你跑来帮助我们……"

　　"不，不，不，"医生抓住她的胳膊，"不需要付费！不需要！我还要赶回去，今天上午还要为一只狗做绝育手术。"他看着库齐肯奶奶，满脸愧疚，仿佛没有拯救美丽，是他造成的错误似的。"那么，我该走了。"他眨了几下发红的眼睛，说了声"再见"，快步走出门外。

　　库齐肯奶奶强忍悲痛，跟出去，与医生告别。接着，她像是担心打搅到美丽睡觉一般，轻手轻脚返回它的身边，给它盖好被子，静静地坐在床边，守候着，让美丽在那里度过它生命的最后一天一夜。

　　第二天，库齐肯奶奶把它埋在后山坡的草地里——它喜欢在那儿玩耍，打滚，晒太阳，跟着库齐肯奶奶一步不离。唉，这简直是她一生中做过的最艰难的一件事儿。

　　后来，库齐肯奶奶再也没有抚养过小动物，她说自己已经尝尽分离的悲痛，不敢也不愿再去承受另一次失去。毕竟再怎样深切的情谊，最终都会因为对方的离去而结束。而事实上，大家清楚，在她心里一定认为自己八十岁的年龄，很可能不能很好地照顾一只狗或者是一只猫。她怕没法陪伴它们走到最后，让它们度过完美的一生。这才是库齐肯奶奶不愿再抚养小动物的真正原因。

爱管闲事的库齐肯奶奶

敲门声响起的时候，娜乌拉正在清洗茶具。桌子上收拾得差不多了，她正在厨房里忙着，用铁刷子把壶底烟熏的黑迹擦掉。她停了下来，听了听，放下手中的壶和刷子，拿起抹布擦干手上的水，过去开门。

门缝边露出一张着急的圆脸，脸的主人是库齐肯奶奶。她摇摆着身体，挤进来，把门撑开碰到后面墙上。过了大概三四秒，娜乌拉总算适应了外面强烈的阳光，看清眼前的状况。原来她初步断定门边至少站着两个人。这未免有些太夸张。事实上，就只是库齐肯奶奶一个人。她可真是一个胖老太。手脚都胖。胖得每走一步路都呼哧呼哧，出着大气。她走进来，靠着门框，让人以为整个门框都要塌出去了。她怀里抱着娜乌拉家的猫。那猫惊恐地瞪着眼睛，瑟瑟发抖。

"不知从哪儿窜出来一大一小两只狗，可劲儿地追它，直到把它追得爬上一棵小树。"说着，她把猫塞进娜乌拉怀里，"你看，它吓得可不轻。"

那猫扑进娜乌拉怀里，伸着下巴一脸哀伤地望着她，简直就在诉苦："差点见不到你啦!"

"哦，它把我抓伤了，"库齐肯奶奶这才发现手臂上有几道平行的血口子。那是她抱住受惊吓的猫时，被抓烂的。

娜乌拉赶紧找到碘酒，拿棉签蘸着给她消毒。因为救猫让她受伤，娜乌拉感到内疚。可库齐肯奶奶却不这样想，她认为能为小动物做些什么，是她的荣幸。

库齐肯奶奶八十多岁，独自居住。

她是一个老寡妇，丈夫在世时非常勤奋，家里有上千只羊，还有几十头牛和几匹马。丈夫去世后，留给她充足的财富。库齐肯奶奶的孩子们都在城里上班，她说习惯了牧场上的生活，不愿去城里受罪。

人们都十分惊叹库齐肯奶奶的体力。尽管她年岁已高，身子骨却非常硬朗，几乎没有听说她生过什么病。她最喜欢做的事儿是到处转转，东瞅瞅，西瞧瞧，对周围发生的一切都很留意，每个人的事儿她都想管。她是个远近闻名的热心肠。牧场上所有婚丧嫁娶及新搬来邻居之类的事儿，都会有她包着褪了色的灰色头、碎花直筒棉布裙盖着长靴的身影出现——这是她的标准行头。事实上，帮助别人已经成了她此生的目的。当然，关于动物的事儿，她绝对不会错过任何一件。

"动物知道的事情比人多。狗啊猫啊小羊啊牛啊，你给它们多少爱，它们就回报给你多少爱，比人还懂得感恩呢。"她常这么说。据说，库齐肯奶奶的动物情结在她小时候就显露了。比如，她还在婴儿时期，首先学会说的话就是"牛、羊、骆驼、鸟儿、猫、狗。"对她来说，动物也是感官经验来源之一——她热爱毛皮和羽毛的触感。她在热爱动物的人眼里，说是"最伟大的人"，一点儿也不为过。

不过，有些时候库齐肯奶奶不管不顾别人的感受，热心得过了头。

八月的一天，努尔兰在深山里打了三天的草，累得全身快要散架了。他早早返回家，吃过饭，洗漱之后，便躺下了。他的妻子娜乌拉则忙着清洗他换下的一大堆脏衣服。

就在这个时候，库齐肯奶奶晃晃悠悠沿着对面斜坡小径走下来。"喂！娜乌拉——你好啊！娜乌拉，努尔兰在吗？"她大声说话，打着招呼。

"刚刚打草回来，累坏了，休息了。" 娜乌拉站起来，在围裙上擦了一把手上的水。

"别，娜乌拉，快忙你的，我找努尔兰就是说——"库齐肯奶奶伸出手，正要将她按回板凳时，目光突然盯住了什么。她看到努尔兰的白色内衣与灰色外套，还有黑色裤子一同泡在盆子里。

库齐肯奶奶抬起头，用发愁的眼光盯着她看了老半天，又把目光转回到盆子里，"娜乌拉，白色的是内衣吗？"她说，"内衣和外套放到一起洗，这可不行！"

"都是脏衣服。"娜乌拉解释说，"水多得很，多清洗几遍，没事儿的。"

"外套上的细菌会沾到内衣上。"库齐肯奶奶说完，又解释道："你眼睛看不到的细菌，会钻进内衣的纤维里。娜乌拉，贴身穿的衣服要分开洗，才行。"

在娜乌拉说了几遍"记住了",并保证下回一定分开洗之后,库齐肯奶奶这才放心地挥挥手,示意她坐下,继续洗她的衣服。

她转身朝毡房走去,在毡房里来回转了几圈,走到钻在被窝里、迷糊着的努尔兰身边,"努尔兰——喂——年轻人!"她俯下身子,用短而厚的手掌重重拍打他的被子,惊得努尔兰心脏一阵狂跳。接着,她继续大声说话,"喂——努尔兰——起来,起来,有点事儿跟你说!"因为她年老耳背,听不太清楚,所以她总认为别人也听不清。

或许,努尔兰永远弄不明白库齐肯奶奶是怎么想的——也许她连眼睛也看不清了吧。他当时的状况是:只穿了一条短裤,缩在被子里头。他只是条件反射般地把一只手臂伸出被子,在旁边摸来摸去,抓过自己的衣服。因为,他不想半裸着躺在那儿呀。他的脸上是那种还未搞清状况的迷糊神情。

库齐肯奶奶左右看看,呼哧呼哧努力着,终于艰难地盘起腿,坐在努尔兰身边的地毯上。她坐下去时有些困难,因为她的身材让她很难弯下腰。努尔兰本该起身穿衣,或者是披一件衣服。这样,自己的样子也不至于看起来这么尴尬。但是,库齐肯奶奶就坐在了他身边,看着他,丝毫没有让他从被窝里出来,穿件衣服的打算。反而,让他觉得自己还是老老实实裹着被子,躺在床上比较好。这样,或许还能和她面对面聊一会儿——他完全陷入一种无话可说,又不知道该怎么做的境地。

"嘿!吵醒你了吧?"虽然她的音量一声高过一声,但依然保持着平时的吞腔拖调。每当有不熟悉的人说她说话慢得让人着急时，她便耸着肩，反驳道："看看，在这样的牧场，有必要把话说得那么快吗？"

"没有，没有，我刚躺下。"努尔兰把头稍稍朝里头斜开一点儿，干咽了一下，"哦，您有事儿吗？"

"你能肯定我没吵醒你？没说假话？"

"没，没有——绝对没有，"努尔兰缩在被子里，露着半个脑袋，眨巴着疲惫的眼睛望向她，"我也就是胡乱躺一下……对了，您有事儿吗？"他强忍住，不让自己的不满表露出来。

"噢，年轻人，你一定感到很累。不用说，这我看得出来。"库齐肯奶奶认真地说，"我给你说了多少次了，我家那头牛拉车还是可以的。我说过，让你拉草的时候，牵走用，你却总是客气。"说着，她又伸出手掌，在努尔兰盖在胸口的被子上拍打了几下。努尔兰像是案板上的鱼，翻着白眼，蹦跳了几下，"嘿——每次，我都说要把牛借给你用，我的牛可以干两头牛的活儿哪。顶两头牛哎！这样你家的牛就不会那么辛苦了，草还可以早些拉完，你也可以早点休息，对吧。"她竖起两个指头，在努尔兰眼前一下一下地晃着。

努尔兰不知所云地咕哝了几句"真好啊！"还有"那可是体力活儿呀，您只有这头牛了，我不想让它的体力消耗太大，您还需要它干别的活儿！"之类的客气话。除了这些，他不知道再说些什么了。库齐肯奶奶又待了几分钟，继续和努尔兰讲了一些"没事儿，都是邻居，你奶奶在的时候，我们都是朋友。还是那句话，需要的时候说一声，你不说我怎么会知道你去打草了。""如果早两天让我知道，我会把牛牵过来。""我不是说客气话，能帮到你们这些孩子，能让你家的牛轻松一些，对我来说会非常荣幸。"之类的话。

当她呼哧呼哧扶着地毯，缓慢站起身准备离开，并走到毡房门口时，又转过身来若有所思地望着努尔兰露在被子外面光着的膀子，"喂！年轻人，不是我说你，看看，你不穿衣服睡到那儿可不行，这和城里的楼房可不一样，"她又往毡房里走回两步，呼哧呼哧地努力俯下身子，歪着头，用手指向毡房墙篱下的缝隙，"看看，那儿晚上透凉风，努尔兰，我可不觉得脱光衣服睡觉有利健康。"

当她发现他缩在被窝里，抓着头发，痛苦地皱着眉时，又站在那儿不动了，"咦？你好像心情很不好哎，你有什么事儿一定要告诉家里人，决不能憋在肚子里。"她诚恳而有条不紊地说道，"人的一辈子啊，坏的心情时常会有，别太在意。绝大多数时候，事情并没有你想象的那么糟。你呀，只需把手边的事情放一放，喝碗热奶茶，早点儿睡觉，第二天早晨，一切烦恼都会烟消云散。"

努尔兰还没来得及开口，她便走掉了，唯独留下他目瞪口呆地躺在那儿。他甚至不敢相信，就在刚才，自己竟然光着身子，躺在被窝里，和一位老妇人聊了好一阵子。

从那以后，在任何场合，只要听到库齐肯奶奶挥着厚厚的短手，念叨着自己的口头禅"听着，你如何对待别人，别人就会如何对待你"时，努尔兰都要忍住，不让自己笑出声来。

　　当然，娜乌拉也时常得到库齐肯奶奶的特别"关照"。

　　一天，她清晨起床挤牛奶，发现前一天晚上拴着马绊子的马儿，不知道怎么弄的，马绊子上的铁链绕住了它的另外两只蹄子，把它绑成了一个倒三角，就像一个锥子一样扎在草地上，动弹不得。娜乌拉看到马儿的时候，它正努力立在那儿。估计再多动一下，就会一头栽倒下去。

　　就在娜乌拉俯下身子，仔细查看，想着该如何帮助马儿解脱时，库齐肯奶奶端着一个盖着布子的东西，摇摇摆摆再度出现在她的身后。

　　娜乌拉不知道库齐肯奶奶为什么总在不该出现的时候现身，但她的热心，让任何人哑口无言。她的头向着库齐肯奶奶扭过去了一次，速度很快——她还想集中精神看马的蹄子呀。在她扭回来的时候，眨了几下眼睛。因为她仍然抱有希望，但愿那不是库齐肯奶奶。

　　可是，那就是库齐肯奶奶，那就是她不想见到的人。她敢说自己的心脏停了那么一下。库齐肯奶奶站在她的身后，张口和她聊起了如何烤馕："嘿——娜乌拉——还是我们这种泥巴垒的土炉子烤出的馕好吃，城里的馕已经没这个味儿了，我估计不好吃是烤箱的缘故！绝对是！"娜乌拉只能又回转头，站起身来，默默点头。她早已注意到，库齐肯奶奶说话的开始总要特别加上对方的名字。她会说，"娜乌拉——"或者"努尔兰——"。她认为这样的说话方式很霸道。可是现在，面对库齐肯奶奶，她心里真正想说的话，甚至连一个字都说不出来。

"对了，娜乌拉，我有没有告诉过你，有时候给猫吃一点儿馕还是不错的。哦，我的宝贝狗就常吃我烤的馕，尤其在它拉肚子的时候。我想，馕是可以避免消化不良呢。"

"哦，好的，好的。嗯，知道了。"娜乌拉终于憋出几个字——不说话，对长辈可不礼貌。

"今天早晨我六点起床和面，这是刚烤出来的馕。瞧瞧，热乎乎的。你呀，一定要好好烧一壶奶茶，蘸着酥油吃，要对得起我这么早起床烤馕。"她把手上端着的东西上的布子掀去，露出两个黄亮亮的馕。"看，上面我还抹了鸡蛋黄，哈哈，是我养的鸡报答给我的鸡蛋。"接着，她又唠叨起她亲爱的鸡，后来又转移回到她的宝贝狗身上。她说起这些话题，总是没完没了，前前后后足有半个小时。

但是，当娜乌拉接过馕，以为她终于停止唠叨将要离开时，她却突然把眼睛盯在了娜乌拉身后的马腿上。呆了半晌，她像是发现了什么重大事故一般，指着马腿，大喊大叫起来，"天哪！娜乌拉——你难道没有发现它的腿被马绊子缠住了吗？这么大的事儿你不理会，却站在这里若无其事地和我聊天？为什么你会这么做？难道你没看到吗？唉！你们这些年轻人哪，太不为动物着想了！它们也不容易啊，有时比我们人类都辛苦的！"

"呃……啊……哦……是吧……我正在想法子给它解开呢，"娜乌拉慌忙解释道，"可是您在这儿，我……"

"娜乌拉！娜乌拉！"她伸出手臂，把手掌对着她，做了个停止的动作。接着，用抚慰的声音说道："我一点儿也不怀疑你在考虑这个问题，对，对，我知道你是一个很不错的年轻人。然而，对于这一点你必须要改进。这样吧，你只需把事情的主次搞清楚，然后先完成重要的事情，那么着就不会这么狼狈不堪了……"

她还在不停地说啊说啊，就像春季山脚下那条河流一样，泛滥成灾。但娜乌拉已经不再听了，她的耳朵里传进一辆卡车从她身后不远处的小道上颠簸开过的哐哐作响声。她开始想象轮胎下石子飞溅，想象着车子里坐着的司机，嘴角一定叼着香烟，身体一定随着车子的晃动上上下下在座位上蹦跳，车厢里一定浓烈地充斥着太阳烧烤的汽车尾气味儿。还有，司机嘴边吐出的白烟一定一顿一顿地在他耳后画成一道曲线。她的眼睛盯着库齐肯奶奶用手臂和手指形成的澎湃演讲，脑袋里却走了神。

"嘿！娜乌拉！"库齐肯奶奶看着她的眼睛，又升高了一个音量，"譬如，现在你要知道马被这样捆着，对它来说是一件非常难过的事儿，你必须马上帮它解决难题！我相信以后你一定会分清主次的。慢慢来，不要急，一定会有进步的。"说着，她倾身向前，拍拍娜乌拉的肩膀，递过来一个鼓励的眼神，便掉头走开了。

唉！她总是让人无话可说。

"凭什么让她那么教训着，为什么不反驳几句？"在那天早餐的饭桌上，深有感触的努尔兰问，"为什么不？"娜乌拉说，"因为那马确实被绑成了一个锥子，并且我确实没能及时帮到它。"

　　以上两件事儿，绝不是库齐肯奶奶热心肠的个例，她总会气喘吁吁出现在这一带草原的任何场合、任何人面前。只要是她能走到的地方，都会留下她的爱心和一个个"有必要的提醒"。"大家应该感谢她。不是吗？难道不是她给你们带去了爱和温暖吗？"年龄稍大些的邻居提到她时，总会说她是："了不起的库齐肯。"是这样的，他们在谈论她时，常常用到"了不起"这个词。他们认为她是个大好人，从头到脚无可挑剔。一旦有老年人的聚会，总会有人提出："我们一定得请库齐肯来，她来了那可就热闹了。"因为，她给大家带去很多安慰和快乐。可是，年轻人却不这么想。他们听到她的名字就会撇嘴。他们说她的话听起来很奇怪，让人摸不着头脑。还有人嘲笑她的体重："所到之处，大地颤抖！"甚至有人怪声怪气学她说话，还说她太老了，恐怕脑子已经坏掉了吧？就这样，人们要么喜欢她，要么受不了她。

　　不过，每个人都知道，库齐肯奶奶是一个有爱心的人，尤其喜爱动物。她为身边的动物所作的努力，早已传进每个人的耳朵里。但是，恰恰因为她的爱心，年轻人总是躲着她，认为她管得太宽。她也听到过别人对她的议论，可是她总是一笑而过。当她说了有些人不爱听的话时，别人的表现也不会让她烦恼。即便是有个年轻人当面与她顶撞，讽刺她爱管闲事儿，话多，让人烦。这也没让她有丝毫郁闷。她是不会计较的那种人，也许根本没有听进去。要是真的遇到需要计较的事儿，好吧，她会直接忘掉。对于那个曾经顶撞过她的年轻人，某天在街上遇到，她会主动走向他，大着嗓门问候：
"你好吗？年轻人？"接着，又是开玩笑打趣："嘿，干吗这么
严肃地瞪着我？你们这些年轻人啊，放轻松点嘛。"一旦发现
面前的年轻人衣着凌乱时，她便朝他努嘴："啧啧，你看看，
一定要记住，永远要把衣服穿戴好，无论新旧，整理好你的
外表再出门。对，这能让你振奋。"看吧，她又开始了让人厌
烦的善意"提醒"。在她嘴里从未说出过，"我下定决心不去
操这份闲心了。""我才不着这份急呢。"或者是，"和我扯得
上关系吗？"之类的话。当有人问起她，是什么让她整天乐呵
呵时，她说我高兴的是我能够呼吸，能随时吃点什么，我能
走路，能说话，能轻松地大声说笑。总而言之，我喜欢老天
爷给我的这一切。她是这么说的，也是这么做的。

随着时间的推移，年轻人的思想逐渐发生了改变。他们
先是开始留意她说的话，然后逐渐感知到来自于她的爱和温
暖。他们发觉她的身体里隐藏着某种正面的能量，认为她的
确是一位值得敬佩和尊重的老人。

有一次，娜乌拉得了重感冒，喉咙肿痛，一连两天吃不
下东西。更糟糕的是，努尔兰也因为亲戚家出事儿，赶去帮
忙了。第二天夜里，高烧让她胸口憋气般的难受。她躺在床
上，盖上厚厚的被子，希望能出一身汗，好让自己体温降低
一些。但情况好像越来越糟。她只能抛开自尊，挪到库齐肯
奶奶家门前，敲开房门请求帮助，"您……我知道这么晚
了……能帮我……"库齐肯奶奶看着娜乌拉烧红的脸蛋，把
她拉进门，让她躺在床上。然后，忙着把小麦和酸奶酪捣碎，

给她烧小麦粥。这可是迅速补充体力的好东西。

　　还有，努尔兰家的棚圈和毡房时常因为某些未知的故障，需要一些特殊的铁钉或工具，而努尔兰总会在库齐肯奶奶家的工具箱里找到需要的东西。因为，库齐肯奶奶丈夫去世前是一个维修高手。在毡房和棚圈上发生的任何特殊问题，他都用自制的工具轻松解决了。那个笨重的工具箱，就是他留下的。

　　到最后，努尔兰口袋里，甚至多了一把库齐肯奶奶家小库房的钥匙。这对于娜乌拉来说，简直不太可能。她不喜欢别人在自己家乱翻东西，哪怕是库房。

　　还有一次，努尔兰夫妇应邀参加阿勒泰地区举办的阿肯弹唱会。当人们身着盛装，骑着骏马，弹着欢快的冬不拉曲出场时，随着一声"'恰秀'开始——"库齐肯奶奶头戴白头巾，身着盛装，用白色的布子兜着一大包方块糖、水果糖和包尔萨克，在两位美丽少女的陪伴下，伴着节奏明快的"黑走马"旋律，不断向人群抛撒。努尔兰看到库齐肯奶奶时，简直是跳着跑过去招呼她，娜乌拉也惊喜地朝她鼓掌。让她没有想到的是，库齐肯奶奶这么受人尊重，这让她感到意外。因为"恰秀"中抛撒的食物，代表好运。必须得由草原上最受大家敬重的、最有威信的老妇人抛撒才行。

　　那天回家的路上，努尔兰说："我们过去那么议论库齐肯奶奶真是不对，她是一个大度的人，从来不和我们计较什么。"娜乌拉也意识到，为什么库齐肯奶奶总是令自己感觉别扭。这根本与她水桶般的身材、大嗓门儿、粗糙的碎花裙子没有任何关系。"是啊，她的口袋装满人生的宝藏！"娜乌拉感叹道。她说库齐肯奶奶最让人佩服的是，对待任何人都充满爱和热情，对待生活总是那么乐观，至于教训谁、教导谁就更非她的本意了。娜乌拉终于弄清楚不想见到库齐肯奶奶的原因是：她总让自己觉得处处都不如她，时刻让自己感到自卑。

"她唯一的缺点，"努尔兰开玩笑说，"就是过于胖了。"

"她啊，她是占的地方太大了。"娜乌拉点点头，表示赞同，"这不仅仅是在现实中占的空间，更重要的是在大家的心里占的空间。"她希望自己能够多像她一点儿，却不知道该从哪儿着手。

此后数年，娜乌拉有了两个孩子，他们整天在库齐肯奶奶家跑进跑出。最后，为了方便，两家将毡房搬到同一个山坡上。每次，孩子们一出房门，就冲进库齐肯奶奶家里。

但是，事情往往不会始终那么美好——库齐肯奶奶的身体大不如从前了。毕竟她已是90岁的老人了。

一天傍晚，库齐肯奶奶在院子里望着远方，没有笑容，也不去关注身边打闹着的孩子们——她从未这样。以前，她总说，每一天开开心心真好。每当孩子们为了一点儿小事儿哭丧个脸时，她就会拍着他们的脑袋，笑着说："看看，我们的生活多幸福啊！你们这些个小傻瓜。"

"娜乌拉——我的孩子要来接走我，他们担心我的身体。"等她回头看着走过来的娜乌拉时，她的情绪更加伤感。"告诉你一件难过的事儿，"她说，"最近，我的心脏常常突然忽快忽慢，就像发疯了一样。"娜乌拉认真地看着她的眼睛，等待下文。"正睡觉着呢，它说来就来——'怦，怦，怦，'就这样，在晚上声音那么响，我真有点害怕了。"她把手捏成拳头，比画着，敲打胸口。"还有，"她摊开双手，把它们展示给娜乌拉，"看看，它们现在已经是没用的东西了。以前，我多么喜欢手工活儿。我坐在草地上，晒着太阳，做了许多的花毡子，给那些小猫咪啊小狗狗啊，它们在上面睡觉。还有，我曾经给十几只牧羊犬和小羊羔做过衣服。是冬天穿的那种。它们穿着我做的衣服在雪地里奔跑……哦，我还给邻居的姑娘们做过结婚时穿的'托依阔依列克'，还有那些小孩们，我给他们做了皮帽子、皮手套……可是，现在，我弄不透我的手为什么总是发抖。唉！这些事儿，我再也不能做了……"

娜乌拉早已发现她的手总是控制不住地颤抖，每次端起茶碗时，都会把茶泼到外面。她看着那双手，绞尽脑汁想找个话题，来缓解她的悲伤，却什么也没找出来。最后，她只能用手挽着她，在她的胳膊上拍了拍。

库齐肯奶奶皱起眉头，唇线瘪曲，就那么站在院子的草地上，双手交握到一起，来回搓着。她的那双手像是戴着松垮的满是皱褶的羊皮手套，手背上布满深褐色的老年斑。在她身后，半个太阳正缓缓落入远处的山体，阴影在她的脚边越拉越长，空气中的热力渐渐消弱。在橘红暮色的衬托下，她的头发看上去稀落而干枯。她的神情已经无法用苍老来形容，而是"被迫放弃"或者"无奈放手"这类词比较适合。眼神、动作、语言、健康……她的一切的一切，就好像一个已经决定放手一件为之努力终身的事的人，表现出无力实施计划之后的精疲力竭。大家的库齐肯奶奶——那个最伟大的，了不起的，洋溢着阳光和温暖的热心肠，看上去要哭出来了。

几天后，库齐肯奶奶真的被她的孩子们接走了。

"妈，不知怎么地，您看起来越来越像库齐肯奶奶哩。"有一天，在饭桌上，两个孩子在议论库齐肯奶奶时，突然回头这么对娜乌拉说。

"是的，我一直在努力！"娜乌拉微笑着点了点头。

阔孜

　　阔孜的名字翻译成汉语是"羊羔"的意思，可他的性格和小羊羔一点儿也不相符。他不是你听到名字之后期待的那一种人。

　　他是阿勒泰草原上有名的刁羊高手，他惊人的力量和善战的勇气没人能比，骑术也是草原一流。这让他得到大家的敬畏。可是，他的坏脾气却远近闻名，让人难以捉摸。

　　大家暗地里取笑他，叫他凶狠的羔羊或者干脆叫他恶狼。当他听到这些时，就会老大不高兴。心情不好时，就会大发脾气。所以，尽管他是草原上最有名的刁羊高手，那又怎样呢，人们照样不理他。

　　每场刁羊比赛，需要大家团结合作才能获胜。而阔孜呢，从不感谢配合他获胜的骑士。与其说他是去参加刁羊比赛，还不如说他是去报仇雪恨。因为他骑在马背上奔跑时，总是恶狠狠地咬着牙，像对待仇人一样瞪着对手，好像那羊是别人欠他的。

　　不过，他在马背上，倒是想到了自己的妻子和女儿。五月初，她们就回娘家了，已经两个多月没搭理他了。她们离他而去的原因正是因为他的性情反复无常，经常大发脾气。他皱着眉头，随心所欲批评妻子做的饭菜太淡，讽刺她挤起牛奶慢慢吞吞，贬低她缝的花毡没有比这更差劲儿的。还动不动呵斥女儿吃起饭来磨磨唧唧，或者是在他说话时，她在做别的没注意听他说话之类的。只要稍不顺他的心，他随时都会冲她们大吼着发火，就像是心里有多恨她们似的。她们不管做什么都是做得不对的，不管说什么都是说错的。他就这样，想说什么就说什么，就看他想演哪一出了。而且她们不能有丝毫反驳。一句话没说对，他就大发雷霆。他在家的时候，她们都是压低声音讲话，如果不注意碰到什么了，发出点大些的声音，她们便缩着肩膀迅速对视一眼，露出紧张的表情。她们在他身边，过得真是挺不容易的。

他记得清清楚楚，妻子离开前一晚他们之间发生的争执。他清理完畜棚里的羊粪，捡起一块鹅卵石，把落满墙壁，陶醉在羊粪气味儿里的苍蝇碾死。"该死的苍蝇。"他边猛碾苍蝇边骂。他干得满头大汗。她给他倒茶时，茶漏不知放哪儿了。他瞪了她一眼，眼神像是要杀了她，吓得她慌里慌张倒了一碗浮着茶叶的奶茶——因为他口渴的时候，没有及时端上奶茶会让他发火骂人。同样，这次依然没有阻止他的质问。

"你弄得满碗的茶叶，"他撑着脖子咳了一下，吐出一根茶叶梗，一甩手，把碗往妻子身上砸去，没砸中，摔到对面墙上，"卡在我喉咙里了——这到底怎么回事儿？"他怒吼道。

阔孜嗓音粗哑，说话时从来不会压低自己的嗓门。也许，她刚嫁给他时，他曾经试图压低过嗓门吧。

"又发疯。"他的妻子开始反抗。

"只有你会给忙碌一天的男人喂草根子，"他用手拍打桌子，"你是想让我死呀？"

他的女儿站在一边惊恐地望着他。她的身体慌乱地颤抖着，心脏跳得厉害的，像是风中树枝上的小鸟——他把她们娘儿俩的心都伤透了。

毡房里，他的头顶上，悬着的橡子上挂着妻子走之前晾上去的风干肉。如果他想吃，就会拿一块，洗都不洗扔进锅里煮。锅边沾着黑黢黢的油脂和灰尘的混合物，他直接就着锅吃。煮奶茶时，他要么忘记放茶叶，要么浓得发苦——妻子走后，他的情形变得有些失控。他的衣服没形没样地挂在身上，上面沾满汗液和泥土的混合物。盆子和水桶里堆满油腻腻的碗盘。毡房的地毡上杂七杂八地摊着被子、衣裤、袜子、钳子、铁丝，还有飘来荡去的羊毛和尘埃结成的团，看起来像是刚刚被小偷洗劫过的犯罪现场，散发着类似很久没晒的旧靴子里的酸腥味儿。还有，碗底在桌子和碗柜斑驳脱落的漆面上留下一坨坨茶渍，脏兮兮的。

夜里，他总觉得什么声音吵得他难以入睡。后来，他发现是以前从未注意过的墙上挂着的那个钟。白天，无论外面多明亮，他总是点着灯。一个小灯泡悬在桌子上面——妻子走后从未拉开的墨绿色窗帘和扬起的尘土吞没了房间里的光线。

妻子的离去，让他的日子挺不好过的。阔孜穿着裤角沾满牛粪的裤子，独自一人在这个毡房里，在这片草原上，过着一种乱七八糟的生活。他越来越觉出有妻子的好处。他站在毡房后面的大石头上（只有那儿有信号）给妻子打电话，但她接着就挂了。她知道是他，她能感觉到他的嚣张正沿着电话线传过去。"喂！喂！喂！"他喊叫着，依然是颐指气使的语气。等他反应过来，那边早已没人了，只剩下"嘟嘟嘟"的忙音。"你他妈的！你个死老婆子！"他冲着手机大声嚷嚷。

看看，他就是这样的人。有时候她觉得他已经疯了。有时候又觉得是自己疯了。现在，她连话都不愿跟他讲，更不用说再回来跟他过日子了。

她认为和这样暴躁的人共同过着垃圾一样的生活，可得有必死的决心。简直是太荒唐了！

而他却把这些都归结于父母给予自己的一副凶狠模样。他常常解释说坏脾气都是相貌惹的祸。他可真能想着法子推卸责任。

草原上的哈萨克族人大多脾气温和，性格沉稳。大家不认为他的坏脾气和他的长相有任何关系。和他打过交道的人总会渐渐疏远他。对此，他并不感到遗憾。他认为作为一名刁羊高手，就得凶一些、狠一些，才能吓退一切对手。哪怕这只是一项体育运动。他还暗自得意，就凭自己这股子凶狠劲儿，在阿勒泰草原，甚至整个新疆，都不会遇到任何对手。

不单单跟他有过交集的人对他反感，就连偶尔出现在草原上的流动售货车的老板都不愿搭理他。有一次，他在售货车上买了一包雪莲烟。因为老板忙着给几个小孩翻找五毛钱的塑料玩具车，没来得及给他找钱，他便嘀嘀咕咕埋怨起来。老板解释说："他们要玩具呢。"他马上接茬儿："我还要你立即找我钱呢！"说着，摆出架势，一副马上要动手的模样，还将嘴里叼着的烟头狠狠吐到地上——就差那么一点儿，就吐到小孩的头上了。他则大发脾气，大声喊叫："这算哪门子事儿！还有完没完！什么都他妈的都是小孩！小孩！小孩！"这是他的原话。你看看，就这么一点儿小事儿，他连"他妈的"都用上了。他就这么不负责任地向孩子们展示了儿童不宜的成人语言。

又是一年的草原盛会，他早早出现，脸上的表情写满不屑和孤独。实际上，他长相挺帅气的。高高壮壮，一张大大的方脸，无论眼睛、眉毛还有鼻子或者嘴巴都长得浓厚而宽大。不过他总是夸张地拧着又粗又黑的眉毛，凶巴巴地拿腔拿调，想让人明白他不是好惹的。现在的情况，最有可能的是，他一个人待的时间太久，没人和他说话，他感到寂寞难耐，所以忍不住第一个出现了。

以前，每次草原盛会，大家见到他时，总会充满信心——认为随着年龄的增长，他会成熟起来，改掉身上的坏脾气。但他总让大家失望——人们对他早已不抱希望。他们像是没有认出他似的，目光从他身边滑过，然后继续交谈。他们呵呵笑着。除了阔孜，每个人都身处朋友之中，相互推搡，捶打对方的肩膀，说着好久不见。看起来，他们是把这儿当成了聚会的好场地了。

热闹的刁羊比赛结束之后，在获胜的阔孜身边，也不会有热烈的祝贺和掌声。在他面前，人们的谈话都无关痛痒，浮在表面。凡是真正热闹的玩笑和打趣，都得等到他走了之后才会进行。

这次，他还未走远，就听到了笑闹声。曾经，就在不久之前，大家还会等到他听不见了再笑再闹呢。

"呼——"有人从肚子里吐出一口长长的气。

"走了——嘿！"

"嘿！嘿！"有人站起来，拍拍屁股后面的尘土。等到把大家的目光全都吸引过去时，他捏起拳头挥舞了几下，"我会给你好看！会给你好看！"他惟妙惟肖地模仿起阔孜的模样。

"有你裤裆里的玩意儿好看吗?"有人马上接话。

"有，有，没错！"

"脱下来，嘿！我们看了才知道好不好看！"

话音刚落，人们就笑炸开了。每个人脑海里都在想象阔孜——恶狠狠的刁羊冠军——掏出裤子里的玩意儿晃动着给大家展示，嘴里还凶巴巴地说道：会给你好看！

那位模仿阔孜的人甚至转身面向大家，随手拿起根木棍，竖在裤裆前扭动起屁股来，"好不好看啊——啊——好不好看——够瞧了吧——啊——"随后，爆出一阵狂笑。

"裤子脱了——"大家齐声高喊，"脱掉！脱掉！脱掉！"

那人捂住裤裆跑了。大家的笑声一浪接着一浪，有人按住肚子笑翻在草地上。

笑吧，笑吧，看谁笑到最后。孤独的阔孜想象着这副场景，禁不住冷笑一声。他笑这天地万物中他是多么地被人漠视，他笑那些人总是背地里口无遮拦、污言秽语。虽然他脾气暴躁，却向来无法忍受背后哄笑的人群。在他看来，还不如有人站出来真刀真枪地跟他干一架来得痛快。这种嘲笑、冷漠、拒人千里之外的感觉，让被孤立的人不寒而栗。他也同样。

他一个人孤零零地回到家里。无论在山上放牧或者回到毡房里，他总是无所事事。这使得他心情抑郁。可是，放牧时遇到其他牧羊人，他又表现得爱搭不理。瞧他那副架势，仿佛他的身边聚集了许多朋友和家人似的。

在毡房里的时候，他永远弓着背，盘腿坐在地毡上。那副样子，总会让人想到某种凶狠又孤独的野兽。不过，他的眼神还真的挺像狼的。有些时候，他斜靠在被子垛上，从小布袋里捻出一小撮烟草，然后把烟草撒在一张薄薄的长条烟纸上，两只手小心翼翼捏着纸的两头，卷着，舌头飞快地轻舔纸的一侧，封起来，点上。他听到毡房外有踢足球的小孩在那儿争吵，便立即甩出一句："到别处去，你们这些蠢货！"他就这么扯着嗓子大喊大叫，"能不能安静点，你们这帮吵闹的蠢孩子！"

天哪，他到底想要多安静啊？按照他的思维，这一片草地、岩石、树林子，还有空气和河水都是他的？哼！

孩子们回家把类似的场面讲给大人们听。阔孜脾气无常的故事，在草原上所有人当中真正地传了个遍。他用脚把孩子们的足球跺了个稀巴烂；他把提水用的空皮桶朝玩耍着的孩子们摔过去，差点砸着他们的脑袋；他站在毡房门前用恶狠狠地要吃人的眼睛瞪着孩子们，像是随时要跳起来，用爪子扑倒他们的恶狼；他朝一个冲他扮鬼脸的孩子走过去的时候，吓得那孩子慢慢后退，仿佛中了魔似的腿一软瘫倒在地。其他孩子拖起腿软的孩子一哄而散。孩子们说他叼着半截摇摇欲坠的烟卷，嘴角和鼻子里喷出白烟。那张发怒的脸，像是那个被踩坏的足球一般，嗞嗞漏气。他的暴力似乎与生俱来。他脸上的表情，除了愤怒以外，别的什么可能性都没了，就好像这是他仅有的选择一般。大家都这么说。妈妈们长长地倒吸一口气之后，对自己的孩子说："有什么大不了的事儿，非要经过那儿啊，我可不想听到你们出什么意外的消息。"

那还能说什么呢？他的毡房变成了一个封闭的空间，像个铁笼。外界的欢声笑语并没有被严格禁止，但越来越难以传送进去。

"我妈说别从那儿过。"

"对，让他自己蹲在窝里。"

"啊？为什么说是窝？"

"狼窝呗！"

关于阔孜的话题是每个家庭都爱讨论的话题。关于他发怒、骂人、恶狼、瞪眼的关键词，时常出现在牧民聚会时的闲聊中。他越来越不受欢迎，就像是一座孤岛，又像一座危机四伏的火山。巨大，阴沉，愤怒，顽固。以至于，他的整个毡房变成了暴戾和阴森的化身。那些孩子都不敢正眼看它了。每次迫不得已必须经过时，总把脸看向相反方向，放快脚步，嘴里低声念着不知谁写的打油诗："阔孜不要发火啊！阔孜不要发火啊！一会儿就给你安静！一会儿就给你安静！"仿佛经过他的毡房是一件冒险的事儿。

对于方圆百里的牧人而言，阔孜的坏脾气只不过像是腹中的一阵肠胀气，引起的不安和躁动只在瞬息，很快就被他们抛在脑后。可是，对于日夜与他相伴的妻子和女儿那就不同了。

一天，凌晨三点的时候，他被一只从毡房下面拱进来翻找食物的土拨鼠闹醒。他认得它，就住在离毡房不远的地洞里。他起身走过去，俯身提起它的一只前肢，如同丢一袋垃圾一样把它扔出门外，目送着它逃入灌木。

总之，他真实的生活了无生机。因此，他恨不得天天参加刁羊比赛，享受战胜对手、高于对手的喜悦。人孤独，总是不好的嘛。

在他家毡房不远的桦树林边，有一户毡房，户主名字叫布喀。年龄和阔孜相仿。"布喀"翻译成汉语，是公牛的意思。可是，布喀的性格却一点儿也不像公牛那般威猛。他啊，腼腆羞涩。和阔孜完全不同的是，所有的人都喜欢他。

在这片草原上，布喀算是阔孜唯一的朋友了。不过，有些时候布喀也总是找着理由躲开他。

布喀长着一张尖而扁的脸，头发呈浅棕色，脸颊被牧场强烈的紫外线晒成黑紫色，厚厚的嘴唇，大大的眼睛里透露出谦恭和平和。他的胳膊有些长，垂下来能够到膝盖，上面挂着一双沉甸甸的大手。套在脚上的靴子也大得出奇，仿佛里面塞满了羊毛，才不至于在行走时脱落下去。他的长相让人觉得，此人在人群中绝对沉默寡言。比如，说话会脸红。

虽然布喀的性格温和，但他也热衷于刁羊比赛，而且还总在阔孜把抢到的羊儿压在马鞍上，催马奔跑时，尽心尽力地将对方追赶过来的骑手冲散，掩护阔孜，让他遥遥领先。每次他总是这样默默无闻配合阔孜，使他获胜。

在布喀面前，阔孜的坏脾气可以说尽情地发挥到了极致。真的有些像恶狼一般，凶巴巴地把温和的布喀指挥来指挥去，呵斥他为自己做各种各样、无任何报酬的事儿。而布喀的确脾气好得过了头。他从不发表自己的意见，他会说"好的"，或者"是这样的"，或者只是嗦嗦地笑、点点头。他认为多说没有任何意义。他对待队友和对手的方式基本上一样。他对任何人都很有耐心。他认为这只是一场娱乐活动，大家玩玩而已。

阔孜曾冲动地逼问过他，为何不对对方战队发表言论。他没有争辩，只是低下头嗦嗦地笑。"大家一起，乐乐就好。"他说。

阔孜却不这么认为，"不一样！根本不一样！"他挥着拳头，大喊大叫，眼睛瞪得像牛眼睛一样。

布喀不说话了，无论阔孜接下来说什么，他就只是嗦嗦地笑。

阔孜的怒火渐渐熄灭了，回到面无表情的茫然状态——布喀的态度让他找不到聚集起力气发火的理由。看起来，愤怒和沉默好像是他仅有的选择。

正是因为布喀这种宽厚友善的态度，才让阔孜在他身边为所欲为。布喀就是这样，对别的人极力不加干涉、不打扰、不建议，虽然在刁羊技巧和骑术方面，他都很不错。但他有一颗包容的心，从来不说任何人的坏话。同样的，任何人也不会在他嘴里听到一句关于阔孜是一个恶狼或者凶狠的羊羔之类的坏话，哪怕是一丁点儿的牢骚，他都不曾发过。是的，他从未说过。在他的妻子和孩子面前，也只字不提。

这次的刁羊比赛还在报名着呢，阔孜就大闹一场，还一脚踢翻放着登记表的桌子。原因仅仅是一位年轻人毫不客气地指出并希望他改掉那个该死的坏脾气。不料，这莽货立即给那人浇了一头冷水，堵住了和大家和解的门。他歪着下巴，揪住那人衣领，大喊道："你他妈的不想活了啊？"在他挥起拳头的时候，那人大喊一声："阔孜！有人会收拾你！等着瞧！"接着，旁边所有人都围了过来。他们把手中的马鞭一下下敲在另一只手的掌心。走在前面的那个人，还发出警告："喂，阔孜，能不能好好说话？喂，你是吃牛粪长大的吗？满嘴粪便，嗯？"

哈萨克族人中流传着一句谚语："癫狂的马儿容易闪失，慌张的人容易出乱。"这句话，说的就是现在的阔孜。大家都这么认为。于是，大家齐心协力轰走阔孜，不让他再参加任何刁羊比赛。就是嘛，他总是在大家开心的时候，影响大家的好心情。

"我看是他的皮毛成熟了！"有人甚至捏着拳头，用草原上最恶毒的话来诅咒他。这同样也是一句哈萨克族谚语，来自古老的狩猎习俗。自古以来，哈萨克族猎人不会盲目地随意在四季狩猎。他们把狩猎日期定在每年十一月份的野兽成熟期，并且他们绝不会伤害雌性和幼小猎物。也就是说，野兽的皮毛成熟了，它们的倒霉日子就来到了。可想而知，这句话不但指出阔孜是一只野兽，还一语双关地指出他的坏脾气让大家厌恶地想要"灭掉"他。

刁羊比赛开始时，阔孜坐在草地上，表情狰狞却不知怎么着透露出些许无助。他看着主持人将一只刚宰杀的山羊放在场地中央。他狼狈地四处张望，看到大家骑在马背上，分成两队，头上包裹着代表自己队伍颜色的彩带。雄赳赳，气昂昂。根本无人理会阔孜的感受。突然，他注意到紧张待命的骑手中没有自己那位温和的邻居。直到现在，他还完全不肯承认布喀是为了维护他那点可怜的面子，而主动放弃了比赛。不过，他心里头还是明白着呢。

"喂——阔孜，你可以过来一下吗？"正想着，阔孜听到背后呼喊他的声音。回头看时，他发现布喀坐在不远处的树荫下，朝他招手。

阔孜装作若无其事的样子，走过去，坐在布喀身边。他无聊地捻着手边的小草，看着远处。刁羊比赛已经开始，大家在高高扬起的尘土中激烈争夺。这时，阔孜仿佛听到一个诅咒自己的声音："阔孜，你是一个改不了恶习的恶狼！"这是谁呀？谁这么胆大？是来找揍的吧？让我给你来点好看的！他妈的，还没有人敢当面对我说过这样的话呢。他的额头暗了下来，他又开始愤怒，想要把诅咒他的人抓住，痛打一顿。

他前后左右看了看，身边除了布喀，没有别的任何人。

一会儿，那声音又在耳边响起，他竖起耳朵静静倾听。怎么？怎么像是那个从来不说别人坏话的、憨厚老实的布喀的声音呢？阔孜不敢相信，他抬起头，先是左右看了下。然后，转过头，用他那双看着就凶狠的眼睛瞪着身边的人，鼻子里哼出一声，"嗯？"

"……阔孜！你真是一个改不了恶习的恶狼……"布喀的嘴又动了几下。他看到了他脸上倦怠和厌烦的神情，就是看多了小丑表演的那种。

麻烦事儿

阔孜遇到一件尴尬的麻烦事儿。

上午他把羊群赶到河边喝水时，突然感到全身燥热。于是，他快速脱光衣服，跳进水中，憋着一口气游到了对岸。当他露出头，甩去脸上的水时，发现对岸几个小孩围着他的衣服指指点点，不知在做些什么。

"嘿，你们在做什么？"阔孜大声喊道。小孩惊慌地站了起来，看见阔孜怒气冲冲地朝这边游来，"嘿，嘿，住手，我会把你们的头拧下来，扔进河里！"阔孜愤怒地指着小孩，威胁道。

"快跑！"小孩中有人大喊，接着他们胡乱抓起衣服，飞快跑开。等他游到了岸边，孩子们早已跑得没人影儿了。

"我的老天爷！"阔孜缩在水里，露出上半个身子，沮丧地拍打水面。他左右张望，希望看到一个男人，要件衣服遮挡一下。

一个小时后，阔孜没能如愿。

现在，正是中午时分，阳光热烈地照在河面上，周围没一个人。阔孜的马儿在远处的树荫下安静地吃草，羊儿在河边悠闲地散步。一只老鹰从眼前的草尖上掠过，在河面上滑翔而过，用利爪抓起一条鲤鱼。唉！眼下别无选择，只能从左侧上岸，通过稠密的灌木和草丛，到达最近的一处毡房。躲在草丛中呼喊和求救，并请求发现和帮助他的人不要把这件丢脸的事儿说出去。

计划好之后，阔孜迅速爬上岸。他下蹲着身子，迈开步子，钻进左侧的灌木丛里。

远处隐约有几个分不清男女的人来回走动。还好他下半身被草丛遮挡住，人们也许只能看到他的头和赤裸的上身，可能不会有人想到他会光着下身。不过，他还是有些担心。

为了弄清别人的眼睛到底能否看得到自己身体的敏感部位，阔孜时不时停下来，像个惊恐的猴子般观察身边的草丛和灌木。他突然惊讶地发现，四周除了绿色的草丛，就是棕黑色的灌木丛。明晃晃的太阳光下，自己的躯体，在这个环境中闪着白光，想看不到都难。他急忙拢住双腿，捂住下身，努力下蹲身子，尽可能低地用这种不伦不类、怪异的姿势跑动起来。

即便如此，随着草丛的起伏，他那亮白的身体时不时还会暴露出来，轮廓清晰可见。阔孜气急败坏，几乎是趴在地面，匍匐前进。想想吧，这时他的狼狈模样，要多可笑，有多可笑。

渐渐地，牛、羊、马、骆驼不时在旁边的草地出现，特别是前面不远处的树荫下还坐着几个牧人，手里举着羊皮酒壶，喝着，开玩笑打趣。风把马奶酒的醇香吹进阔孜的鼻子，他装作若无其事的样子抽了抽鼻翼，咽了下口水。他蹲在草丛里，观察他们，决定开始求救。可是，阔孜突然发现其中两位像是女人。虽然她们穿着灰色上衣，但还是被他辨别出来。

他叹口气，继续慢慢往前移动，努力掩饰着将要崩溃的疲惫。

拿着羊皮酒壶，大声说笑的人们，似乎发现了阔孜光着上半身的奇怪举止。他们朝他的方向甩头，使眼色，张大嘴哈哈怪笑。你们这些狗屁！他想，没一个好人。很明显，他们不是好的求救人选。阔孜幻想的救星该是一个单独的、严肃的、不会嘲笑别人的、嘴巴严实的男人。很明显，这些人离这个要求差得太远啦。他摇了摇头。

幸运的是，这些男人正喝在兴头上，没人肯放下手中的酒壶，走过来看个究竟。而女人也只是羞涩地笑笑，更没有过来的打算。

"哈！太好了！"不远处的草丛里出现两个人影。阔孜移身前去，躲在一头嚼着青草、慢悠悠散步的牛肚子下观察，却发现那是两个情窦初开的年轻人在搂抱亲吻。哦，他庆幸自己没有贸然呼喊。如果现在，他以赤裸全身加上偷窥者的狼狈模样，被他们发现……将会……啊？老天爷，这时阔孜才惊恐地发现，自己藏身的牛是一头垂吊着乳房的母牛——而此时自己的脑袋，正卡在两个沉甸甸的乳房中间……啧啧，用离脑袋最远的脚指头去想吧，啧啧，都会想到，这个场景、这副模样被任何人看到，啧啧，唉，一定会被扣上一顶超级变态加偷窥狂的帽子。如果再经过某些人的添油加醋，说不定还会成为全世界最大的一个变态新闻，到处传播，永世不得翻身。谁都会想到，这种另类出现的方式，绝对会被扭送至派出所，解释则更加冗长无味。因为解释也无人相信呗。

天哪！此时，阔孜感到自己是多么的孤独。他不知道接下来自己将要面临什么。他感到前所未有的羞愧和无奈。他迅速离开母牛，沿着一条牛踩出来的小道，躲进灌木丛。在那儿，没人能看见他。他无助地瘫倒在潮湿的草地上，决定休整一下，再做打算。

突然，前面草丛里传出窸窸窣窣的声音。阔孜惊慌失措地坐起身来，却看到一个小男孩转身跑掉的背影。他探出头，观察四周，看到不远处有个妇女朝这边张望。哦，那倒是一个单独的人，看起来也像是一个严肃的、不会取笑别人又不会说闲话的人。但，非常非常遗憾的是：她是一个女人。这是最最关键的一点。

"唉！我的老天爷哪！"阔孜绝望地抱着脑袋。正感慨着，那个看到他，并转身跑掉的小男孩跑到妇女身边，趴在她耳朵边说了些什么。接着，妇女朝不远处的毡房走去，留下小男孩朝阔孜这边张望。

阔孜低头看着自己被草汁和泥土染得乱七八糟的，到处都是划痕的身体，仿佛末日降临。他无奈地叹息，简直束手无策。当他再次朝小男孩张望时，看到他转身朝毡房飞快跑去。看看，连小孩都认为他是一个怪异的暴露癖。这种场景不这样想，都很难——唉，他沮丧到了极点。

"喂……您在哪儿?"突然,阔孜听到小男孩急促呼喊的声音。当他彻底失望,打算躺在草丛中度过这难熬的白天,期待夜晚降临再继续行动时,事情出现了转机。"噢……噢……"他看到和草丛差不多高的小男孩扬着黑白两件衣物跑了过来。

　　当阔孜还没弄明白是怎么回事儿时,手里多了一件白色衬衣和一条黑色裤子。啊!世界顿时变得美好起来,太阳也没有刚才那样令人厌恶了。风暖洋洋的,吹过散发着泥土和青草清香的草原,把远处山顶上的云团扯成一缕缕羊毛絮儿……

二十块钱也没有

　　这个中午热得难受，阔孜抱着一个晕倒的小女孩，满头大汗冲进骆驼医院。那是他女儿，在太阳底下待太久，晕倒了。

　　骆驼医院只有两个医生，一个是哈江医生，大家都叫他哈江院长，另一个是他的妻子，大家叫她古丽医生。

　　哈江院长给小女孩量了体温，让她躺平，按了按她的肚子、听了听心跳之后，给她打了一针。慢慢地，小女孩苏醒了，躺在地毡上休息。"来，多喝水。"哈江院长给她端来一碗开水。

　　牧场上的人都喜欢哈江院长，因为他的自信，还有他强有力的拥抱。他虽然个头不高，但是结实，肩膀宽厚，一副威严的模样。他能叫出牧场里每个人的名字，还知道每个家庭的大概情况。他的微笑总像一盏灯似的，散发光芒。他和每一个来看病的人，都能聊上几句，什么话题都能聊。从这些方面来看，他确实是一个好院长。

　　阔孜看到女儿醒了，舒了口气，站起来，摸摸肚子，感觉饿了。"有什么吃的?"阔孜走进木板搭起的简易厨房。"你自己找，我手头忙着。"哈江院长正低着头，往炉膛里添柴火。他不像大部分牧场上的男人，他们对厨房里的活计束手无策，只等着女人忙完手头的活儿为他们做饭。

"有馕，"阔孜在碗柜边发现一个布口袋，打开来，发现几个塔巴馕，"半瓶子伊力特，"打开碗柜，最下面角落有半瓶子喝剩的酒，再看看上面，"啧啧，不错呀，还有半盘子大盘鸡!"他找到这些，一个个端到厨房中间的长条桌上。

"茶熬好了。来，坐下，喝一碗。"哈江院长转身指一下桌子边的椅子，走到碗柜前取出一摞茶碗，放到桌上。又端出一个盛牛奶的大花碗，舀一勺牛奶倒进碗里，再倒入熬好的清茶。他把兑好的三碗奶茶挪到桌子两边，又端来一碗塔尔米，"给，再来点这个。"接着，他走到厨房门口，抻着脖子，喊着，招呼女孩，"喂——过来——喝茶——"

"嗯，对，中午还没吃饭呢，她就晕倒了。现在还真是饿了。"阔孜指指进来的女儿，拍拍自己的肚子。

"吃吧，我的奶茶烧得好，其他的饭做得不行。早晨老婆子弄了一个大盘鸡，就去那边亲戚家了。"哈江院长抓了一小把塔尔米，放进自己的奶茶里，拿了一块馕，掰了一块，下巴朝门的方向努努，"他们家剪羊毛，帮忙的人多得很。"

"嗯嗯，这个……"阔孜没听进去那些，他略含期待地看着伊力特。

"噢，想着呢，就忘了。"哈江院长把掰成块的馕放在阔孜和女孩手边，站起来，从炉子上的架子后面摸出两个酒杯。

"倒上……倒上……"阔孜拿起馕，在热奶茶里蘸蘸，塞进嘴里，嘟囔着说。

"嗯……"哈江院长给他倒了大半杯，也给自己倒了一些，于是重新坐下。

"嘿，这家伙，伊力特！"阔孜胳膊肘靠在桌边，叠起他的大腿。

"嗯，喝吧。"哈江院长放下瓶子。

"喝。"阔孜端起酒倒进嘴里，一饮而尽。

伊力特像一团火似的烧进阔孜的胃里，不过他觉得还挺受用。他放下酒杯，看看女儿，再看看哈江院长，"中午，她突然晕倒了，老婆子吓得直叫唤，我急得干瞪眼——以前，家里可是从来没有出现过这种情况。"他又往嘴里塞了一块馕，喝了一口奶茶，"老婆子说，送骆驼医院就放心了。你看，她在家看家，也不用来。不过，送到这里，她就不担心了嘛。"

"骆驼医院就是干这事儿的。"哈江院长听到赞许，有些不好意思，低下头，抚抚秃了的头顶，咻咻地笑，"再说，她又没有什么大事情，只是贫血嘛。唉，小朋友，牛奶，你得多喝牛奶。只要多喝牛奶，很快就会缓过来。别紧张，没事儿的。"哈江院长看着女孩，摆摆短而胖的手。

"牛奶多得喝不完。她不喝，吃饭这么一点点儿。"阔孜抬起手，拇指和食指掐到一起，伸到哈江院长面前比画一下。"回去我给老婆子说，让她好好吃饭。"

"我们哈萨克族谚语说得好：'吃饭吃饱，做事做好'。说的就是多吃饭，什么问题都没有。"哈江院长看着女孩，"回家一定多吃饭，不吃饭什么事儿都做不成。"他耸耸肩膀，宽而短的大手在桌子边上拍了两下，"这次嘛，还不是什么大问题，等有了大病，再好的医院都没有办法。"说着，他端起酒杯干了。接着又举起酒瓶，小心翼翼地给阔孜和自己面前的酒杯倒上。

"听到了吧，哈江院长是当了院长的医生，他的话我们都得听，你不听，就完蛋了。"阔孜瞪着女儿说。

"嗯嗯……知道了……"女孩听着，伸出小手捏了一小撮塔尔米放进奶茶里，晃了晃，轻轻地啜饮一口。她还没有从突然晕倒的惊吓中反应过来，被爸爸这样一说，眼睛又红了。她挤着眼睛，一直点头，小脸憋得通红。

"行了嘿，别吓她了，喝吧！"哈江院长用胳膊肘碰碰阔孜。

"喝。"阔孜端起杯子，仰头干了。

"呃，打完针的时候算了算，加上后面需要拿的药，"哈江院长端起杯子想了想，"一共三十四块。"这句话好像自言自语，但悬在他们头顶的空气中。他盯着空气顿了顿，放下杯子，然后又开口了。

"带了没有？"这次，他的口气里有了疑问。

"什么？"

"三十四块。"

"噢……钱？出来时，着急得很，没来得及。"阔孜掏掏坎肩的口袋，"看，没有。"

"二十块，先给二十块也行。"哈江院长说。

"没有，二十块也没有，一个子儿都没有，你看。"阔孜翻开口袋，抖了抖，让哈江院长看。除了落下的灰，确实什么也没有。

"好吧，没有就没有。下次看病时带来就行，现在喝酒。"哈江院长点点头，晃晃瓶子，把剩下的一点儿酒匀进两个杯子。

"喝。"

"喝。"两人又干了。

"吃点。"哈江院长指着盘子说。

"吃的呢。"阔孜夹起一块鸡肉，放进嘴里。

被狼袭击之后

　　大家在山里搜寻了一夜，打算回家吃点东西，再接着寻找。他们往回返，在草地边缘的泥土地带发现马的痕迹——泥地上留下了一堆错综复杂的马蹄印，还留下了一堆堆马粪，圆圆的。再往前搜索时，他们在树下，看到一个黑乎乎的东西滚在泥浆里。

　　"那是什么？会不会是阔孜……"有人辨认出来，那像是一个人，虽然还不能和他完全对上号。"管他是不是，都该过去看看……"牧人们拽着马的缰绳，小心翼翼地朝那边走。"对，过去看看……"

　　大家认真打量那个黑东西——那真的是一个人。

　　这个人的衣裤上沾满血、泥土、草汁的混合物，手、脚、脸，还有鞋子上也都是。他身边不远处有一个巨大的蚂蚁窝，高将近一米，直径四米左右。那些黑蚂蚁密密麻麻爬到他身上，覆盖着，并不停蠕动着，像是风中抖动的黑色衣服。后来，大家终于把他和那个平时喜好穿灰蓝色格子衬衫、卡其色裤子的阔孜挂上了钩。

　　阔孜出外放牧时，失踪两天两夜。第三天清晨，终于被大家找到。

　　人们认为阔孜已经死了。等他们把他从蚂蚁窝边拖到平坦一些的草地上时，才发现他还有一口气。

　　大家把他身上、鼻子、耳朵，还有嘴里的蚂蚁和泥浆清理干净后，发现他的两只手臂几乎能看见吓人的骨头——一些肉不知去了哪儿。

　　阔孜的妻子，因为他动不动就爆发的坏脾气，赌气回娘家待了好几个月了，就连女儿也带走了。听说阔孜失踪，她连夜带着孩子从娘家赶回来。此外，还有阔孜的妈妈、姐姐、邻居们。尤其是年长的亲戚们，他们以前从来不喜欢见到他——他们对他反感，对他的感觉无非就是人生经验不足，把握不准该怎么看待自己，还有就是说变就变的暴脾气简直太吓人，脸上的笑容瞬间可以变成一副仇恨的样子之类的。不过，现在他们都不去想那些了。大家焦急地围在他身边。

　　"怎么回事儿？怎么回事儿？这两天两夜到底发生了什么？"阔孜的姐姐皱着眉头问。

　　"孩子，快说说，是怎么回事儿？妈妈在，没有什么过不去的事儿。"妈妈坐在他身边，脸贴着他的脸，温和地问。

　　"以后，你想怎样发脾气都行，我不会再嫌弃你的坏脾气了，是我没有好好照顾你。"他的妻子眼睛红红的，努力忍住，不让自己哭出来。

　　他的女儿缩在妈妈怀里，上下打量爸爸，眼泪掉在地毯上。

　　阔孜疲惫地躺在床边，头偏向一边，半晕半醒。从他被救回到现在，面对一切关切的询问，他只说："是狼，我现在很好，谢谢，感谢，我很好，十分感谢。"他肿胀的手艰难地抬起又落下，虚弱地点头，说着以前在他嘴里从未出现过的感谢话儿。除此之外，其他的什么也没说。他需要休息和恢复。

"怎么回事儿？狼在哪里？放心，我们给你报仇！"几个男人在人群外，当他们听到阔孜说是遇到了狼时，立即挤进人群，摩拳擦掌。商量着，怎么收拾掉那条恶狼。这几个男人，以前最讨厌阔孜的坏脾气，他们很久没有理会过阔孜了。现在不同。现在，大家很想为他做些什么。可是，阔孜对于具体遇到了怎样的事儿？始终只字未提。

"我看，他需要好好治疗和休息，完全不能多说话。"医生赶来了。

"过两天，我们再来看望阔孜吧。"人群中有人建议，"现在，他需要安静。"

"对，对。"所有人这才意识到现在不是说这些的时候。大家不时回头望阔孜，压低声音议论，渐渐散去。每个人都在为他祈祷。

一周之后，阔孜终于可以坐起来了。他坐在花毡上，背后垫了几个松软的棉垫。敞开的天窗，照射进来的阳光洒满他的全身。他抬头望着蓝色的天，看一片片白云飘过。

知道他恢复得很好，大家又聚集到他身边。

"狼，狼的情况快给我们说说，"有人俯下身子亲切询问，"狼的模样，我们要知道狼的模样，说说看。"

"对，对，什么样子？颜色？体格？快快说出来，操它个害人狼！我会把它屎打出来！妈的，迅速让它趴在地上，再别想站起来！"有人挥动拳头，情绪激动。

"嘿！孩子在那边呢，别这么说。"旁边有人提醒他，接着又拍了拍那人的宽厚、结实肩膀说："不过话说得很对，我们这么多人，看看，多结实的身体，完全不用为我们担心。"

阔孜两只手臂上缠着绷带，一只胳膊大概伤着骨头了，白色的绷带从脖子上绕过来，吊着这只胳膊。不过，他的气色不错。

阔孜的妈妈轻吻他的额头，轻声说："孩子，说说狼，还有经过，不用担心，他们会找到那只狼的。"他的姐姐在旁边点头，用鼓励的眼神看着他。围着他的人都盯着他的嘴，仿佛他一开口，他们就会冲出去，搜遍草原的角角落落，揪出那只害人的恶狼。

他的妻子提着茶壶走进毡房，给每个人倒上奶茶，然后给阔孜端上一碗，不停地吹去奶茶上飘着的热气。"阔孜，狼伤害了你，如果不找到这只伤害人的狼，很快还会有人遭到袭击。"妻子温柔地把碗放到他嘴边，轻轻抬起来，让他喝奶茶。

"对，是这么回事儿，现在你可以说说了。"大家点头附和。

阔孜喝了一口奶茶，摇摇头，不想再喝。他低头沉默了一会儿，抬头看着大家关心的目光，终于张口说话，"是我自己伤害了自己。主要是这个，其他没有什么可说的了。"

"什么？"大家面面相觑。

"不是的，"阔孜的妈妈说，"狼是怎么伤害你的，大家关心的是这个。"

阔孜看向别处。"呃……"他扯动嘴角，苦笑了一下，重复说，"是我自己伤害了自己。"

大家相互交换了一下眼神，脸上没有任何表情——也不知道应该是什么表情才合适。不过，每个人脑子里都是：完啦，一定是阔孜的脑子受刺激了吧！或者是，过度惊吓造成的吧？

阔孜抬头看了一下大家，"是我不与你们和睦相处，只能孤单地一个人放牧……结果，狼发现了我的情况，悄悄跟踪我……狼是聪明的动物，你们每个人都知道这个……"他低下头，"是我暴躁的坏脾气害了我自己。是这样的。这是事实。"

"哦……"大家恍然大悟。发出感叹声的，包括阔孜的妈妈、姐姐，还有他的妻子，甚至还有他年龄很小的女儿。

接着，阔孜说："我能回来，和大家在一起……已经是非常幸运的。现在，我的感觉就很好。真的。我很好。谢谢你们，谢谢大家。"

他说话时，始终用感恩和真诚的目光望着大家。

叶尔夏提的忧伤

　　古尔邦节将要到来的前一天，有一位哈萨克族小伙儿异常忧伤，他就是叶尔夏提。因为，在他身上发生了一件让他的心"支离破碎"的事儿——他被新婚半年的妻子阿丽娅轰出了家门。

　　原因很简单。清晨，阿丽娅在毡房外的炉子边忙乎着炸馓子，边喊叫他。让他赶紧起床，把羊群赶到山坡上去之后，还需要他帮忙做些家务事儿。

　　阿丽娅喊叫他时，他正在梦中忙着开皮卡车。

　　迷糊中，他听到她隔着毡房的门，冲他喊道。"起来！叶尔夏提！你听到了吗？每天你都弄成这样！"

　　叶尔夏提被吵醒之后，往被窝里躲得更深了。他睁开眼，朝门的方向瞄了一眼，但也就是睁开一条缝之后又闭到了一起。他在继续刚才的美梦。"冲过去，冲过去了，哈哈，好啊，好啊……"他在半梦半醒中喃喃自语。这是有关皮卡车的美梦，车里还坐着另一个哥们，是谁，想不起来了。他们开着车，快速在草原的小道上飞驰，还在起伏的土包上一跃而过。这个梦，源于他一直以来想要一辆皮卡车的愿望。那样，每年的几次转场都会很方便：把毡房和家具及弱小的羊羔，还有家里的妇女孩子们先拉到目的地，回头再赶着牲畜慢慢迁移过去。这会减少很多麻烦事儿。还有，每次进城购物也会很方便。再不用像现在这样，无休止地站在路边等车。有时等待一天，都不会等来一辆能站得住脚的客车。除此之外，还有一个他始终不愿承认的原因，那就是他的虚荣心。他认为，拥有皮卡车，会让他在兄弟面前抬起头来。

"嘿！"阿丽娅的喊叫声又从毡房外传了进来。"看在老天爷的份上，你不该这么懒惰！叶尔夏提！"

他像条鱼一般在被子和床毡之间蹦了一下，脸朝着门的方向，侧着撑起一只臂肘。他的惺忪睡眼还是粘着的。

"喂，叶尔夏提？"阿丽娅出现在毡房门口，探着头，朝里张望，"你起来了吗？喂，叶尔夏提？"

"皮卡车，我梦到皮卡车。"他努力睁开右眼，瞄她一下，然后又慢慢闭上。

"做什么鬼梦？"她有些恼火，"你不劳动，哪里来皮卡车？搞不明白你是真不懂这个道理还是故意偷懒？"

"我只是多睡这么一小会儿嘛。"他说，"犯得着这样吗？"

"那你现在该精神起来了，"她说，"然后开始今天的劳动，而不是在这里做什么鬼梦。"

她回到炉子边，用手中一直拿着的筷子夹起油锅里的馓子。她注意到，已经是早上七点了。她开始着急了。现在是七点钟，马上就会是八点、九点，然后是十点。时间就是这么不扛过。这一大早有许多事儿要做，他却躺在床上做美梦。

她用筷子挑起绕好的面条下进油锅，又来到毡房门外。她看到他还斜靠在被子里，耷拉着个脑袋。她头上冒出一团火。

"叶尔夏提！真是够了！我真的是受够了！叶尔夏提！"她在门外爆发出一阵怒吼。

"听着，把你的嘴闭起来！"他震了一下，跳起来，弓着背指着她，像是要把她痛打一顿的样子。

"够了！我嫁了一个什么懒鬼！"

"你说我是懒鬼？"

"不然还是什么？我嫁给你就给我受这些？"

"你的样子并没遭罪。"

这倒是的，阿丽娅结婚后体重增加，圆润了许多。

"即便这样，也不是你的功劳。"阿丽娅说着，返回锅边把炸好的馓子夹到盆子里。

叶尔夏提在被子里坐起来，一边打着呵欠，一边用双手搔着后脑。"反了你，还能随着你胡说？"隔着毡房门，她能听到他的低声咕哝。

"你才胡说！你个懒鬼！滚吧！开你的皮卡车去吧！"阿丽娅跺着脚冲进毡房，捡起他的衣服，扔到门外的草地上，一把将只穿着裤头的他推出毡房。

现在，他的心情差极了。又拉不下面子主动回家，只能漫无目的地在山坡上闲逛。

出门不久，叶尔夏提看到流动售货车停在前面山坡上。售货车的老板是一个高个子中年男人，干瘪的体型像是根细长的豆芽菜。看上去他的年龄不会很大，却秃了个顶。他的车常在草原上转悠。现在，中年男人的眼睛正盯着两个把头塞进车厢，挑选日用品的圆屁股妇女，舌头在嘴里转着圈舔牙齿。叶尔夏提从妇女的头部上方往里望，看到货架上的烟。"拿包烟。"他指了下红盒子雪莲烟，然后摸口袋。等他翻遍身上的所有口袋时，发现一个子儿都没带！

套在外面的夹克口袋里，除了一朵躺在那里的干枯小黄花，就是一些沙子。那朵干花，是前些天为了逗阿丽娅开心，专门在山坡上采摘的。他打算献给阿丽娅呢，可不知怎么就忘记了。

现在，叶尔夏提手里捏着那朵干花，只好改口说不买了。中年男人朝他翻翻眼睛，鼻子里"哼"出一声，一甩手，把烟扔回到货架上。他一定认为叶尔夏提打搅了他欣赏那两个美丽的圆屁股——那个，对他来说太诱惑了。

"唉！麻烦总是找到我。"叶尔夏提摇摇头，嘴里嘀咕着，离开售货车。

头上的太阳异常灼热，他怀揣着凉飕飕的心独自在草原上瞎晃悠。这时，对面两个小伙儿朝他走来。突然，他们停下脚步，其中一个小伙儿还夸张地大声"哦哟"一声。这引起了叶尔夏提的注意，他迅速抬头打量这两个同龄人。呃，难怪他们一惊一乍的——那是他的高中同学。他们都在这附近长大，后来他们和一些不三不四的小混混搅和在一起。他和他们相互熟悉，但他永远不会成为他们中的一员。他俩都没结婚。

"嘿！叶尔夏提，你的脸色看起来像是丢了不少钱哪！"其中一个小伙儿把帽檐转到脑后，盯着他，嘴角叼着的牙签上下有节奏地抖动着。另一个小伙儿则把手伸到他眼前，拇指和食指捏到一起，搓了搓，附和着说，"对啊，丢了几个子儿？这么愁眉苦脸。"也许，现在他们的脑袋里全是"准是跟老婆子干架了"或"可怜的人"的想法，但是他们并没表现出来。他们的脸上挂着笑容，勾肩搭背地晃到他面前，颠着脚，抖着腿。还不时互相看看，咧嘴笑笑。要不就眨眨眼睛。

"呃……我只是出来走走，刚才干了不少活儿，累了……"叶尔夏提假装伸了伸胳膊，捶了捶背，努力挤出笑容。他并不想倾诉自己的心事儿，来博取他人的同情。

"哈，拜托，你一直低着头，盯着脚下，我们真以为你丢了什么，哇哈哈……"前面说话的小伙儿扑哧一下把牙签从嘴里吐出来，随即发出一阵莫名其妙的怪笑声。叶尔夏提早就发现他在放牧时偷偷翻看一本画册，那上面全是没穿衣服的女人图片。"下流杂志！"这里的人都这么形容那种画册。真是弄不透，你有什么资格这么高兴？叶尔夏提盯着那让人立即联想到习惯性自慰的萎黄皮肤和暗淡眼神，暗暗琢磨。他被他的笑恶心到了。

"嘿，叶尔夏提，和我们一起去玩玩吧！"后面说话的那个小伙儿把手搭在他肩膀上，暧昧地抖动眉毛，"我们去约几个姑娘，一起喝酒，找点快乐。说不定，你会很开心呢。"

"哦，我也很想去。可是，我只是出来透透气，待会儿还有很多活儿要干。你们知道的，家里的事儿多得干也干不完。"叶尔夏提勉强提高情绪，做出已经对喝酒之类的事儿厌倦的样子。

小伙儿不肯罢休。"喂，你得当心！结婚以后，你可没以前有趣了哈！"两个小伙说笑着，拍拍他的肩膀，你推我搡，嘻嘻哈哈地走了。

我有没有趣和你俩有什么关系呢？叶尔夏提想反问一句，但是他又怕勾起他俩继续说下去的兴趣。

"为什么快乐总是围绕在别人身边？"叶尔夏提把手斜插在夹克口袋里，用力裹紧身子，缩着头，继续走——除此之外，他不知道自己应该做些别的什么。

和阿丽娅相恋的那两年时间里，古尔邦节总会让他欣喜若狂。鲜嫩的手抓肉、可口的酸奶酪、热热的羊肉汤、沁人心脾的马奶酒、来来往往的亲戚——好一派节日的热闹氛围。可是，如果无心享受那氛围，那么它来不来临又有什么两样呢？这位被妻子轰出毡房的忧伤男人，边走边想。

他知道，前方毡房住着一位失去双腿的老人和他的老伴。那是二十几年前的冬季，老人因为在厚达一米的雪地里寻找走失的马匹被冻伤，失去了膝盖以下的双腿。

草原上，受伤的事情时有发生。砍倒的大树，砸着了腿或者胳膊；锯木头，脚趾被锯掉；被突然的雷声惊到的马儿，把牧羊人掀翻在地。草原上的生活就是这样，处处隐藏着危险，和野外生存没什么两样。

这会儿，他真不愿意再看见人了，但是他的脚不由自主地带着他穿过小径。在黑加仑灌木丛那边，一个偏僻之处，有一片草地，用木栅栏围了起来。旁边，拴在两棵白桦树间的铁丝上晾满了床单和桌布，在风中发出"噼噼啪啪"的声音。他推开那朴素的栅栏木门，发出"吱吱嘎嘎"的声音。叶尔夏提在门口站了片刻，侧耳倾听。他听到毡房后面有动静。他重又把门拉回去，顺着栅栏外围的小路朝后走。

他在老人后院栅栏外停下来，朝里张望。

老人穿着特制的皮垫"鞋套"在空地上劈柴。他的肩膀宽厚，但并不是肥胖，而是结实。露在衣服外面的皮肤红通通的，眼睛清澈而坚定。他往手心吐了一口唾沫，用力把斧头劈进大块的干木头，一下就把木块劈开，碎木四处飞溅。他的脸上露出掩盖不住的笑容——显然他已经迫不及待等待迎接古尔邦节的到来了。也许，他的心里正在计划接下来要做的事儿呢。是啊，他是一个热爱生活的人。"现如今很少有人这么认真地生活啦!"有人这么形容他。每次见到他时，他总会说出自己的下一个计划——购买一匹小马、修理毡房墙篱、召集亲朋好友打草、剪羊毛……总之，他有使不完的劲儿，干不完的活儿。而且，他绝对会把事情一件件圆满完成，不出任何纰漏。

他的身边总有一条大狗陪伴，大部分时间紧跟他的脚后跟。看到外人时的表情，与其说是警惕倒不如说是满足。不过，这会儿狗把头挤在栅栏的缝隙里向外瞧。大概怕被碎木敲到脑袋吧。

看着忙碌的老人，叶尔夏提对自己无所事事的状态感到不太自在。他觉得人们都有自己的事儿可做，却都忘记了他的存在。可以这么说，每个人都忙着，简直对他不屑一顾。正在这时，狗因为他探头探脑的行为，对着他大吼了几声。看吧，就连这个残疾老头的狗都不待见我，那么我还能做些什么呢？他低下头，长叹了口气。

"嘿！年轻人，怎么了？哪儿不舒服吗？"老人看到他，撂下斧子，撑着地面蹒跚着走过来，抬头望他。呃，他头上那顶棕黄色的帆布帽子，像是生了根似的，永远戴在他的头顶。帽子窄窄的边沿向上弯弯翘起，像个皇冠。

"我……我的心里……我感觉不到生活的乐趣……真是的……"有一瞬间，他想告诉老人自己与妻子间的争执。可是，当他看到他脸上的自信表情和夹带嘲讽的口吻，又把想要倾诉的那些话咽了回去。

"是吗？你认为没有乐趣，那么，你的妻子会怎样想？当大家都在为明天的节日忙碌而快乐地做着准备时，你却在这里像只无头苍蝇般到处闲逛。"老人说道，"你现在做的就是寻找你的乐趣，是吗？"他连讽带刺的口吻中，透出一丝严厉。

"我并不这样想。"叶尔夏提忧伤地摇头。

"年轻人，知道吗？你的这个表情让我很不舒服。别在我面前摆出一副对生活失望的模样。我奉劝你赶紧回家，或者去找你的朋友，笑着去做你应该做的每一件事儿！"

不知道我的心事儿，别在这里夸夸其谈！叶尔夏提心想。

"怎么？难道你不服气？"老人把胳膊交叉着抱在胸前，颠着一条没有小腿和脚掌的腿，对着叶尔夏提说道，"听着，年轻人，你现在的表情看起来多么令人厌恶。"他撇着嘴，伸出小拇指，在眼前比画了一下，又晃着头做了一个两眼朝上的鬼脸，"呃，我可是看不起为了一点儿小事儿摆出一副臭脸的人！"

这个糟老头！老人的话让叶尔夏提非常恼火，他转身准备离开。

"等等，别走，为什么不愉快地接受这些美好的礼物呢？"老人大声说道。

"什么？什么？哪里有什么美好的礼物？今天我可是没遇到任何值得快乐的事儿呀？"叶尔夏提摊开双手，皱起眉，瞄了一眼自己的手，又回身低头看老人。

"看看，这太阳，"老人抬头指指头顶上的天空，"还有，这地面，"老人用他那怪异的皮垫鞋套踩踩脚下的草地，"那么，你能双脚健全地享受这些，难道不是一种莫大的快乐吗？"

"哦……"叶尔夏提点了点头，沉思着。

"还有你二十出头的年龄，这是多少人梦寐以求的事儿啊！"老人张开双臂，像是要拥抱整个世界。由于他的皮垫鞋套在草地上有些打滑，他后退了两步，险些摔倒在后面的草地上。

"听着，你这个被宠坏的年轻人。瞧，古尔邦节明天就要来了，老天爷专门赶来送你一个健康的身体。而你，一定是认为这个礼物太平常了，是吗？那么，古尔邦节前没有任何人给我送来这么一件礼物，我是说这是我完全不可能得到的，你明白我的意思吗？还有，我要郑重其事地告诉你：最美好的礼物往往都是免费的！哈，可是你们年轻人得到最好的礼物时，往往不知道珍惜。嘿，你这个样子真是让我很不舒服，太可恨了，哇哈哈哈哈！"老人大笑着，"哦，对了，刚才我有没有告诉你，老天爷给我的礼物是我强壮的上半身呢。哈哈，这是多么让我享受的幸福事儿啊！好了，好了，我只能给你说这么多，因为，我要做的事儿太多了。我待会还要修一下烟筒，还要提满一水缸的水。除此之外，我该干而一直没有着手干的事儿还有一长串呢。嗯，我还要随时听从老婆子的指挥，干那些突然冒出来的活儿。哦，鲜嫩的羊肉还在等着我，还有热热的肉汤，我现在需要喝一碗热热的肉汤或者奶茶了。"老人调皮地挤一挤眼睛，挑挑眉毛，伸手摘下头顶的帽子，露出额头边那道红印儿。他把稀疏的头发往后捋了捋，又将帽子戴回头上，接着又抹了一下嘴角。做这些时，他的脸上一直挂着自信的微笑。

哦，他对生活、对女人真有一套……虽然他这么个外表……栅栏外，叶尔夏提向前撑着头，呆立在那儿。过了一会儿，他像是突然明白了什么一样，干咽了一下，拍拍头，笑了。他是在嘲笑自己，"嘿嘿，我这是怎么啦，嘿嘿，我啊……真是……这么小小的事儿，就让我垂头丧气……嘿嘿……"说着这些的时候，他语气里充满歉意。

突然，沉闷的空气快速流动起来，烤箱里蜂蜜饼干的气味随风飘过。他吸了吸鼻子，嗯，空气中还夹杂着奶茶和小麦粥的醇香呢。他从栅栏上把手伸过去，紧紧抓住老人的手，握了下，"谢谢您！"

"年轻人，祝你好运！"老人挥挥手，与他道别。

他转身沿着草丛里的小径，朝自家毡房走去时，觉得该送给阿丽娅一朵鲜花了，那么，送哪一朵呢？他看着草原上到处盛开的花儿想。

了不起的母牛

中午时分，父亲驾驶的马拉雪橇抵达二十公里外的镇子。

"医生半个小时后回来，你在这等一会儿……"父亲看了看兽医站办公室门上写着"吃饭去，三点回来"的纸条，再看看墙上的钟表，把用旧棉被包着的小牛放到兽医站走廊尽头的木头椅子上，让小别克看着。他去院子里，用刷子清理马鬃毛上挂着的冰霜。

小牛才出生一周。前几天还可以站起来，可从昨天开始腿就是软趴趴的，总是侧躺在地上，鼻子里直喘粗气。父亲很担心，带小牛到乡里的兽医站，找医生看看到底是什么原因造成的——羊和牛都和他的孩子一样，是父亲生命中的珍宝。

冬天，小别克在家待着无聊，坐着雪橇跟着父亲到乡里，陪小牛看病，顺便玩一趟。

"行。"小别克掀开被角，看到小牛斜躺在温暖的棉被里。虽然嘴和鼻子里呼哧呼哧地喘着粗气，黑溜溜的眼睛却好奇地左瞧右看，就像小娃娃似的伸展着双腿，用露出来的小蹄子啪嗒啪嗒敲打椅子，高兴地玩着。看它那天真的模样也好，动作也好，与其说是一头小牛，还不如说是个淘气的小孩子。

半个多小时后，医生来了。"这头小牛突然站不起来，我担心得很……"父亲跟在兽医后面，向前探着身子，抻着脖子，还打着手势。好像只要把病情说给医生，小牛就会立刻好起来似的。

"别慌，我看看情况。"医生把手伸进敞开的棉被，碰碰小牛的脑袋，捏捏它的腿。

"把小牛放出来，让医生好好看看，怎么回事儿。"父亲吩咐。

小别克赶紧把棉被从小牛身上拿开，好让医生看清楚。

医生把小牛抱到地上，"来，走两步，我看看你怎么啦。"说着，还在小牛屁股上推了一把。小牛一接触地面，就瘫软下去，四肢撑开，鼻子里朝外喷粗气。好像是在埋怨医生把它从热乎乎的棉被里抱出来似的。

"看起来不像是缺钙的问题。"医生用听筒听一听小牛的肺部，"嗯，肺音很清楚，"又用手摸小牛的腹部，"需要测一下体温，如果体温很高的话，很可能是肺炎。"

经过测温，小牛确实是在发烧。不过它除了腿上没劲儿，站不起来，还有心跳加快、气喘吁吁以外，好像还没有表现出很难受的样子。

"送来得很及时。如果到明天，就会出现别的症状。那时候就晚了。"医生把父亲带到旁边一个生着炉子的大屋子里，"你们要待在这里观察一晚上，才行。"

医生给小牛打了一针，配着药粉，给它喝了半盆子温水之后，去忙别的了。

"怎么办？"小别克悄悄问爸爸。早晨把小牛抱到雪橇上时，母牛跟在后面一直"哞哞哞"地叫——自从小牛出生以来，一刻都没有离开过牛妈妈。

"就一天时间，那还能怎么办。"父亲摇摇头，"出门前我把母牛交代给你妈妈了。她会把它看好，不让它乱跑。"

"我们要明天才能回去。"小别克叹了口气。

"最快也要明天这个时候到家。"父亲看看窗户外面。

"小牛的妈妈该急死了！"

"是啊，一天一夜呢……"父亲点点头。

小牛包裹在棉被里，头偏向一边沉沉地睡了。晚上医生来测体温时，已经退烧。后半夜，小牛还喝了父亲用大奶瓶带来的牛奶。他就这么看着小牛，一直没睡。

凌晨两点，父亲摇醒睡着了的小别克，"听，远处有牛叫声。"

"行了爸爸，牛叫声有什么好听的。"小别克转过身去，"我还没睡够呢。"

"嘿！儿子！我刚才听了好一阵子。"父亲又晃了晃小别克的胳膊，"快听，好像……有点像咱们家母牛的叫声。"

"什么？"小别克一下子翻身起来。

窗外狂风大作，落光了叶子的树枝伸向天空，敲打着屋檐，一声接着一声。仿佛黑暗中，有人颤抖着呻吟。小别克坐在那儿，朝着窗户的方向，侧着耳朵听了好一会儿，"咦？就是啊！像得很！"

"哞哞"的一声声牛叫渐渐清晰，好像进到院子里了。

小别克和父亲趴到窗户边，向外看。月光下，一头牛站在院子里，冲着窗户"哞哞"直叫。

"爸爸！"小别克惊叫道，"那就是咱们家的大母牛，它是来找小牛的！"

"这么冷？"父亲打开房门，跑出去，"啊，真的是你吗？真是你吗？"

"是！是它！是它！"小别克冲过去，搂住母牛的脖子。

"就是嘛，刚才我听着就像。"父亲用手去掉母牛脸上挂着的冰溜子，"你是怎么找来的？二十多公里的山路啊！"

"冰！爸爸快看，它的背上都结满了冰。"

"对，它是一路跑来的。也不知道出了多少汗，都冻成冰牛了。唉，翻山越岭的，这母牛也太厉害了。"父亲捧起地上的雪，心疼地轻揉母牛的身体和四肢。

"它怎么认得路呢？这么远？"小别克帮着爸爸给母牛搓腿。

"就是啊，怎么认路的呢？"父亲也觉得很奇怪。

搓了好久，父亲才让母牛去生着炉子的屋子里看小牛。

"它是太想小牛了，想着，想着，就跑来了。"看着母牛激动地舔小牛，爸爸边寻思边解释。

"哦，我都认不得来时的路了。"小别克佩服地说，"它却能跑来找小牛。真是太了不起了！"

"再远它也能找到。"父亲禁不住呆愣着，欣赏母牛和它的孩子，感叹生命的奇迹："妈妈都是这样！"

镶花马鞭

草丛里有一条马鞭。

这条马鞭用一张牛皮编成。牛角把手上镶嵌着金色和银色的金属线条，构成流畅的上下起伏的羊角图案，精美又结实。马鞭对于哈萨克族男人来说，是灵魂，也是生命。可是，现在它却静静地躺在草丛里，无人问津。

太阳和月亮轮番出现在它的头顶，光和影在它身边悄悄流淌。它的把手上依然留有主人的握痕，那里散发出哈萨克族男人身上特有的荷尔蒙气息。鞭子上的牛皮已被磨得光滑，那是驱赶牲畜时的印记，也是抵御狼和棕熊的痕迹。这些都是草原留在马鞭上的岁月……

不远处的山坡上开满金黄色的山花。那里吸引了人们，传来一阵欢声笑语。牛羊从草丛边走过。有时会看到它，却只是看看。草丛里的泥土上有蚂蚁、蚂蚱和不知名的昆虫。它们都很忙碌，看到马鞭也只是绕道走过。草丛上方飞过蜜蜂、蜻蜓，还有魅力十足的蝴蝶。它们对它更是不感兴趣，它们喜欢草原上的绿草和鲜艳的花朵。

热风从远处吹来，在草地上打旋，一只蚂蚱敏捷地从旋风中弹出，钻进前面的草丛……

夏季，慢条斯理地来了。

不知道过了多久，总之是一段时间后。天空颤巍巍地飘起细小水珠，不知是雾气还是雨水。草停止生长，树叶的边缘开始干枯卷曲。风吹到人脸上有一种凉飕飕的感觉。

山坡上的花开始凋谢，赏花摄影的人也渐渐散去。来草原休闲度假的人们，在草原上兜个圈儿，就缩着个脖子躲进毡房，喝着奶茶听一曲冬不拉弹奏。蚂蚱也蹦不动了，在草丛里一点点挪动身躯……

雾气或是雨水打湿了马鞭。吸足水分的皮子，有些发涨变形。

枯草凑到一起，像干巴巴的皱着眉的老头。树叶的颜色开始变黄，接着火红——它在绽放最后的美丽。之后，它还在努力，它想抓住自己的生命之源不放。但终于抓不住了，松手了，放弃了，飘落了。树像没有心理准备却一再脱发的中年男人，摊开双手，蹙着眉，不知所措地在风雨中摇曳。

草原上的秋季已来到。

马鞭由一开始的棕黄色转变成难看的黑棕色，接触泥土的部位甚至有些发绿。把手上镶嵌的金属线条，也随着牛角的发涨变形而被挤出不再适合自己的位子。整个马鞭散发着臭皮子的味道。

草原上开始刮起沙尘暴，一米之内休想看清对方。接着，飘起雪花，并且渐渐稠密。很快，枯黄的草原换了一件白色外套，遮盖住秋季衰老的痕迹。

冬天来了。

太久太久的寂寥之后，厚厚的雪层下有水流动，枯草、树叶在泥水中腐烂变质。尘归尘，土归土，一切回归为记忆。

积雪融化，泥土裸露出来，也露出了马鞭。它瘫痪在泥土里，无精打采，像个面部浮肿的肾病患者。

扎特里拜老人骑着马和他的牧羊犬远远走来。马鞭的奇怪味道引起了牧羊犬的注意，它跑过去，蹙着鼻子，左嗅嗅右嗅嗅，吹动了浮在上面的片片枯叶。它抬起头，脸上的表情疑惑而迷茫，它冲着老人汪汪直叫，好像在说：快来啊！看看这是什么啊！

老人停下脚步，走过来瞥了一眼："谁的马鞭？"他随口说着，一时没有认出那是一年前放牧时丢失的镶花马鞭。正要走时，马鞭旁边脱落的金属片引起了他的注意——那是他亲手打造的。

"啊！是你！你怎么会在这里？"扎特里拜老人弯下身子，拍着膝盖，惊喜地喊道。他蹲下身子，小心翼翼捡起马鞭："原来你在这里啊！有一段时间我一直在寻找你。"他上下翻看丑陋的它，认真捡起那些金属碎片，观察着，"走吧，我的孩子，我带你回家。虽然你如此难看，但你代表着草原精神。"他把马鞭小心翼翼捧在手心。

半个月之后，镶花马鞭基本恢复了从前的模样，但是不能使用，因为它的身体僵硬容易断裂。不过，扎特里拜老人像珍宝一样将它收藏起来。

春天来了！镶花马鞭终于回到家了。